二 見 文 庫

夜明けまであなたのもの

テレサ・マデイラス／布施由紀子＝訳

Yours Until Dawn
by
Teresa Medeiros

本書を次のかたがたに捧《ささ》げます。

わたしのマイケルに。毎朝目覚めてすぐ、そのいとしい顔を見るのは、わたしにとって何よりの幸福です。

わたしの善の枢軸に――あなたはご自分をよくご存じです。

ウエスタンステイト老人ホームの心やさしき天使たちに。わたしの母を介護してくださる職員のみなさまに神の祝福がありますように。

そして、身体に障害を負った人々や失明した人々を癒《いや》されたわれらが主に。

ひと目で恋に落ちなかった者が、恋をしたといえるだろうか。

——クリストファー・マーロウ——

夜明けまであなたのもの

登　場　人　物　紹　介

サマンサ・ウィッカーシャム	看護師
ゲイブリエル・フェアチャイルド	シェフィールド伯爵
シオドア・フェアチャイルド	ソーンウッド侯爵。ゲイブリエルの父
クラリッサ・フェアチャイルド	ゲイブリエルの母
ヴァレリー	ゲイブリエルの妹
ユージーニア	同上
ホノーリア	同上
ベクウィス	執事
ミセス・フィルポット（ラヴィニア）	家政婦
セシリー・マーチ	ゲイブリエルの元婚約者
エステル	セシリーの親友

1

一八〇六年、イングランド

親愛なるミス・マーチ
このようにぶしつけな形でお手紙をさしあげるご無礼をお許しください……

「では、おうかがいしますが、ミス・ウィッカーシャム、何かこういったお仕事のご経験は？」

突然、ジャコビアン様式の広大な屋敷の奥で、何かが倒れたようなすさまじい音がした。面接をしていた恰幅《かっぷく》のよい執事がたじろぎ、背筋を伸ばしてティーテーブルのそばに立っていた家政婦も、かん高い声をもらした。だがサマンサはまばたきすらしなかった。

その代わり、足もとの古ぼけた革の旅行鞄《かばん》から、きちんと束ねた書類を取り出し、それをさし出した。「紹介状をお読みいただければ、おわかりいただけると思います、ベクウィスさん」

昼の日中だというのに、質素な朝食室はまるで穴蔵のようだった。ベルベットの厚いカーテンの隙間《すきま》から、陽光がしみ入るようにさしこみ、深紅のトルコ絨毯《じゆうたん》の豪華な織り地に筋を描いていた。サイドテーブルのひとつひとつに置かれた蠟燭《ろうそく》の灯が、壁の隅に影を踊らせている。部屋には、何年も風を通さずにきたような、かび臭いにおいがこもっていた。もし窓や鏡に黒い房飾りがつけてあったなら、最近この家の主人がたいせつな人を亡くしたのだと誰もが思ったことだろう。

執事が、白い手袋をはめたサマンサの手から書類を受け取り、それを広げた。家政婦が長い首を伸ばして、肩ごしにのぞこうとした。サマンサとしては、明かりのほの暗さが自分に味方してくれることを祈るほかはなかった。ミミズがのたくったような字で書かれたサインがよく見えませんように、と。ミセス・フィルポットは、年齢不詳の美しい女性だった。執事のベクウィスがふっくらした体つきなのに対し、ミセス・フィルポットは贅肉《ぜいにく》がなく、ほっそりしていた。顔にはしわがないのに、うなじのあたりでシニヨンにまとめた黒髪には銀の色がまじっている。

「ご覧のとおり、わたしはカーステアズ卿ご夫妻のお宅で家庭教師をしておりました」サマンサは説明した。ベクウィスは書類をぱらぱらとめくっている。「戦争がはじまると、ほかの家庭教師数人といっしょに志願して、海や前線で負傷して戻ってきた水兵や兵士の看護にあたりました」

家政婦は、かすかに唇がこわばるのを隠せなかった。サマンサにはわかっている。この社会にはまだ、兵士を看護する女性を、名目はりっぱでも所詮は軍についてまわる売春婦と同じだと思いこんでいる人がいるのだ。顔も赤らめずに見知らぬ男の裸体を平気で見られるような、ふしだらな女だと思っている。サマンサは頰が熱くなるのを感じて、さらにあごをつんとあげた。

ベクウィスは金縁眼鏡の上からサマンサをしげしげと見た。「正直に申しましてね、ミス・ウィッカーシャム。あなたはわたしたちの希望よりも……その……いささかお若いのです。このような荷の重い仕事には……なんといいますか……もう少し人生経験を積んだかたのほうが適任かと……。ほかの応募者のなかから……」サマンサにいたずらっぽい目で見返され、ベクウィスは先が続けられなくなってしまった。

「ほかにはどなたも来ていらっしゃらないようですけれど、ベクウィスさん」サマンサはそう指摘し、鼻の上にずり落ちてきた寸法の合わない眼鏡を指で押しあげた。「募集広告では、高額の――いえ、法外ともいえる――報酬が約束されていましたから、てっきり門の外にまで長い列ができているものと覚悟してきたのですが」

と、ふいにまた音がした。さっきよりも近い。何かとてつもなく大きな野獣が巣穴の中を歩きまわっているように聞こえる。

ミセス・フィルポットが糊《のり》のきいたペティコートをさらさらといわせながら、急いで椅子の向こうからまわってきた。「お茶のお代わりはいかがでしょう」磁器のポットを取りあげたものの、手が激しく震え、サマンサが手にしている受け皿と膝にお茶がこぼれてしまった。「ありがとうございます」サマンサは小声で言い、スカートに広がるしみをこっそり手袋でたたいて拭き取ろうとした。

と、足もとの床が、目に見えるほど激しく震え、ミセス・フィルポットもぶるっと体を震わせた。すぐに、くぐもったような怒鳴り声が聞こえてきた。雑言を吐き散らしているようだが、ありがたいことに、よく聞き取れない。でも、もうこれでまちがいない。誰かが――あるいは何かが――こちらへやってこようとしているのだ。

ベクウィスは狼狽《ろうばい》の色を浮かべて、隣室に通じる金箔《きんぱく》張りの両開き扉を見て、よろよろと立ちあがった。張り出し気味の額が汗でてかてか光っている。「どうやら、適切とはいえないときにお越しいただいたようです……」

ベクウィスがサマンサの手に紹介状を押しこむようにして返すと、ミセス・フィルポットがすかさず、もう一方の手からカップと受け皿を取りあげ、大きな音を立ててティーワゴンに戻した。「ベクウィスの言うとおりですよ。お許しくださいね。わたしたち、ちょっと急ぎすぎたかもしれません……」彼女はサマンサの手を引いて立たせると、扉から引き離し、テラスに通じる、厚いカーテンの掛かったフランス扉のほうへ連れていこうとした。

「でもわたし、鞄を……」サマンサは顔を後ろに振り向け、困惑を目に浮かべて肩ごしに旅行鞄のほうを見た。

「だいじょうぶ」ミセス・フィルポットはそう言うと、歯を食いしばってやさしそうな笑みをこしらえた。「うちの者に馬車まで届けさせますから」その直後、轟《とどろ》くような音と悪態がひときわ大きくなり、ミセス・フィルポットは、サマンサが着ている丈夫な茶色のウール地の服の袖《そで》をぎゅっとつかんで、引っぱっていこうとした。ベクウィスがさっとふたりの前にまわりこみ、天井までの高さがある扉の一枚を勢いよくあけた。たちまち、薄暗い部屋に四月の陽光が満ちた。しかしミセス・フィルポットがまだサマンサを外に連れ出さないうちに、謎の音がぴたりとやんだ。

三人は一度に振り返り、部屋の奥の金箔張りの扉を見つめた。つかのま、暖炉の上に置かれたフランス製の金時計が立てるかすかな音のほかには何も聞こえなくなった。だがすぐに、なんとも奇妙な音がしはじめた。何かが扉を手さぐりしているような、引っかきさえしているような……。何かとても大きなものだ。しかもそれは怒っている。サマンサは思わずあとずさった。家政婦と執事が不安そうに目を見交わした。

と、いきなり扉が開いて、バーンと壁をたたいた。姿を見せたのは、野獣ではなく、ひとりの男だった。いや、彼を人間たらしめていた仮面をすべてはぎ取ったあとの残骸《ざんがい》というべきだろう。褐色がかった黄色い髪は、手入れもされずにくしゃくしゃとなり、肩よりも長く伸びていた。その肩は広く、出入り口をふさぐほどの幅がある。鹿革のズボンは、引き締まった腰にぴったりと貼《は》りつき、筋肉の盛りあがったふくらはぎや腿の曲線をくっきりと際だたせていた。あごには、ここ数日剃《そ》っていないとおぼしいひげが生えていて、彼の面差しを海賊のように見せている。歯をむき出して短剣でもくわえていたら、サマンサは、貞操の危機を感じて、逃げ出したくなったことだろう。

　彼は靴下を着けているが、ブーツをはいていない。喉のあたりからは、しわくちゃになったスカーフ・タイがだらしなく垂れ下がっている。まるで誰かが何度も結ぼうとしたあげく、しまいに腹を立ててあきらめてしまったように見えた。ローンのシャツは、ズボンの中にたくしこまれておらず、しかもボタンが半分ほどもなくなっている。前がはだけ、その三角形の隙間から、金粉をまぶしたような毛の生えた、驚くほどたくましい胸がのぞいていた。

　暗い入り口にたたずんだまま、彼は頭を奇妙な角度に傾けている。まるで自分の耳でしかとらえられない音を聞いているようだ。いかにも貴族らしい形をした鼻孔がふくらんだ。

　サマンサは、うなじの毛が逆立つのを感じた。この男はわたしのにおいを嗅《か》ぎとろうとしている。わたしを追い求めている。そのように感じられてならなかった。そんなばかなこと、あるはずがない、と自分に言い聞かせたそのとき、彼は捕食動物のようなしなやかな動作で、まっすぐ彼女のほうに向かって歩きだした。

　だがふかふかの足乗せ台が行く手をふさいでいた。サマンサは、気をつけてと叫ぼうとしたが、声が喉に引っかかってしまった。彼はその台につまずき、床に倒れこんだ。

　転んだことより、倒れている姿のほうが痛ましかった。立ちあがったところで何か意味があるわけではない、まったくない、といわんばかりに床に伸びていたのだ。

サマンサはただ、しびれたように立ち尽くしていることしかできなかった。ベクウィスが彼のそばに駆け寄った。「ご主人さま！　お昼寝中だとばかり思っておりました！」

「期待に添えなくて悪かったな」シェフィールド伯爵がものうげに言った。絨毯に向かってしゃべったので、声がくぐもっている。「ぼくをゆりかごに入れて寝かしつけるのを忘れた者がいるんだろう」

彼は執事の手を振り払い、重い体を引きずるようにして、そろそろと立ちあがった。テラス側の出入り口から流れこんだ陽光が、彼の顔を照らした。

サマンサは息をのんだ。

まだ生々しく赤みの残る傷痕《きずあと》が、彼の左の目じりを切り裂き、頰に向かって稲妻のようなぎざぎざの線を描いていたのだ。周囲の肌は引きつれていた。それはかつては天使の顔だった。王子か熾《し》天使にこそ似つかわしい男性的な美しさを備えていた。だがいまそれは、永遠に消えない悪魔の烙印《らくいん》を押されている。いや、悪魔ではない。きっと神がみずから手を下されたにちがいない。ただの人間がこれほどまでの完璧《かんぺき》さをきわめたことに嫉妬《しっと》されたのだろう。ふつうならたじろいでしまうところだっただろうが、サマンサは目を奪われていた。彼の損なわれた美しさには、なぜか完璧な容姿にはない魅力があったのだ。

彼はこの外見を、仮面のようにまとっていた。その陰に弱さがひそんでいるそぶりは、みじんも見せなかった。けれども、海に浮かぶ泡のような緑の瞳は、困惑の色を隠そうともしていない。その視線はサマンサの上でとどまらず、彼女を貫いていた。

彼の鼻孔がまた広がった。「ここに女がいる」彼は強い確信をもって、宣言した。

「もちろんですとも、ご主人さま」ミセス・フィルポットが明るく言った。「ベクウィスとわたしがちょうど午後のお茶を楽しんでいたところですから」

家政婦はサマンサの腕をもう一度引っぱり、逃げてくれと無言で伝えてきた。しかし視力を失ったゲイブリエル・フェアチャイルドの瞳は、彼女を床に釘《くぎ》付けにしていた。彼はサマンサのほうへ向かって歩きだした。足取りは先ほどよりゆっくりしているが、そこから感じられる意志の固さは変わらない。サマンサはその瞬間、自分が愚かにも、彼の慎重さを弱さと見誤ったことに気づいた。彼をいらだたせれば、それだけ彼を危険にする。とくにわたしに対して。

伯爵は強い意志をもって進んでくる。ついにミセス・フィルポットもあきらめて薄暗がりの奥に引っこみ、サマンサがたったひとりで彼を迎える形となった。最初は逃げ出したくなったが、なんとか気持ちを奮い立たせ、しっかりと顔をあげて立っていようと思った。はじめは、なんとなく彼がぶつかってくるのではないか――もしかすると踏み倒されるのではないか――と不安だったのだ。

彼は、不思議な直感力を働かせ、ほんの一フィート手前で足をとめると、用心深く空気のにおいを嗅いだ。サマンサは耳の後ろにレモンバーベナをつけてきた。そのすっきりとしたさわやかな香りは、さほど男心をくすぐるものではないはずだった。けれども、彼がこのにおいを胸いっぱいに吸いこんだ瞬間、サマンサは彼の表情を見て、自分が薄物をまとって王《スルタン》の訪れを待つハーレムの女になったような気持ちがした。肌が痛いほどぞくぞくとする。彼は指一本あげていないのに、まるで全身をさわられたような錯覚に襲われた。

伯爵がサマンサの周囲をまわりはじめた。彼女もそれに合わせて体の向きを変えていく。この男を背後にまわらせたら、何をされるかわかったものではない。本能のようなものがそう告げていた。やがてようやく、彼が足をとめた。あまりに近くに立ったので、彼の肌のほてりが感じられ、その美しい瞳を縁取る金色のまつげを数えることができるほどだった。

「その女は何者だ?」伯爵はサマンサの左肩のあたりを凝視して、鋭い口調で尋ねた。「なんの用があってここにいる?」

どちらかの使用人がしどろもどろで説明をはじめないうちに、サマンサはきっぱりと答えた。「この女は、サマンサ・ウィッカーシャムといいます。あなたの看護師《ナース》を募集しておられると聞いて、応募してきたのです」

伯爵は、自分の獲物が小さいことを知っておもしろがるかのように、うつろな目を下に向けて唇をゆがめた。そして鼻で笑った。「ふん、子守《ナースメイド》か。子守歌を歌ってぼくを寝かしつけ、食事のときにはスプーンで粥《かゆ》を食べさせてくれる。きれいに拭いてくれるんだろうな、ぼくの……」――ここで十分に間を置いて、ふたりの使用人を恐怖にすくみあがらせてから――「あごを。よだれを垂らしたときにね」と続けた。

「わたしは子守歌向きの声を持ち合わせておりません。それに、ご自分の……あごを拭くことぐらい、ちゃんとおできになるでしょう」サマンサはよどみなく答えた。「わたしの仕事は、ご主人さまが新しい環境になじまれるようお手伝いをすることです」

伯爵はさらにサマンサに身を寄せてきた。「なじみたくないと言ったら、どうする？　ただ、かまわず放っておいてほしい、ここで静かに朽ち果てたいと言ったらどうする？」

ミセス・フィルポットが息をのんだが、サマンサは彼がなにげなく口にした罰当たりな言葉にショックを受けまいとした。「わたしの代わりにお顔を赤らめる必要はありませんわ、ミセス・フィルポット。わたしは、こういう子供じみた八つ当たりには慣れていますから。家庭教師をしていたころにはよく、自分の思いどおりにいかないことがあるとわざと癇癪《かんしゃく》を起こしてみせる子供さんがいたものです。そうやってわたしがどこまで辛抱できるか、試すんです」

三歳のだだっ子といっしょにされた伯爵は、声を低くし、すごみを効かせて、うなるように言った。「きみはきっとそうした悪癖を直してきたんだろうな」

「十分な時間と忍耐をかけてね。とりあえずあなたには十分な時間があり、わたしには忍耐力があるように思います」

彼はベクウィスとミセス・フィルポットのいるほうをさっと振り返り、サマンサをびっくりさせた。「どうしてこの女がほかとはちがうと思ったんだ？」

「ほか？」サマンサは眉を吊りあげた。

執事と家政婦は後ろめたそうに目を見合わせた。

伯爵がまたこちらを向いた。「どうやらこのふたりは、きみに前任者のことを話すのを怠ったようだな。最初は……そう、コーラ・グリンゴットという名の中年女だった。ぼくは目が不自由で、彼女は聴覚に障害があった。おたがい、お似合いの相手に恵まれたわけだ。ぼくは彼女が着けているラッパ型の補聴器をさぐりあてては、それに向かって怒鳴っていた。ぼくの記憶が正しければ、コーラは二週間も保《も》たなかったはずだ」

伯爵はサマンサの前を行ったり来たりしはじめた。長い脚が、彼をきちんと四歩前に運び、また四歩後ろへ戻していく。船の甲板の上でもこんなふうに難なく自由に歩いていたのだろう。金色の髪を風になびかせ、射るような目で遠い水平線をひたと見つめて……。サマンサにはその姿が容易に想像できた。「そのあとには、ランカシャー出身の小娘がやってきた。当初からなんだかおどおどしていて、蚊《か》の鳴くような声でしかしゃべれなかった。そいつは、給金も要求せず、荷物もまとめずに出ていった。ある晩、突然、暴漢に追いかけられてでもいるように、悲鳴をあげながら飛び出していったよ」

「そんなばかな……」サマンサはつぶやいた。

伯爵は少しのあいだ立ちどまっていたかと思うと、すぐにまた歩きはじめた。「つい先週には、愛すべきミセス・ホーキンズを失った。ほかの連中に比べると、体も丈夫そうで頭の回転も速そうだったんだがね。彼女は泡を食ってここから出ていく前、この次は看護師ではなく、動物園の飼育係を雇ってはどうかとベクウィスにすすめていった。おたくのご主人は明らかに檻《おり》に入っておられるようだから、とな」

サマンサは自分の唇がぴくりと動いたのを、彼に見られなくてよかったと思った。

「これでわかっただろう、ウィッカーシャム。ぼくの援助などできやしないんだよ。とくにきみにはね。だからとっとと、もとの職場に戻りたまえ。学校でも、どこかの子供部屋でも。これ以上、きみの——あるいはぼくの——貴重な時間を無駄にすることはない」

「ご主人さま、なんということを……！」ベクウィスが抗議した。「若いご婦人にそのような無礼な態度をおとりになる必要はないはずです」

「若いご婦人だと？　は！」伯爵がいきなり片手を突き出した。あやうく、十年ほども水をやっていなさそうな鉢植えのイチジクをなぎ倒すところだった。「声を聞いただけでわかる。こいつは、女らしさのかけらもない、性悪のあばずれだ。今度またべつの女を雇うときには、フリート街に行って、もっとぼくにふさわしいのを拾ってくるといい。ぼくには看護師など必要ない！　ぼくがほしいのは——」

「ご主人さま！」ミセス・フィルポットが叫んだ。

彼女の主人は視力を失ってはいたが、聴力は健在だった。非難と哀願のこもったフィルポットの声は、こぶしの一撃より効果的に伯爵を黙らせた。彼は、かつては第二の天性であったにちがいない魅力的な表情をかすかに浮かべ、片足のかかとを軸にしてくるりと体を回転させると、サマンサの立っている場所の左側に置かれたウィングチェアに向かって、深々と頭を下げてみせた。「子供じみた八つ当たりをお許しください、お嬢さん。では、さようなら。おしあわせに」

伯爵は朝食室の扉のあたりに見当をつけて歩きだした。歩幅を狭めようともせず、爪先で床をさぐろうともしない。そのまま出入り口にたどり着くかと見えたが、途中で低いマホガニーのテーブルの角に、いやというほど激しく膝をぶつけてしまった。サマンサは思わず同情して顔をしかめた。伯爵は小声で悪態をつくと、力まかせにテーブルを蹴《け》った。テーブルは反対側の壁まで飛んでいった。彼は三度試してようやく、象牙《ぞうげ》のドアノブをさぐりあて、部屋を出たあとには乱暴に扉を閉めて、びっくりするような大きな音を響かせた。

伯爵は屋敷の奥へと引き取っていった。ときおり、何かにぶつかる音や悪態をつく声が聞こえていたが、それも次第に遠のき、やがて静かになった。

ミセス・フィルポットがそっとフランス扉を閉め、ティーワゴンのところへ戻って、自分用のカップにお茶を注《つ》ぐと、まるで客のようにソファの端に腰をおろした。手にした受け皿の上でカップが激しく震えて音を立てた。

ベクウィスも、彼女のそばにどさりと座りこんだ。チョッキのポケットから糊のきいたハンカチを取り出し、額の汗をぬぐってから、サマンサにすまなさそうな目を向けた。「あなたにお詫《わ》びしなければなりませんな、ミス・ウィッカーシャム。わたしたちは、ほんとうのことをお話しししておりませんでした」

サマンサはウィングチェアに腰をおろし、手袋をはめた手を膝の上で組み合わせた。そして自分も震えていることに気づいて、びっくりした。部屋の薄暗さがそれを隠してくれることに感謝しながら、彼女は言った。「ええ、たしかに伯爵は、広告に書いてあったような礼儀正しい病人とはいえないようですね」

「あの悲惨な戦争からお戻りになって以来、ご主人さまはすっかり変わってしまわれました。以前のやさしいお人柄をご存じならおわかりいただけるのですけど……」ミセス・フィルポットは、嗚咽《おえつ》をこらえるように息をのみこんだ。その灰色の目には涙が光っていた。

ベクウィスが彼女にハンカチを渡した。「ラヴィニアの言うとおりです。ご主人さまは非の打ちどころのない紳士でいらっしゃいました。どんな男性にもひけをとらない、りっぱな貴公子《プリンス》だったのです。だがいまは、爆風のせいで視力を奪われただけではなく、頭までどうかされたのではないかと思うことがありますよ」

「少なくとも、礼節をわきまえられなくなっているようですね」サマンサは冷ややかに指摘した。「でも知性はさほど損なわれていないんじゃないでしょうか」

ミセス・フィルポットはほっそりした鼻をハンカチで軽くたたいている。「ご幼少のころから、利発なお子さまでした。気のきいた言葉を口にされましたし、計算も速くてね。腕にはいつも必ず本をかかえておいででした。小さいころは、おやすみの時間が来ると、蠟燭をお部屋からお下げしたものですよ。ベッドの中で本を読まれて、毛布に火でも燃え移ってはたいへんですから」

サマンサは愕然《がくぜん》とした。伯爵はその楽しみすら奪われてしまったのだ。本を読んで慰めを得ることのできない人生など、彼女には想像もつかなかった。

ベクウィスがなつかしそうにうなずいた。古きよき時代を思い出したのか、その目には陶然とした表情が浮かんでいる。「ご両親にとってあのかたは、つねに誇りであり、喜びだったのです。海軍に入るなどというばかげたことを考えつかれたときには、お母さまもお妹さまたちも、たいそう取り乱されて、必死で思いとどまらせようとなさいました。お父上の侯爵にいたっては、勘当するとまでおっしゃったのです。しかしいざ出帆というときには、ご家族全員が波止場に集まられ、大声で祝福の言葉をかけ、ハンカチを振って見送られました」

サマンサの指先が手袋の甲の部分に食いこんだ。「貴族のかたが――それもとりわけご長男が――海軍に志願なさるなんて、どちらかといえばめずらしいのじゃありませんか？　お金持ちや爵位をお持ちのかたのあいだでは、陸軍に人気があると聞いています。海軍は貧しい人や野心家の駆け込み先だとばかり思っていました」

「なぜそのような道を選ばれたのか、ご主人さまは説明なさらなかったのです」ミセス・フィルポットが言葉をはさんだ。「自分の心のままに従い、そのおもむくところへ向かうのだ、としかおっしゃらなくて……。お金で階級を買う人が多いなかで、ご主人さまはそれを拒み、みずからの功績で昇進を勝ち取りたいのだと言い張られました。戦艦ヴィクトリーの大尉に昇進されたという知らせが届いたときには、お母さまは喜びのあまり涙を流され、お父さまはチョッキのボタンが弾け飛ぶのではないかと思うほど、誇りに胸をふくらませておられました」

「勝利《ヴィクトリー》……」サマンサはつぶやいた。結果は、その船の名が予言するとおりになった。ヴィクトリーは姉妹船の援護を得て、トラファルガー岬沖でナポレオンの海軍を打ち破り、七つの海の制覇をもくろむナポレオンの野望を挫《くじ》いたのだった。だが勝利の代償は大きかった。ネルソン提督は海戦には勝ったものの、命を落とし、彼のそばについて勇敢に戦った若者のあいだにも、多くの戦死者が出た。

彼らの犠牲は報われたが、ゲイブリエル・フェアチャイルドは、これからも一生、犠牲を払いつづけていかなければならない。

サマンサは怒りがこみあげてくるのを感じた。「そんなにあのかたを愛しておられるご家族は、いまどこにいらっしゃるんです?」

「外国をご旅行中です」

「ロンドンのお屋敷におられます」

ふたりの使用人は同時に答え、それからおずおずと目を合わせた。ミセス・フィルポットがため息をついた。「伯爵は、子供時代のほとんどをフェアチャイルド・パークで過ごされました。お父さまが所有なさっている地所のうちでも、ここがいちばんのお気に入りでした。もちろん、伯爵ご自身もロンドンにタウンハウスをお持ちなのですが、お怪我《けが》の状態があまりにむごいので、子供時代を過ごされたお屋敷で回復をめざされたほうがお気持ちが楽だろうとご家族が判断なさったのです。ここなら、詮索《せんさく》がましい社交界の目にさらされることもありませんから」

「どなたが楽なんでしょう。伯爵？　それともご家族？」

ベクウィスは目をそらした。「ご家族の名誉のために言っておきますが、この前こちらを訪ねてこられた折には、伯爵がみなさまを追い返してしまわれたのです。そのときはふと、ほんとうにご主人さまが猟番に犬を放てと命じられるのではないかと思い、恐ろしくなりました」

「ご家族を追い返すのはさほどむずかしくなかったと思いますけど」サマンサはつかのま目を閉じ、落ち着きを取り戻そうとした。愛情の足りない家族を裁く権利など、わたしにはないのだから。「お怪我をなさってからもう五カ月以上になるのでしょう。主治医の見立てはどうなのですか。視力の回復に、いくらか望みが持てるとおっしゃったのですか」

執事は悲しげに首を横に振った。「ほとんどないそうです。ご主人さまのような状態から回復した例は、わずか一、二件が文書で報告されているだけだとか」

サマンサはうつむいた。

ベクウィスが立ちあがった。頬がふっくらしているうえに、顔全体の肉がたるんでいるものだから、どこかしょんぼりしているブルドッグに似ていた。「お時間を割いていただいたのに、申しわけありませんでした、ミス・ウィッカーシャム。ここまでいらっしゃるには、馬車を雇われたことでしょう。ロンドンへ戻る馬車代はこちらが払わせていただきます」

サマンサは席を立った。「それにはおよびません、ベクウィスさん。わたしは当面ロンドンに戻るつもりはありませんから」

ベクウィスはめんくらったように、ミセス・フィルポットと顔を見合わせた。「なんですと?」

サマンサははじめに座った椅子のところまで行って旅行鞄を手にとった。「こちらに置いていただきます。伯爵の看護師をお引き受けします。馬車の中にトランクを置いてきましたので、恐れ入りますが、どなたか人を遣《や》って、取ってこさせてください。それから、わたしの部屋へ案内していただきましょう。さっそく仕事にとりかかろうと思います」

まだ彼女のにおいがする。

まるで自分が失ったものを思い知らせてあざけるかのように、ゲイブリエルの嗅覚《きゆうかく》は、この数カ月のあいだに、どんどん鋭くなっていった。厨房《ちゆうぼう》のそばを通ったときには、ひと嗅ぎしただけで、フランス人のコック、エティエンヌが、フリカンドー（子牛肉に豚の背脂を刺して蒸し煮にした料理）を煮ているのか、ベシャメルソースをつくっているのかがわかり、たちまち食欲をそそられる。木を燃やす煙のにおいがわずかにただよってきただけで、遠くにある図書室の暖炉の火が熾《おこ》されたばかりなのか、燃え尽きようとしているのかがわかる。寝室というより、ねぐらになってしまった部屋のベッドに倒れこむときには、しわくちゃのシーツにしみついた自分の汗のむっとするようなにおいが鼻をつく。

彼はここへ傷を癒しに戻ってきた。そして、幾晩もここで寝返りをうって七転八倒し、朝を迎えてきた。夜の訪れを知る手がかりは、息苦しいほどの静けさだけだった。たそがれから夜明けまでのひっそりとした時間には、ときおり、自分が世界でたったひとり生き残った人間のように思えてくることがあった。

ゲイブリエルは手の甲を額にあてて目を閉じた。それが昔からの癖だった。朝食室に飛びこんだときにはすぐ、ミセス・フィルポットの好きなラヴェンダー水の香りと、ベクウィスが残り少ない髪にこってり塗っているポマードのムスクの香りが嗅ぎ分けられた。だがたっぷりと日差しを浴びたレモンのようなさわやかな香りには気づかなかった。甘いと同時に、すっきりとしていて、繊細であると同時に大胆な香りだった。

あのウィッカーシャムという女は、少しも看護師らしいにおいがしなかった。コーラ・グリンゴットは、防虫剤のにおいがしたし、ミセス・ホーキンズは、彼女が好んで使っていたアーモンドの嗅ぎ薬のにおいがしていた。ウィッカーシャムのしゃべり方を聞いたときには、中年の干からびた独身女を想像したのだが、そのようなにおいはしなかった。あの辛辣《しんらつ》な口のきき方どおりの女だとすれば、腐ったキャベツか墓場の土のような、毒気をふくんだ気体が毛穴から吐き出されていても不思議はないのに。

彼女に近づいたときには、さらに驚くべきことを発見した。清潔な柑橘《かんきつ》系の香りの息の奥から、彼の心を激しくかき乱すにおいがただよってきたのだ。彼の体に残っている感覚と良識の両方を混乱させるような香りが……。

それは女のにおいだった。

ゲイブリエルは歯ぎしりをしてうめいた。あの日、ロンドンの病院で目を覚まし、自分の世界が真っ暗に閉ざされたことを知ったとき以来、一度も欲望のうずきをおぼえたことはなかった。だがミス・ウィッカーシャムの肌から放たれたあたたかくて甘い香りは、緋色《ひいろ》のもやの向こうから、めくるめく記憶の数々を引きずり出した。月明かりの庭で人目を忍んで交わしたキス、押し殺したささやき、唇に触れた女の熱い肌の、サテンのようななめらかさ。二度と味わうことのない歓《よろこ》びのすべてを。

彼は目を見開いた。だがやはり世界は影に包まれている。おそらく自分がベクウィスに投げつけた言葉どおりなのだ。自分が必要としているのは、まったくちがうたぐいの女の奉仕なのだろう。そういう女なら、たんまり報酬をやりさえすれば、たじろぐことなく、このめちゃめちゃになった顔を見ることもできるだろう。いや、たじろいだとしても、関係ない。そう思ったとたん、ゲイブリエルは耳障りな声で吠《ほ》えるように笑いだした。自分には見えないのだから。おそらく、女は目を固く閉じて、理想の男を相手にしているのだと思うことにし、こちらはこちらで、自分の名をつぶやいて永遠の愛を誓う女を抱いているふりをすることになるのだろう。

守るつもりもない約束を口にする女を。

ゲイブリエルはベッドから起きあがった。くそ、ウィッカーシャムめ！　あの女には、あんなに辛辣に攻撃する権利はない。なのに、あんなに甘い香りをさせて……。ベクウィスに追い返せと命じたのは正解だった。二度とあの女に悩まされるのはごめんだ。

2

親愛なるミス・マーチ
ぼくについてはよからぬ噂《うわさ》が立っていますが、ぼくは、好意をおぼえた美しい若い女性に片っ端から付け文をするような男ではありません……

翌朝、サマンサは、屋敷の玄関広間へと続くらせん階段を、手さぐりしながらおりていった。まるで急に目が見えなくなったような気がした。この屋敷では、どの窓にもひとつ残らず、カーテンが掛かっている。主人と同様、家までが永遠に朝の来ない闇《やみ》の世界に閉じこめられたようだった。

階段の下にたった一本、松明《たいまつ》がともされている。その明かりで指先を見て、ほこりがついているのがわかった。階段の手すりをたどってきたからだ。サマンサは顔をしかめて、それをスカートでぬぐった。くすんだグレーのウールだから、目立たないはずだ。

息が詰まりそうな暗さだったが、上流社会の人々もうらやむ、有名なフェアチャイルド家の富を完全に隠しおおすことはできていない。そこかしこに飾られた、何世紀にもわたる特権のあかしに怖じ気《おけ》づかないようにして、サマンサは階段を下までおり、玄関広間に立った。ジャコビアン様式の流れをくむ、暗褐色のパネル張りの壁とチューダー様式風のアーチを備えたこの家は、建てられた当時のまま、改装されていない。サマンサの足の下では、石目模様の入ったバラ色のイタリア大理石が輝き、影がいくつも踊っていた。優雅なアーチを描く刳り形《モールディング》や天井蛇腹にも、腰板を飾る、花や花瓶をかたどった渦巻き模様の張り子のレリーフにも、ブロンズか金のメッキが施されていた。ミセス・フィルポットがサマンサに割り当ててくれた質素な寝室でさえ、扉の上には、ステンドグラスのはまった扇形の明かり取り窓がついていたし、壁にはダマスク織の絹の布が掛かっていた。

ベクウィスは、彼の主人は〝どんな男性にもひけをとらない、りっぱな貴公子《プリンス》〟だったと言っていた。サマンサは、贅沢すぎる邸内を見わたし、ふんと鼻を鳴らした。お城の中で育てられれば、みずからプリンスと名乗ることも、さほどむずかしくないだろう。

サマンサは、きょうから担当することになった患者の居所を突きとめようと思い、彼がいつも使っている道具のひとつを自分も試してみることにした。彼女は頭を傾け、じっと耳をすました。

何かがぶつかる音や叫び声は聞こえなかったが、皿とガラス食器の触れあう、音楽のように心地よい音がした。だがすぐにそれは不快な音に変わった。ガラスが大きな音を立てて割れ、下品な悪態が飛んできた。サマンサはびくっとしたが、唇には勝ち誇ったような笑みを浮かべた。

　彼女はスカートをつまむと、面接を受けた朝食室に入り、反対側の扉から出て、音のしたほうへ向かった。誰もいない部屋をひとつ、またひとつと抜けていく。伯爵の通った痕跡《こんせき》を何度かよけなければならなかった。サマンサの頑丈な短靴が、割れた磁器のかけらや裂けた木を踏みつけた。途中で立ちどまり、背もたれに繊細な装飾の施されたチッペンデールチェアをそっと起こそうとしたときには、マイセンの小さな立像が、割れた磁器の顔に笑みを浮かべて彼女を見あげてきた。

　ゲイブリエルは視力を失ったことを無視して、がむしゃらに家の中をのしのしと歩きまわりたがるらしい。これでは、ものが壊れてあたりまえだ。

　美しいアーチの下をくぐると、ダイニングルームにたどり着いた。ここには窓がなく、広い部屋には日差しがまったく入ってこない。大きなテーブルの両端に置かれた枝つき燭台の蠟燭がともされていなければ、フェアチャイルド家の納骨堂に迷いこんだと思ったことだろう。

　紺色のお仕着せを着たふたりの従僕《フットマン》がマホガニーのサイドボードを守り、ベクウィスの厳しい監視のもと、直立不動の姿勢で立っていた。サマンサが部屋の入り口に立っていることには、誰も気づいていないようだった。みんな、主人の動きを一瞬たりとも見逃すまいとして、そのことだけに集中しているのだ。伯爵の肘がガラスのゴブレットに触れて、それをテーブルの端へ押しやった。するとベクウィスがそっと合図をし、従僕のひとりがさっと前に出て、傾いたゴブレットが下に落ちる前に受けとめる。陶器やガラスの破片がテーブルのまわりの床に散らばり、その努力がすでに何度か無駄になっていることを示していた。

　サマンサはゲイブリエルの広い肩とたくましい前腕をしげしげと眺め、なんと大きな人だろうと改めて思った。おそらく、彼女の細い首など、あの親指と人差し指でつまんでぽきっと折ることができるだろう。もっともそれは彼がサマンサを見つけられればの話だ。

　彼の髪が蠟燭の明かりを受けて輝いている。もつれてひどいありさまなのは、けさベッドから転がり出たあと、いらいらと指で梳《す》いただけだからだ。ゆうべと同じしわくちゃのシャツを着ているが、いまは脂のしみが点々とつき、チョコレートもこびりついている。袖は無造作に肘のところまでまくりあげられていた。そのおかげで、ひだ飾りのついたカフスが皿をこすらずにすんでいる。

　彼はベーコンを口まで持っていくと、やわらかい肉をがぶりと食いちぎり、それから前の皿を手でさぐった。サマンサは眉をひそめてテーブルを見た。ナイフ、フォークのたぐいがまったく見あたらない。だからゲイブリエルは、卵のオーブン焼きを手で皿からすくい取って少しずつ口に流しこんでいた。彼は卵を平らげると、焼きたてのホットクロスバン（ドライフルーツの入った菓子パン）をほおばった。唇のまわりをなめたが、それでも、口の端から蜂蜜が少し垂れてしまった。

サマンサは、たちの悪いのぞき屋になったような気分だったが、それでも、ゲイブリエルの唇からぽたりと落ちた一滴の金色の蜂蜜からは目が離せなかった。テーブルマナーはあきれるほどひどい。でも彼の食べ方は、官能を強烈に刺激した。作法にはかまわず、なんのてらいもなく、ただ食欲を満たすことだけに集中している。彼は焼きたての骨付き肉を手にとると、肉を嚙《か》みちぎって、あごに肉汁をしたたらせた。まるで昔の戦士が、敵を蹴散らしたあとで、女たちを陵辱しているようだ。サマンサは、いまにも彼がこちらに向かって骨を振ってみせ、〝もっと酒だ、このあま!〟と怒鳴りそうな気がした。

突然、ゲイブリエルがいっさいの動きをとめ、野生動物のような表情を浮かべて、空気のにおいを嗅いだ。サマンサも鼻をふくらませてみたが、嗅ぎとれたのは、食欲をそそるベーコンのにおいだけだった。

ゲイブリエルは肉を皿に戻すと、いやな予感がするくらいに落ち着き払った声で言った。「ベクウィス、紅茶に入れるレモンを持ってきたのなら、そうと言ってくれ」

ベクウィスはサマンサに気づき、目をまるくした。「いえ、お持ちしてはおりません、ご主人さま。お望みなら、すぐに持ってまいります」

ゲイブリエルはテーブルの上にさっと身を乗り出し、ベクウィスの手をつかもうとしたが、すでに彼は上着の裾《すそ》をひるがえして、反対側の出入り口の向こうへ姿を消していた。

「おはようございます」サマンサは穏やかに声をかけて、ゲイブリエルの向かい側、彼の手の届かない席を選んで腰をおろした。「ベクウィスさんのことは許してさしあげてください。何かもっと急な用があったようですから」

ゲイブリエルは眉をひそめ、椅子に背中を戻した。「その急用とやらには、紹介状を書くことと、自分の荷物をまとめることもふくまれるんだろうな。きみとふたりでロンドンへ戻れるように」

サマンサは、この軽口を無視して、凍りついたように突っ立っている従僕に向かって礼儀正しく微笑《ほほえ》んでみせた。赤みのさした頬、そばかすの散った鼻、カールしたくしゃくしゃの茶色い髪から判断すると、どちらもまだ、十六にもなっていないようだった。さらによく見ると、ふたりはただの兄弟ではなく、双子であることがわかった。「わたしはおなかがぺこぺこなの」サマンサは言った。「わたしも朝食をいただいてもかまわないかしら」

ゲイブリエルは、少年たちがためらったのを気配で察したにちがいない。使用人が主人のテーブルで食事をするのは、必ずしも礼儀にかなったことではないからだ。

「さっさと用意しろ、このばかもの！」ゲイブリエルが怒鳴りつけた。「空腹なままでミス・ウィッカーシャムを長旅に送り出したのでは、申しわけないだろう」

少年たちはあわてて命令に従おうとした。頭と頭をぶつけあうようにして、サマンサの前に皿や銀器を並べ、サイドボードに載った料理を取り分けた。サマンサは、ふたりのうちのひとりに顔を向けてあたたかく微笑みかけ、オーブン焼きの卵と、ホットクロスバンと、べーコンの薄切りを給仕してもらった。これからありったけの力をふりしぼらなければならないような気がしていた。

もうひとりの従僕に、湯気のあがる紅茶を注いでもらうと、サマンサはゲイブリエルにこう言った。「ゆうべはわたしの部屋で荷ほどきをして過ごしました。仕事をはじめるのは朝になってからでもお許しいただけると思ったのです」

「きみには仕事などない」彼はそう応じて、肉を口もとへ持っていった。「クビにしたからサマンサは、膝に置いたリネンのナプキンのしわを伸ばし、優雅なしぐさで紅茶をひと口飲んだ。「残念ながら、ご主人さまには、わたしを解雇する権限はないのです。わたしの雇い主ではありませんから」

ゲイブリエルは肉を下におろした。鼻柱の上で、金色の眉が不快そうに寄せられた。「なんだって？　耳までおかしくなってきたようだ」

「忠実なベクウィスさんは、あなたのお父さまのご指示を受けて、わたしを採用なさったようです。つまり、わたしの雇い主は、ソーンウッド侯爵シオドア・フェアチャイルドさまということになります。お父さまから、もはやわたしの勤めは必要ないと申し渡されるまでは、あなたではなく、お父さまにご満足いただけるよう義務を果たすつもりです」

「じゃあ、きみは運がいい。なぜなら、ぼくを満足させようと思ったら、きみは即刻ここを立ち去るしかないんだからな」

サマンサはナイフとフォークを使って、薄切りのやわらかいベーコンを切り分けた。「では、残念ですけど、当分のあいだ、ご不満は解消されないことになりますね」

「それは、きみの声を聞いた瞬間に気づいていたよ」彼はつぶやいた。

この挑発的な侮辱にはとりあわないことにし、サマンサはベーコンを口に運んだ。

ゲイブリエルは、両肘をテーブルについて、おおげさにため息をついてみせた。「じゃあ、教えてもらおうか、ウィッカーシャム。きみはぼくの看護師として、どんな仕事をするつもりなんだ？　食事を食べさせるのか？」

オオカミの歯を思わせる、輝く白い歯がまた骨から肉をかじりとるのを眺めながら、サマンサは言った。「食べ物に対する貪欲《どんよく》さを見ていると……そのお口に指を近づけるのはちょっと心配です」

従僕のひとりが急に咳《せ》きこみはじめ、もうひとりが顔をしかめて、肘で彼のあばらをつついた。

ゲイブリエルは、最後のひと口を食いちぎると、骨を皿の上ではなく、テーブルの上に放り出した。「ぼくはきみにテーブルマナーを非難されるのを覚悟しなきゃならないのか」

「目が不自由だと、ナプキンやナイフ、フォークも使えなくなるとは知りませんでした。それでは足で食べているのと同じことじゃありません？」

ゲイブリエルは身をこわばらせた。傷のまわりの引きつれた肌が青ざめ、その悪魔の刻印をさらに不気味に見せている。サマンサは一瞬、彼がナイフを持っていなくてよかったと思った。

ゲイブリエルは長い腕を隣の椅子の背にかけ、彼女の声が聞こえてくる方向に体を向けた。見えていないことはわかっていたが、あまりに強く見すえるので、サマンサは身じろぎしたくなるのを抑えなければならなかった。「正直言って、きみには興味をそそられるよ。言葉遣いからは、かなりの教養を身につけていることがうかがえるが、アクセントを聞いても、どういう素姓の人なのかわからない。きみはロンドンで育ったのか」

「チェルシーです」と答えてはみたが、ロンドン北辺のさほど大きくはないあの町を、彼がたびたび訪れたことがあるとは思えなかった。サマンサは紅茶をがぶりと飲み、舌を焼いてしまった。

「どういうわけで、きみのような……なんというか……性格の女性が、こんな仕事をしようと思い立ったのか、知りたいものだ。この道に進もうと思った動機はなんだ？　キリスト教徒としての慈悲の心がそうさせたのか。隣人を助けたいというやむにやまれぬ気持ちからか。あるいは、弱者に対するやさしい哀れみの情からか」

陶器のカップからスプーンで卵をすくいながら、サマンサは、はきはきと答えた。「ベクウィスさんに紹介状を何通かお渡ししておきました。見ていただければ、どれもきちんとしたものだとわかります」

「気づいていないのなら言っておくがね」ゲイブリエルは、やんわりとからかうような声で言った。「ぼくはそれを読めなかったんだ。何が書いてあったのか、教えてもらおうか」

サマンサはスプーンをわきに置いた。「ベクウィスさんにお伝えしたとおり、わたしはカーステアズ卿ご夫妻のお宅で二年近く家庭教師を務めていました」

「カーステアズ卿ご一家のことは知っている」

サマンサは身を硬くした。彼らのことを知っている？　知り合いだってこと？「フランスとの戦争がまたはじまってから、タイムズ紙で、たくさんの兵士や水兵が十分な看護を受けられずに苦しんでいることを知りました。それで地元の病院で働かせてくださいとお願いにいったのです」

「まだわからないな。なぜきみが、赤ん坊の口にスプーンで食べ物を突っこむ仕事をやめて、血だらけの傷の手当てをしたり、痛みで半ば頭がおかしくなった男の手を握ってやったりする仕事を選んだのか」

サマンサは声に情熱がこもらないように気をつけた。「あのかたたちは、国王陛下とお国のためにすすんですべてを犠牲にされたのです。わたしも、ささやかな犠牲を払わずにはいられなかったんです」

彼は鼻を鳴らした。「連中が犠牲にしたのは、正常な判断力と常識だよ。やつらはそれを英国海軍に売り渡し、その代償として、紺のウールの軍服と、肩に掛けるぴかぴかの金モールをもらったんだ」

サマンサは彼の皮肉な考え方に、顔をしかめた。「どうしてそんなむごいことが言えるんです？　国王陛下はじきじきに、あなたの武勇に賞讃を贈られたのでしょう？」

「驚くにはあたらない。この国の王家には、夢想家と愚か者に褒美《ほうび》を与えてきた長い歴史がある」

彼にはこちらの姿が見えないのに、サマンサはそれを忘れて、椅子から腰を浮かせた。「愚か者ではありません！　英雄です！　あなたの指揮官、ネルソン提督のような英雄です！」

「ネルソンは死んだ」彼はぴしゃりと言った。「それが彼を実際以上の英雄にしたのか、愚か者にしたのか、ぼくにはわからないがね」

サマンサは打ちのめされて、また椅子に座りこんだ。

ゲイブリエルは立ちあがり、椅子の背から背へと手を移しながら、そろそろとテーブルをまわってきた。その力強い手がサマンサの座っている椅子の背柱の先端を握った瞬間、彼女にはもう、逃げ出さずにいることだけしかできなかった。サマンサはまっすぐ前を見つめた。自分の浅い息遣いがはっきりと聞こえる。彼の耳にも届いていることだろう。

ゲイブリエルは、彼女の頭のてっぺんに唇が触れそうなほど深くかがみこんだ。「きみの仕事に対する熱意はほんものだと思うよ。だがぼくに関して言えば、きみがわれに返ってここの仕事を辞めるまで、頼みたいことはただひとつだ」彼は声を低くして言った。ひとつひとつの言葉が、叫び声よりも鋭く胸を刺した。「ぼくに近づかないでくれ」

ゲイブリエルはそう警告すると、そばを離れ、手を貸そうとすばやく進み出た従僕の前をかすめて部屋を出ていった。人の助けを借りずに、闇の中を手さぐりで歩いていくことを選んだのだ。サマンサはその選択には驚かなかったが、家のどこかでガタンと大きな音がしたときには、やはりびくっと身をすくめてしまった。

その日の午前中は、フェアチャイルド・パークの、カーテンの閉まった暗い部屋を見て歩く以外には、することがなくなってしまった。静けさが、薄暗さと同じように重苦しくのしかかってくる。バッキンガムシャーの富裕な貴族の邸宅《カントリーハウス》なら、当然、きびきびとした人の動きがあって活気にあふれていそうなものなのに、そうしたものがいっさい感じられない。メイドが羽根のはたきを手にして、階段の手すりや壁の羽目板のほこりをせっせと払っている姿もなく、赤ら顔の洗濯係が洗いたてのリネンの入ったかごをかかえてふうふう言いながら階段をあがっていく姿もない。従僕が両腕にいっぱいの薪《まき》を運んできて暖炉の火を熾している姿も見られない。サマンサが目にした炉床はどれも冷たくて暗く、燃えさしが崩れて灰になっている。凝った装飾の施されたマントルピースからは、ぽっちゃりした頬に煤《すす》をくっつけた智天使像が、悲しそうにサマンサを見つめていた。

サマンサが出会ったわずか数人の召使いは、とくに何か仕事があるわけでもなく、ただこそこそと家の中を歩きまわっているように見えた。彼らはサマンサを目にすると、さっと影の中に引っこんでしまう。ささやき以上の声を出すこともなかった。ばらばらに壊れた家具や、割れた陶器のかけらも床に散らかったままで、誰も急いでほうきを持ってきて片づけようとはしないようだった。

影に包まれた回廊の突き当たりに、両開き扉を見つけ、サマンサはそれをあけてみた。こぼれるように下へおりていく大理石の階段があり、その向こうは広々とした舞踏室になっている。暗い冬のあいだ、楽しいことを考える時間はほとんど持てなかったが、いまはほんのつかのま、目を閉じてみずにはいられなかった。いろいろな色や音楽や楽しげな話し声の渦巻く部屋を思い浮かべ、力強い男性の腕に抱かれて、この輝く床の上をくるくるとまわっているところを想像してみた。彼が微笑みかけてくる。わたしは彼を見あげ、声を立てて笑っている。そして手を伸ばし、彼の広い肩を飾っている金色の巻き毛をつまもうとする……。

サマンサはぱっと目を開いた。自分の愚かしさにあきれて首を振り、舞踏室の扉を閉めた。伯爵が悪いのだ。ちゃんと仕事をさせてくれたら、こんな危険な想像は封じこめておけたかもしれない。

サマンサは、ゲイブリエルと同じように周囲に注意を払わず、つかつかと歩いて広い客間を抜けていった。と、そのとき、ひっくり返ったテーブルにいやというほど足をぶつけてしまった。サマンサは声をあげ、片足でぴょんぴょんと跳んでから、傷だらけの革の短靴の上から、痛む爪先を揉《も》んだ。子ヤギ革の華奢《きゃしゃ》な靴をはいていたら、足の指が折れていたにちがいない。

息苦しいほどに厚いベルベットのカーテンを通して、陽光がさしこもうとしているのが目に入り、サマンサは腰に両手をあてた。伯爵は、この霊廟《れいびょう》にみずからを葬ることにしたのかもしれない。でもわたしは絶対にそうはさせない。

そのとき、目の隅にちらっと白いものが見え、振り向いてみると、耳まで隠れる室内帽をかぶったメイドが、忍び足で部屋の出入り口を横切るのが見えた。

サマンサはそのメイドの背中に向かって呼びかけた。「ねえ！　ちょっといいかしら？」

メイドは立ちどまってゆっくり振り返った。迷惑がっているのがありありとわかった。

「こっちへ来てくださる？　このカーテンをあけるのを手伝ってほしいの」サマンサはえいっと力をこめて、錦織張りのずんぐりとした足乗せ台を窓のほうへ押しやった。

メイドは手を貸しに駆け寄るどころか、あとずさりをはじめ、そばかすの浮いた白い手を固く握りしめて、不安そうに首を振った。「あたしにはできません、ミス・ウィッカーシャム。ご主人さまがなんとおっしゃるでしょう」

「ちゃんと自分の仕事をしているねっておっしゃるんじゃない？」サマンサはそう言い、足乗せ台の上にのぼった。

メイドのぐずぐずした態度が焦《じ》れったくなり、サマンサは腕をあげて、両方の手でカーテンをつかみ、ありったけの力をこめてぐいっと引っぱった。だが、カーテンは開かずに、掛け具からはずれて、大波のようにうねった。とたんにベルベットとほこりが一気におおいかぶさってきた。サマンサはくしゃみをした。

天井までの高さのフランス扉から陽光が注ぎこみ、ほこりをとらえて、妖精の魔法の粉のようにきらきらと輝かせた。

「まあ、なんてことをなさったんです！」メイドは叫び、長いあいだ地中で暮らしてきた森の動物のように、目をぱちくりさせた。「すぐにミセス・フィルポットを呼んできます！」

サマンサはスカートをぽんぽんとはたいて足乗せ台から飛びおりると、自分のやり遂げた仕事の結果を、満足して眺めた。「ええ、ぜひそうしてちょうだい。いまは何より、あのかたとおしゃべりを楽しみたい気分だから」

メイドはわけのわからない言葉を叫び、目を血走らせて部屋から駆け出していった。

しばらくして、ミセス・フィルポットが客間に入ってくると、伯爵の新しい看護師がルイ十四世様式の繊細な意匠《いしょう》の椅子の上で、あぶなっかしげに均衡をとりながら立っていた。ミセス・フィルポットが恐怖にとらわれて見ていることしかできずにいるうちに、サマンサはカーテンをつかみ、ものすごい力で引っぱった。カーテンがサマンサの頭の上に崩れ落ち、エメラルドグリーンのベルベットがふわりと彼女を包んでしまった。

「ミス・ウィッカーシャム！」ミセス・フィルポットは大声で言い、目の上に手をかざして、フランス扉からさしこむまぶしい陽光をさえぎった。「これはどういうことですの？」

サマンサは椅子からおりて、厚いカーテンをたたいてしわを伸ばした。ショックを受けている家政婦の視線を追い、サマンサは、部屋の真ん中に積みあがったカーテンの山を見て、すまなさそうにうなずいた。「ただあけようとしただけなんです。でもこのほこりを見たら、ちょうどよい機会だから、空気を入れ換えたほうがよさそうだと思って……」

ミセス・フィルポットは、まるで剣の柄でも握るようにして、腰に下げた鍵束に手をかけ、ぐっと背筋を伸ばした。「フェアチャイルド・パークの家政婦長は、このわたしです。あなたはご主人さまの看護師でしょう。換気はあなたの仕事ではないはずです」

サマンサはミセス・フィルポットから目を離さないようにしながら、フランス扉の掛け金をはずし、勢いよくあけ放った。ライラックの香りのするやさしい風が部屋の中にただよいこんできた。「ええ、それはね。でも、患者の健康を守るのは、わたしの役目です。こちらのご主人さまは光こそ失われたかもしれませんけど、新鮮な空気まで奪われる理由はありません。肺をきれいにすれば、体調が――それからご気分も――よくなるかもしれません」

一瞬、ミセス・フィルポットがはっとしたような顔をした。

そのためらいに勇気を得て、サマンサは部屋を歩きまわりながら、身ぶり手ぶりをまじえて、自分の計画を熱心に説明しはじめた。「まず、メイドにガラスの破片を片づけてもらい、従僕に壊れた家具類を運び出してもらってはどうかと思います。それから、壊れやすいものはどこかにしまって、重い家具は壁際に移す。そうすれば、どの部屋にも、伯爵がお通りになる通路ができるでしょう」

「伯爵はほとんどの時間を寝室でお過ごしです」

「無理もないでしょう」サマンサは信じられないというようにまばたきをして、そう尋ねた。

「寝室の外に出るたび、脛《すね》をすりむいたり、頭をぶつけたりする危険を冒さなきゃならないんですよ」

「ご主人さまが、カーテンをいつも閉めておくようにとお命じになったのです。何もかも、これまでどおりに……以前の……あの……」ミセス・フィルポットは声を詰まらせ、あとが続けられなくなった。「すみません。でもわたしには、ご主人さまのご希望にそむくことができないんです。使用人たちにそのようにせよと命じることもできません」

「じゃあ、手伝ってはくださらないのね？」

ミセス・フィルポットは首を振った。灰色の目が翳《かげ》り、ほんとうに心苦しく思っていることがわかった。「できません」

「わかりました」サマンサはうなずいた。「あなたのご主人さまへの忠誠心と、お仕事への情熱を尊重することにします」

そう言うと、サマンサはかかとを軸にしてくるっと振り向き、次の窓のところへ歩いていって、厚いカーテンを引っぱりはじめた。

「何をなさるんです？」ミセス・フィルポットが叫ぶと同時に、カーテンが滝のようにどうっと落ちてきた。

サマンサは両腕でカーテンをかかえあげると、それをベルベットの山の上に放り、窓をあけて、あふれんばかりの陽光と新鮮な空気を招き入れた。そしてミセス・フィルポットのほうに向き直り、さっと手のほこりを払った。「わ、た、し、の仕事をするんです」

「あの人、まだやってんの？」フェアチャイルド・パークの地階の広々とした厨房に、赤い頬をした従僕が入ってくると、皿洗い係のメイドが小声で尋ねた。

「ああ、残念ながら」彼はささやき返すと、メイドが持っていた盆から湯気のあがるソーセージを一本失敬して、口に放りこんだ。「聞こえないのか」

すっかり日が暮れてから一時間近くたつが、謎《なぞ》の音はまだ、屋敷の一階の床を通して響いてくる。ドンとぶつかる音、チリンチリンという音、うっという声が朝からずっと聞こえていて、ときおり、寄せ木細工の床の上で重い家具を引きずっているような音もまじりこんでくる。

その日、みんなはいつもどおり、使用人部屋のかまどの前に置かれた古いオークのテーブルのまわりに集まって、古きよき時代をなつかしんでいた。ゲイブリエルが戦争から戻って以来、ずっとそうしてきたのだ。この肌寒い春の夜、ベクウィスとミセス・フィルポットは、向かいあわせに座り、ひと言も言葉を交わさず、たがいに目を合わせようともせず、ただ何杯も紅茶をお代わりしていた。

やがてドスンという耳障りな音がして、みんなが首をすくめると、上階の部屋を担当するメイドがささやいた。「ねえ、ちょっと見にいったほうが――」

ミセス・フィルポットが刺すような鋭い目を向け、そのかわいそうなメイドをすくみあがらせた。「わたしたちは、自分の役目だけをきちんと果たしていればいいんです」

若い従僕のひとりが前に進み出て、誰もが恐れていることを思いきって尋ねた。「ご主人さまのお耳に入ったら、どうするんですか」

ベクウィスは眼鏡をはずして上着の袖で拭《ふ》きながら、悲しげに首を振った。「ご主人さまはもうずいぶんと前から、お屋敷内のできごとに関心を払われなくなっている。今夜だって同じことだと思うがね」

彼の言葉は、使用人たちみんなの心に暗い影を投げかけた。かつては、主人に信頼され、このすばらしいお屋敷の世話をまかされたことを誇らしく思っていたものだ。だがいまは、どんなに心をこめて手すりや家具を磨いても、その輝きを見てくれる人がいないし、どんなに手際よく床を掃いて、暖炉の火を熾しても、それをほめてくれる人がいない。そんな毎日では、気分が沈みがちとなり、意欲を奮い立たせるきっかけにも恵まれなかったのだ。

年若いメイドのひとりがそっと厨房に入ってきたときにも、誰も気づかなかった。彼女はまっすぐミセス・フィルポットのもとへ行き、膝を折っておじぎをしたかと思うと、もう一度同じようにしておじぎをした。明らかに、話す許可をもらうのを恐れて、おどおどしている。

「いつまでそこでぺこぺこしているつもりなの、エルシー？　水に浮かんだコルク栓じゃあるまいし」ミセス・フィルポットが厳しい口調で言った。「なんの用です？」

エルシーは両手でエプロンの裾をつかんでねじりながら、もう一度おじぎをした。「来ていただいたほうがいいと思うんです、ミセス・フィルポット。ご自分の目でお確かめくださ い」

ミセス・フィルポットは目に怒りを宿し、ベクウィスと顔を見合わせてから立ちあがった。ベクウィスもテーブルを押して椅子を引き、あとに続いて厨房を出ていった。ふたりとも目の前のことで頭がいっぱいで、ほかの使用人たちもついてきたことには気づかなかった。

地階の階段をのぼりきったところで、突然ミセス・フィルポットが立ちどまった。すぐ後ろからあがってきた使用人たちは、あやうくドミノ倒しになるところだった。「しーっ！　聞いて！」

みんな息を詰めたが、耳がとらえたのは、ただひとつのものだけだった。

それは、静けさだ。

一同は押し黙って部屋から部屋へと進んでいったが、靴が何かの破片を踏みつけることはなかった。カーテンのない窓から月光がさしこみ、きれいに掃き清められた床と壊れた家具類を照らしている。家具は、修理すればなんとか使えそうなもの、薪にするほかはないものに、きちんと分類されていた。動かせない重い家具はそのままにしてあるが、それでも、ほとんどの部屋に通路ができていて、破《わ》れ物はマントルピースや本棚のいちばん高いところに移されていた。障害物がないと信じて進んできた人がつまずかないよう、縁にモールや房飾りのついた敷物も、筒状に巻いて壁際に置いてある。

主人の新しい看護師は、図書室で見つかった。青白い月明かりに包まれ、足乗せ台の上で丸くなって眠りこんでいたのだ。使用人たちはそのまわりに集まり、恥ずかしげもなくぽかんと口をあけ、彼女を見つめた。

これまでの看護師たちは、だいたい家庭教師か個人教授と同じぐらいのあいまいな地位を占めることで満足していた。もちろん、雇い主と対等とは見なされていなかったが、ほかの使用人と同じことをして、自分を貶《おとし》めようとはしなかった。食事は自分の部屋でとった。床を掃いたり、厚地のカーテンを庭へ引きずり出して風をあてたりといった召使いのする仕事に、あのやわらかい白い手を使うことなど、考えただけでぞっとして、息をのんだにちがいない。

サマンサの手はもう白くもやわらかくもない。楕円形《だえん》の白い爪はところどころが欠けて、縁が汚れていた。右手の親指とひとさし指のあいだには、まめができて血がにじみ、鼻に載せた眼鏡はゆがんでいた。彼女はやさしい寝息を立てている。ほつれた髪が鼻のてっぺんにかかっていて、息を吐くたび、それがふわっと浮きあがる。

「起こしたほうがいいでしょうか」エルシーがささやき声できいた。

「いや、無理だろう」ベクウィスが小声で答えた。「かわいそうに、くたびれきってしまったんだろうな」彼は大柄の従僕のひとりに向かって、指を曲げて合図をした。「ミス・ウィッカーシャムをお部屋まで運んでくれるか、ジョージ。メイドをひとり連れていけ」

「わたしが行きます」いつもは内気なエルシーが、きっぱりと熱意をこめて申し出た。

ジョージがたくましい腕でサマンサを抱きあげると、皿洗い係のメイドが手を伸ばし、眼鏡の角度をそっと直した。

彼らが行ってしまったあとも、ミセス・フィルポットは、感情の読み取れない表情を浮かべて、足乗せ台を見おろしていた。

ベクウィスはそっと彼女に近づくと、気まずそうに咳払《せきばら》いをした。「今夜は、ほかの召使いを下がらせようか」

ミセス・フィルポットはゆっくりと顔をあげた。灰色の瞳が鋼鉄のように固い決意をあらわにしている。「いいえ。まだ仕事がたくさん残っていますし、これ以上、持ち場を離れてうろうろさせておくわけにはいきません」彼女は、残っていたふたりの従僕に向かって指をぱちんと鳴らした。「ピーター、それからフィリップ、その長椅子を壁際に運んで。壁にくっつけて置いてちょうだい」双子の従僕は笑みを交わし、すぐに重いカウチのところへ行って両端を持ちあげにかかった。「気をつけるのよ！」ミセス・フィルポットが叱《しか》りつけた。「そのローズウッドに傷をつけでもしたら、あなたたちのお給金から修繕代を引きますからね。容赦はしませんよ」

それから彼女は、驚いているメイドたちのほうを向いて手をたたいた。その音は銃声のように図書室の中に響きわたった。「ベッツィ、ジェイン、モップを二本とぞうきんを持ってきて。それから、お湯をバケツに入れてきてちょうだい。母によく言われたものよ、床を掃いてもモップをかけなければ意味がないって。それにカーテンをはずしたから、窓も拭きやすくなっているわ」メイドたちがめんくらって立ち尽くしているのを見ると、ミセス・フィルポットはエプロンを振って、ふたりを出入り口のほうへ追いやった。「ふたりとも、岸に打ちあげられたマスみたいに、あんぐり口をあけてそんなところに突っ立ってるんじゃありません。行きなさい、早く！」

ミセス・フィルポットはひとつの窓まで歩いていくと、さっとそれをあけ放った。「ああ！」大きな声でそう言うと、ライラックの香りのする、うっとりするような夜気を胸いっぱいに吸いこんだ。「あしたの朝になったら、このお屋敷はもう、暴かれた墓みたいなにおいがしなくなっているでしょう」

ベクウィスがそばへやってきた。「どうかしてしまったのかい、ラヴィニア？　ご主人さまになんと申しあげるつもりだ？」

「わたしたちは何も言いませんよ」ミセス・フィルポットは、サマンサが運ばれていった出入り口のほうを目で示し、いたずらっぽい笑みを浮かべた。「あのかたがおっしゃるんです」

3

親愛なるミス・マーチ
ぼくは告白せずにはいられません。はじめてきみの姿を目にして以来、もはやほかのことを——そしてほかの人のことを——考えられなくなりました……

翌朝、ゲイブリエルは、こっそりと階段をおりてきた。一段下に足をおろすごとに、空気のにおいを嗅ぐ。鼻をふくらませてみたが、レモンの香りはまったくしない。おそらくあのウィッカーシャムという女は、彼の警告を聞き入れて立ち去ったのだろう。運がよければ、もう二度と、あの女の生意気な物言いに耐えずにすむのだ。そう思うと、妙に気が抜けてしまった。思っていたよりずっとこういう接触に飢えていたようだ。

足音を忍ばせようとするのはやめて、居間に向かってつかつかと歩いていった。すでに、どっしりした重い家具に脛をぶつける瞬間に備え、身構えている。じつのところ、彼はその痛みを歓迎していた。新たな打ち身やすり傷のひとつひとつが、まだ生きていることのあかしと思えたからだ。

だが、彼を待っていたのは、予想外の衝撃だった。思いもよらぬ場所で足乗せ台につまずくこともなく、居間を突っ切ったかと思うと、陽光が真正面から顔に突き刺さったのだ。ゲイブリエルはよろめいて立ちどまり、さっと片手を顔の前にかざして、めまいがしそうなあたたかさをさえぎろうとした。反射的に目をつぶったが、小鳥たちの陽気なさえずりと、ライラックの香りを運んでくるそよ風の愛撫《あいぶ》を防ぐことはできなかった。

一瞬、まだベッドにいて、夢を見ているのかと思った。目をあければ、輝く緑の草原に横たわり、絹のような白い花を咲かせた梨《なし》の木を見あげているのではないか、と。しかし実際に目をあけてみると、顔に感じたのは日差しのあたたかさだけで、やはりあたりには闇が広がっているばかりだった。

「ベクウィス！」彼は大声で呼んだ。

誰かが肩をたたいた。ゲイブリエルは何も考えずにさっと振り向き、相手をつかまえようとした。彼の手は何もない空気をつかんだが、さわやかなレモンの香りが鼻孔をくすぐった。

「誰も教えてくれなかったのか。目の不自由な者にそっと近づくのは無作法だぞ」

「それに危険でもあるようですね」とりちがえようのないその声には、前に感じられたとげとげしさはまったくない。少しかすれていて、息を切らしていることがうかがえ、ゲイブリエルは胸の鼓動が速まるのを感じた。

たんなる腹立たしさ以上のものを抑えようとしながら、ゲイブリエルは何歩か後ろへ下がった。心をそる陽光のあたたかさから逃れることはできなかったので、彼女の声が聞こえてくる方向から、わざと左の頬をそむけた。「ベクウィスはどこだ?」「けさは誰もが奇妙な病に取り憑《つ》かれてしまったようなんです。朝食は用意されていないし、召使いのほとんどがまだ起きてきていませんし」

「わからないんです、ご主人さま」彼の看護師は白状した。

ゲイブリエルは両腕を大きく広げて、その場でくるりとまわった。どこにも、何にも、手がぶつからない。「では、こう尋ねたほうが適切だろうな。家具はどこだ?」

「ああ、それなら心配いりません。まだここにあります。ご主人さまの妨げにならないよう、大半をわたしたちが壁際に寄せてしまったんです。」

「わたしたちだと?」

「いえ、ほとんどはわたしがしたのですけど……」この質問は効果があったとみえ、つかのま、彼女の声に、ゲイブリエルが感じている困惑に似たものが聞き取れた。「わたしが床についたあと、みんなが手を貸してくれたらしいんです」

ゲイブリエルはいらだちをこらえていることをわからせようとして、大げさにため息をついてみせた。「全部の部屋が同じようにしてあったら、ぼくは自分が居間にいるのか、図書室にいるのか、区別がつかないじゃないか。もっと言えば、家の裏手にまわって堆肥《たいひ》の山に足を突っこんでもわからないんだぞ」

うれしいことに、相手はしばらく言葉を失っていた。「まあ、気づきませんでした！」ややあってようやく彼女は言った。「従僕に頼んで、どの部屋でも二、三の家具を真ん中に移動してもらいましょう。しるしになるようにね」さらさらとスカートを揺らしながら、彼のまわりを歩きまわっている。自分の計画のことで頭がいっぱいなのだろう。ゲイブリエルは、顔の右側がつねにその音のほうを向くように、彼女の動きに合わせて体の向きを変えていった。「家具を置いたとしても、中綿入りの布で角をくるめば、怪我をなさる心配なしにお屋敷の中を歩いていただけますね。数を数えることを覚えてくだされればなおさら安心だわ」

「心配は無用だよ、ミス・ウィッカーシャム。数の数え方は子供のころにちゃんと習った」

今度は彼女がため息をつく番だった。「歩数を数えていただきたいっていう意味ですよ。部屋から部屋へ移るときの歩数を覚えてくだされば、いつもご自分の位置をつかんでおくことができて、いらいらなさらずにすむでしょうから」

「そういう変化は歓迎だ。たしかに、きみがこの屋敷に現われてから、いらいらしどおしだったからね」

「なぜ、ずっとそうなさってるんです？」彼女は突然きいた。まぎれもない好奇心に、声の調子がやわらかくなっている。

ゲイブリエルは、自分の周囲をまわる彼女の小さな靴音を追おうとしながら、眉をひそめた。「何をしてるって？」

「わたしが動くたび、体の向きを変えていらっしゃるでしょう？　わたしが左に行くと、右をお向きになる。わたしが右に進むと、左を向かれる」

ゲイブリエルは身を硬くした。「ぼくは目が見えない。自分がどちらを向いているか、わかるわけがないだろう」質問をはぐらかそうとして、彼は言った。「説明してもらいたいのはこっちのほうだ。誰かが故意にぼくの命令にそむいて、ここの窓をあけた。それはなぜだ？」

「命令にそむいたのは、わたしです。看護師として判断したんです。少し日当たりをよくして、新鮮な空気を入れれば、ご主人さまの……その……」何かが喉につかえたように、彼女は咳払いをした。「血のめぐりがよくなるかもしれないと……」

「せっかくだが、循環機能は良好だよ。それに目の不自由な者に日光など必要ない。日光を浴びさせるのは残酷だ。二度と見ることのできない美しいものを思い出させてしまうんだからね」

「そうかもしれません。でも、お屋敷の人をみんな道連れにして、そういう闇に引きずりこむのはひどいと思います」

ゲイブリエルはびっくりして、一瞬、口がきけなくなった。トラファルガーの海戦から戻って以来、彼に対しては、誰もが腫《は》れ物にでもさわるような態度をとっていた。誰ひとりとして——家族でさえ——彼に対してこんなふうにずけずけとものを言ったことはない。

ゲイブリエルは、彼女の声が聞こえてくる方向に、真正面から向きあい、容赦ない日差しが顔を焼くのを許した。「きみは気づかなかったのか。ぼくがカーテンを閉めたままにしていたのは、自分のためだけじゃなく、使用人たちのためでもあったんだ。なぜ彼らが、昼の日差しの中でぼくの顔を見なきゃならない？　少なくともぼくは、視力を失っているおかげで、この醜く変形した顔を見ずにすむがね」

この言葉と彼の顔に対し、ミス・ウィッカーシャムは意外な反応を示した。なんと、笑いだしたのだ。しかも、思ってもみなかったような笑い方をする。ひび割れた乾いた声ではなく、官能的な大きな声で、歌うように、からかうように笑う。彼は興奮をかき立てられ、自分が自覚している以上に血のめぐりがよいことを思い知らされた。

「みなさんがそう言ったんですか？」彼女は尋ねた。息をつこうとしているが、陽気な笑い声は、まださざ波のように彼女の口からもれてくる。「あなたの顔が〝醜く変形している〟って？」

彼は顔をしかめた。「言われなくてもわかる。ぼくは視覚を失ったが、耳は聞こえるし、頭もまわる。医者がベッドのそばで小声で話しているのを聞いたんだ。最後の包帯をとったとき、母と妹たちが恐怖に息をのむのがわかった。従僕がぼくを病院のベッドから馬車へと運んだときには、冷たい視線がいくつも肌に突き刺さるのを感じた。家族でさえ、ぼくの顔を正視することができないのだ。なぜ彼らが、まるで動物を檻に入れるようにして、ぼくをこんなところに閉じこめたと思う?」

「わたしには、檻の扉に錠をおろして窓に格子をはめたのは、あなたのほうじゃないかと思えますけど。ご家族はあなたのお顔ではなくて、怒りっぽいご気性を恐れていらっしゃるのかもしれませんよ」

ゲイブリエルは彼女の手をさがし、三度目にようやくさぐりあてた。握ってみると、その手は驚くほど小さく、だがしっかりとしているように感じられた。

ゲイブリエルがその手をぐいと引いて歩きはじめると、ミス・ウィッカーシャムはびっくりしたように抗議の声をあげた。彼女に導かれて屋敷の中を歩くのではなく、ゲイブリエルのほうが先に立ち、半ば彼女を引きずるようにして階段をあがり、細長いロビーへと連れていった。一族の肖像画の展示室として使われている場所だ。フェアチャイルド・パークのことは、子供の時分に隅から隅まで知り尽くしていた。その知識がいまも役立っている。ゲイブリエルは長い歩幅で距離を計算しながら、彼女を連れて展示室の中を進んでいき、やがていちばん奥の壁の前で足をとめた。彼女が何を目にするか、彼にはちゃんとわかっていた。

麻布を掛けた大きな肖像画だ。

その絵におおいを掛けるよう命じたのは、ゲイブリエルだった。誰かがそれを見て、彼のもとの姿を思い出してなつかしむのかと思うと、耐えられなかったのだ。もし彼がこんなに感傷に弱い愚か者でなければ、それを破壊させていただろう。自分が破壊されたように。

彼は手さぐりで布の端をつかむと、それを引きおろした。「さあ、見ろ！　いまのぼくの顔をどう思う？」

ゲイブリエルは後ろに下がって壁際の手すりにもたれ、彼女のじゃまをせずにゆっくり肖像画を鑑賞させようとした。視覚がなくとも、この女が何を見ているかはわかっていた。ほぼ三十年近く、毎日、鏡でその顔を見てきたのだから。

彼は、光と影が彫りの深い美しい顔立ちを際だたせているさまを知っていた。がっしりした下あごに、えくぼがかすかに刻まれているのも知っている。母がいつも言っていた。きっとあなたがわたしのおなかの中にいたころに、天使がそこにキスをしていったにちがいないと。だが、金色のひげがうっすらと生えて下あごをおおいはじめると、妹たちも、自分たちより兄のほうがかわいいと不満を言うこともなくなった。

ゲイブリエルはその顔をよく知っている。それが女性に対してどのような力を持っていたかもわかっていた。赤ん坊のころは、独身のおばたちが彼のバラ色の頰をつねってみたい誘惑に勝てなかった。成長してからは、社交界デビューしてまもない娘たちがハイドパークで彼の挨拶《あいさつ》を受けると、くすくす笑って赤くなった。やがては、舞踏室でめまいがするようなターンをし、魅惑的な笑みを投げただけで、美しい女たちが嬉々《きき》として彼のベッドに転がりこんできた。

全身にとげをまとったミス・ウィッカーシャムでさえ、その魅力には勝てなかっただろう。

彼女は黙って長いあいだ肖像画を見ていた。「とても美しいかたなんでしょうね」しばらくしてからようやく、考えこんでいるような口調で感想を述べた。「こういうたぐいの男性がお好きな人には」

ゲイブリエルは眉をひそめた。「こういうたぐいとは？」

声の感じから、言葉を選びながらしゃべっていることがうかがえた。「この人の顔には個性というものがありません。なんでもほしいものが簡単に手に入るような人なんでしょう。もう子供ではないけれど、まだ一人前の男とはいえない。いっしょに公園を散歩したり、夜にお芝居を観に出かけたりするには楽しい相手だと思いますが、わたしにとっては、どういうかたなのか知りたくなるような人ではありません」

ゲイブリエルは彼女の声のするほうへ手を伸ばし、ウールの袖に包まれたやわらかい腕をつかむと、自分のほうを向かせて、正面から彼女と向きあった。心から興味を惹《ひ》かれていた。

「いまはどうだ？」

今度は、彼女の声にためらいは感じられなかった。「わたしの目の前にいる人は……」と、静かに言う。「その耳の中ではまだ大砲が鳴り響いている。たいへんな苦難にあったけれど、打ちのめされてはいない。傷を負ったせいで、ほんとうは微笑みたくても、いつも唇が引きつれてしかめっ面になってしまう」彼女はそっと指先で傷痕を撫《な》でた。ゲイブリエルの全身に鳥肌が立った。

肌に触れられたことに衝撃を受け、ゲイブリエルは思わず彼女の手をとって自分の両手にはさんだ。

彼女はすばやくその手を引っこめると、すぐにまた、てきぱきとした口調に戻って先を続けた。「それから、その人は、ひげを剃って、洗濯ずみの服に着替える必要があります。そんな格好でふらふら歩きまわる必要はないんです。その服の着方はまるで——」

「目の不自由な者が着せたみたいだと言いたいのか」彼は冷ややかにあとを続けた。ふたりとも、またもとの調子に戻ることができて、ほっとしていた。

「身の回りの世話をする近侍は置いていらっしゃらないのですか」彼女はきいた。

けさ彼が寝室の床から拾って首のまわりにゆるく巻いてあったスカーフ・タイが強く引っぱられたのを感じ、ゲイブリエルは彼女の手を払いのけた。「辞めさせたんだ。能なしの病人みたいに、人につきまとわれるのはまっぴらだからな」

それは彼女に向けて放たれた警告の矢だったが、サマンサは無視することにした。「なぜですか？　あなたのようなご身分の男性は、たとえ両目の視力が完璧でも、たいていはなんの疑問もなく、ただ立って両腕を伸ばして、子供のように服を着せてもらっていらっしゃるでしょう。近侍がおいやなら、せめて誰かに言って、浴槽に熱いお湯を張ってもらいましょう。お風呂に入ることにも異議がおありでなければ」

ゲイブリエルは、こっちとしては、異議があるのはきみの存在だけだと言おうとしたが、ふと、新しい考えが浮かんだ。この女に退職願を出させる方法は、ひとつだけではない。「湯に浸《つ》かるのはさぞ心地よいことだろう」彼はわざとらしく、絹のようにやわらかな声で言った。「もちろん、目の不自由な者が入浴しようとすれば、多くの危険が待ち受けている。浴槽に入るときに転んで頭を打ったらどうする？　足を滑らせて体ごと湯の中に入って溺《おぼ》れてしまうかもしれない。それに……石けんを落としたらどうする？　自分で拾うことはできないんだ」彼はもう一度彼女の手をさぐりあてると、今度はそれを口もとへ持っていき、てのひらの真ん中の敏感なところに唇をつけた。「ミス・ウィッカーシャム、きみはぼくの看護師だ。きみに体を洗ってもらうのがいちばんだと思うがね」

こんな無礼なことを言ったのだから、平手打ちをくらっても当然だったが、彼女はそうはせず、ただ手をもぎ離して、やさしい声でこう言った。「たぶん、わたしの手は必要ないと思います。体格のよい若い従僕が喜んで石けんを拾ってくれるでしょう」

彼女は、ひとつだけ正しいことを言った。ふいにゲイブリエルは、自分が微笑みたがっていることに気づいたのだ。彼女が決然とした靴音を響かせて階段をおりていくのを聞きながら、彼は大声で笑いたいのを必死でこらえていた。

サマンサは燭台《しょくだい》を掲げていた。蠟燭がゲイブリエル・フェアチャイルドの肖像画を、光のベールで包んでいる。屋敷は暗く、寝静まっていた。彼女は、自分の主人もそうしていることを願った。けさのやりとりのあと、伯爵は一日中、息苦しいほどに暗い寝室に閉じこもり、食事にすら出てこなかった。

サマンサは頭をかしげて肖像画を眺めた。この絵に魅力を感じないふりをしたが、ほんとうにそうだったらどんなにいいだろうと思う。描《か》かれた年は一八〇三年だそうだが、遠い昔の作品だと言っても通るだろう。ゲイブリエルの少年っぽい笑顔は、どこか尊大な印象を与えるのだが、明るい緑の瞳に浮かんだやや自嘲《じちょう》気味の表情が、そうした感じをやわらげている。目は未来を見つめている。それから、熱意や希望など、未来がもたらすありとあらゆるものを。その目は、見なくてもよかったものをまだ見ていない。それを見たがために彼は視力を失うはめになったのだ……。

サマンサは手を伸ばし、傷のない彼の頰を指でなぞった。だがそこにはなんのぬくもりもなかった。はっと驚いてよろめくといった反応も返ってこない。ただひんやりとしたカンバスだけが、帰らぬ過去に思いを馳《は》せて手を触れた彼女をあざ笑っていた。

「おやすみなさい、やさしい王子さま」サマンサはそうささやいて、そっと肖像画に布を掛けた。

やさしい緑のミントが、なだらかな起伏を描いて広がる春の草原をおおい尽くしていた。水色の空では、ふわふわとした白い雲が子羊のように跳ねている。淡い黄色の陽光が彼の顔をあたたかく包んでいた。ゲイブリエルは片方の肘をついて半身を起こし、かたわらで寝息を立てる女を見おろした。アップにまとめた巻き髪の上に、梨の花がひらひらと舞いおりる。そのあたたかみのある蜂蜜色の髪、やわらかいうぶ毛におおわれた桃色の頬、わずかに開いている濡れた珊瑚《さんご》色の唇。彼の飢えた目は、そのすべてをむさぼるように見つめている。

こんなに美しい……こんなに魅惑的な色を見たのははじめてだ。

その唇に唇を近づけると、彼女がまばたきをして目を開き、眠たそうな笑みを浮かべた。彼の大好きなえくぼが深く刻まれる。だが彼女が腕を伸ばしてきた瞬間、ふいに雲が押し寄せてきて太陽を隠し、逃れられない影が彼の視界からすべての色を奪ってしまった。

闇にのみこまれ、ゲイブリエルはベッドの上にがばっと跳ね起きた。静寂の中、自分の荒い息遣いが耳に響く。いまは朝なのか、夜なのか。彼は知る術《すべ》を持たなかった。ただ、闇に向きあわずにすむ唯一の避難所――夢――から放り出されたことだけはわかった。

毛布をはねのけると、彼はベッドのわきに脚をおろして座った。かがみこんで両手で頭をかかえ、呼吸を整えて、自分の置かれた状況を把握しようとした。ミス・ウィッカーシャムがこの姿を見たらなんと思うだろう。そう考えずにはいられない。いまの彼は、何も身にまとっていない。清潔なスカーフ・タイでも締めて、彼女の繊細な感性を傷つけないようにするべきかもしれない。

あちこちを手さぐりでさがしまわってようやく、ベッドの足もとに落ちていたしわくちゃのガウンを見つけ出し、袖に手を通した。ベルトを結びもせずに立ちあがり、重い足取りで部屋の中を歩きはじめた。急に目覚めたせいで、頭が混乱していて、ベッドと書き物机のあいだの距離を測りそこない、机の猫脚に爪先をぶつけてしまった。痛みがじんじんと脚を駆けのぼる。悪態をこらえ、机の前の椅子に腰をおろして、真ん中の引き出しについている象牙の取っ手をさがしあてた。

そして、ベルベットの内張が施された引き出しの中をさぐった。何が入っているかは、ちゃんと知っている。絹のリボン一本で束ねた分厚い手紙の束だ。彼はそれを抜き出した。甘い香りがじらすようにただよってきて、彼の鼻孔をくすぐった。

これは、街頭の物売りから買ったような安物のレモンバーベナとはわけがちがう。女のにおいだ。豊かで魅惑的な花の香りだ。

ゲイブリエルは深呼吸をすると、絹のリボンをほどき、高価なリネン紙の便箋《びんせん》を両手で撫でた。何カ月ものあいだ、肌身離さず持ち歩いていたので、紙はしわが寄って傷《いた》んでいる。彼はその一枚を広げてしわを伸ばし、インクの描いた優美な曲線を指先でたどった。しっかり集中すれば、単語のひとつを――あるいは、記憶に焼きついているひとことを――読み取ることができるかもしれない。

意味をなさない単語を。うつろな言葉を。

彼はゆるくこぶしを握ってから、ゆっくりと手紙をもとどおりにたたんだ。なんと滑稽《こっけい》なことだろう。視覚を失った男が、もはや読むことができない手紙をだいじに持っているとは。

それも、もはや彼を愛していない女からの手紙を。

ほんとうに愛したことがあったかどうかも定かではない女の……。

それでも、彼は手紙の束をていねいにリボンでくくり、そっと引き出しの中に戻した。

4

親愛なるミス・マーチ
甘い言葉できみに愛をささやくことを許していただけるでしょうか。それを望んでもよいでしょうか。

翌朝、ゲイブリエルは、しばし孤独から逃れようと、寝室から出てきた。もしやと思い、空気のにおいを嗅いでみたが、ベーコンとチョコレートのまじった香りしかしてこない。彼はそのにおいを追って、そろそろとダイニングルームへ向かった。ミス・ウィッカーシャムはどこに隠れているのだろう。驚いたことに、きょうは誰にもテーブルマナーや服装をとがめられずに、朝食をとることができた。横柄な看護師が現われて飛びかかってくる前に寝室へ逃げ帰ろうと思い、いつもよりさらにひどい手際で、あわてて食事をすませた。

口についた脂をナプキンの角で拭き取ったあと、彼はそそくさと階段をあがっていった。だが、主寝室にたどり着き、凝った彫刻の施されたマホガニーの扉をあけようとすると、彼の手は空を衝《つ》いた。

ゲイブリエルはぎょっとしてあとずさった。あまりに急いでいたので、どこかで曲がる場所をまちがえたのかもしれない。

と、陽気な声が歌うように言った。「おはようございます、ご主人さま!」

「ああ、おはよう、ミス・ウィッカーシャム」彼は歯がみをしながら挨拶を返した。

おそるおそる一歩前に進み、また次の一歩を踏み出した。顔にあたった陽光の思いがけないあたたかさや、額を撫でるそよ風のやさしさ、あけ放った寝室の窓のすぐ外にとまっている小鳥のさえずりに、すっかり自信を奪われていた。

「黙ってお部屋に入ってしまって、申しわけありません」彼女は言った。「わたしたち、ご主人さまが下で朝食をとっていらっしゃるあいだに、風を通しておこうと思ったんです」

「わたしたち?」ゲイブリエルはいやな予感をおぼえてきき返した。彼女の荒療治に立ち会う者の数はどこまで増えていくのだろう。

「これだけの大仕事を、わたしひとりでやってのけられるはずがないでしょう! いまピーターとフィリップが朝のお風呂の準備をしているところです。エルシーとハンナがシーツを交換し、ミセス・フィルポットとメグがお庭でベッドカーテンに風をあてています。それからミリーが居間の掃除を引き受けてくれました」

彼女の言葉を裏付けるように、水の跳ねる音とシーツのひるがえる音が聞こえた。ゲイブリエルは深く息を吸った。レモンバーベナと洗濯糊の清潔な香りのまじった空気が鼻孔に流れこむ。息を吐き出したとき、着替え部屋の方角から、ネズミがこそこそと這《は》うような音が聞こえてきた。太っていて頭の禿《は》げたネズミだろう。しかもそいつはチョッキを着こんでいる。

「ベクウィス?」ゲイブリエルは吠えるように怒鳴った。

その音がやみ、こわばった沈黙が返ってきた。

ゲイブリエルはため息をついた。「出てこい、ベクウィス。おまえのポマードのにおいがするんだ」

すり足で歩く音が聞こえ、ベクウィスがそっと着替え部屋から出てきたのがわかった。彼がそこにいる理由を、看護師がうまく説明するのを待たずに、ベクウィスは口を開いた。

「ご主人さまが近侍にまとわりつかれるのはいやだとおっしゃいましたので、ミス・ウィッカーシャムが、お召し物を種類別、色別に分類してはどうかと提案されたのです。そうすれば、従僕の手を借りずに、ご自分でお召し替えができるだろうと」

「それで、その仕事を買って出たわけか。よりによって、おまえまで……」ゲイブリエルはつぶやいた。

新しい看護師は、彼のただひとつの避難所に侵入しただけではなく、彼の召使いに協力を求めて、突撃の指揮をとったのだ。どうやってこんなに短いあいだに、彼らの心をつかんでしまったのだろう。思った以上に手強い敵かもしれない。

「われわれをふたりにしてくれ」彼はそっけなく言った。

シーツのさらさらいう音やバケツのぶつかる音がして、慌ただしい動きが感じられ、召使いたちが彼の言葉を聞きまちがえたふりさえする気がないことがわかった。

「ご主人さま、それはどうかと思います……」ベクウィスが思いきって言った。「つまり、ご婦人とふたりきりで寝室に残られるというのは……」

「きみはぼくとふたりきりになるのがこわいか」

ミス・ウィッカーシャムも、彼の言葉を聞きまちがえたふりをしなかった。彼女のかすかなためらいに気づいたのは、ゲイブリエルだけだっただろう。「もちろん、こわくなどありません」

「聞いてのとおりだ」彼は言った。「わかったら、下がれ」空気がそよぎ、召使いたちが急いで彼のそばを通って出ていった。最後の足音が廊下を遠ざかって消えるのを待って、彼はきいた。「みんな出ていったか」

「はい」

ゲイブリエルは背後に手をまわして扉の取っ手をさぐりあてると、それを引き、大きな音を立てて扉を閉めた。それから、扉にぴたりと背中をつけて、彼女の退路を完全に断ってしまった。「きみにはわからなかったのか、ミス・ウィッカーシャム」彼は張りつめた声で言った。「扉を閉めたままにしているのには、それなりの理由があるのだろうとは、考えなかったのか。寝室に手を加えられるのがいやなのだろうとか、プライバシーをたいせつにしたいのだろうとか」彼は声を高くした。「生活の場の一部だけでも、きみのおせっかいがおよばないようにしたかったのかもしれない、とかな」

「喜んでいただけると思っていました」彼女はわざとらしく、ふんふんと鼻を鳴らしてにおいを嗅いでみせた。「少なくとも、ヤギ小屋のようなにおいはしなくなりましたから」

ゲイブリエルは彼女の声のするほうを向いて、険しい表情をこしらえた。「こんなことなら、ヤギといっしょに暮らしたほうがましだ」

ミス・ウィッカーシャムが口をあけ、またさっと閉じた気配が聞き取れた。彼女はきっかり十を数えるあいだだけ待ってから、しゃべりだした。「たぶんわたしたちは、出だしでつまずいてしまったんでしょう。わたしがフェアチャイルド・パークにやってきたのは、ご主人さまに不自由な生活を強いるためだと誤解なさっているようですけど」

「きみがここに来てからは、〝地獄のような生活〟という言葉が何度か頭に浮かんだよ」

ミス・ウィッカーシャムは大きく息をついた。「そうではなくて、わたしがこの職についたのは、ご主人さまにもっと楽な生活をしていただくためだったんです」

「いつからそれにとりかかるつもりだったんだね？」

「ご主人さまのお許しが出たらすぐにでも」彼女は反撃した。「住み心地のいいようにお屋敷の内部に工夫を加えるのは、ほんの手はじめです。いろいろと退屈をやわらげるお手伝いだってできます。庭でお散歩をしていただいたり、お手紙の代筆をしたり、本を読んでさしあげたり……」

本もまた、彼が二度と浸ることのできない楽しみを思い出させる残酷なものだ。「せっかくだが、けっこうだよ。頭の悪い子供のように本を読み聞かせてもらうなんて、絶対におことわりだ」ゲイブリエルは胸のあたりで腕組みをしたが、自分でも子供じみたふるまいをしていることはわかっていた。

「わかりました。でも、ご不自由な状況に慣れてゆかれるお手伝いをする方法はほかにいくらでもありますから」

「それは必要ない」

「なぜです？」

「残りの生涯をこんなふうにして生きていくつもりはないからだ！」ついに自制の糸が切れ、ゲイブリエルは怒鳴りつけた。

声の反響がおさまっていき、ふたりのあいだにしばし沈黙が続いた。

彼は扉にもたれかかり、髪をかきむしった。「こうして話をしているあいだにも、父に雇われた医者たちがヨーロッパ中を旅して、ぼくの病状に関係した情報を片っ端からかき集めようとしている。彼らはこの二週間のうちに帰国する予定だ。そうすれば、ぼくの推測が正しいことが確認されるだろう。ぼくのこの症状は一生治らないわけではなく、一時的な変調にすぎないのだとね」

ゲイブリエルは、ミス・ウィッカーシャムの目を見ることができないのを感謝したい気持ちになった。その瞳の奥には、まだ彼女が示さずにいてくれるものが浮かんでいるかもしれないのだ。哀れみの情が……。哀れまれるより、笑い飛ばされたほうがましだった。

「視力を取り戻せたあかつきに、ぼくが体験できる、いちばんすばらしいこととは何か、わかるか」彼は静かにきいた。

「いいえ」彼女は答えた。その声からは、さっきまでの虚勢がすっかり消えている。

ゲイブリエルは背中をしゃんと起こすと、彼女のほうへ一歩、また一歩と近づいていった。ミス・ウィッカーシャムは、彼がすぐそばに来るまで、その場を動かなかった。空気が動き、彼女が後ろへ下がったのを感じとると、彼はそろそろと彼女のわきをまわっていった。彼女もそれにつれてまわり、最後には扉に背を向けることになった。「美しい夏の一日の終わりに、薄紫色の地平の下に夕日が隠れる瞬間を見ることだと思う人もいるだろう」

あとずさった彼女の背中が扉を打つと、ゲイブリエルは、彼女の背後の厚いマホガニーに片方のてのひらをぴたりとつけた。「深紅のバラのやわらかい花びらを眺めることだと推測する人もいるだろう」彼は上体をかがめ、彼女の吐息がかかるほどに顔を近づけると、少しかすれた低い声でささやいた。「あるいは、美しい女性の目をやさしく見つめることだろう、とね。だがミス・ウィッカーシャム、ぼくは断言する。どれもこれも、きみから自由になれたときに味わう純粋な喜びには、とうていおよぶまい」

彼は扉の上に置いた手を下に滑らせていき、やがて取っ手をつかむと、いきなり扉をあけた。彼女は後ろ向きにひっくり返り、廊下に尻もちをついた。

「きみは扉が当たらないところにいるか、ウィッカーシャム？」

「はい？」彼女はまったくわけがわからず、きき返した。

「きみは扉が当たらないところにいるか」

「ええ」

「なら、いい」

そう言うなり、ゲイブリエルは彼女の目の前で扉をばたんと閉めた。


その日の午後のことだ。サマンサが、ゲイブリエルの部屋のベッドカーテンを洗濯係のもとへ取りにいく途中、階段下の玄関広間にさしかかると、上から彼の甘いバリトンの声がただよいおりてきた。「ベクウィス、教えてくれ。ミス・ウィッカーシャムはどんな容姿をしているんだ？　あそこまで腹立たしいと、まったく想像などできないね。どうがんばっても、しわくちゃ婆さんが上機嫌で大鍋にかがみこんで、けたけたと笑っている姿しか思い浮かばないよ」

サマンサは、ぎょっとして立ちどまった。震える手で分厚い眼鏡に触れ、それから、後ろにひっつめてうなじの上で小さなシニヨンにまとめてあるくすんだ赤茶色の髪をそっと撫でてみる。

突然、ぱっとひらめき、サマンサはベクウィスから見える位置まで下がっていくと、唇に人差し指をあてて、自分がここにいることを知られないようにしてほしいと合図した。ゲイブリエルは壁にもたれ、胸の前でたくましい腕を組んでいる。

ベクウィスはハンカチを取り出して、額の汗をぬぐった。主人への忠誠とサマンサのすがるような目との板挟みになって困惑しているらしい。「看護師としては……そう……どちらかといえば……特徴のない人です」

「おいおい、ベクウィス。もっと何か言いようがあるだろう。髪の色はどうだ？　つややかに輝くブロンドか？　白っぽいグレーか。それとも、煤のような黒か。髪形は？　短く切ってあるのか、それとも三つ編みにしたのを王冠みたいに頭のまわりに巻きつけているのか。声から想像するように、しなびて骨ばっているのか」

ベクウィスは手すりの向こうから、助けを求めるようにサマンサを見た。彼女はそれに応えて、頰をふくらませ、両手で体のまわりに大きく円を描いてみせた。

「ああ、いえ、ご主人さま。ミス・ウィッカーシャムはどちらかと言えば……た、た、たいそう太っておられます」

ゲイブリエルは眉根を寄せた。「ほう。体重は？」

「さあ、どのぐらいでしょう……だいたい……」サマンサはベクウィスのほうに向かって両手の指を見せ、十を、それから八を示した。「八十ストーン（約五百キログラム）ぐらいでしょう」ベクウィスは自信ありげに言った。

「八十ストーンだと？　これは驚いた！　ぼくはそれより小さなポニーに乗ったことがある」

サマンサは目をむいてみせ、もう一度、指で数を示してみせた。

「いえ、八十ストーンではありません」ベクウィスは、サマンサがぱっぱっと広げてみせる指をにらみつけながら、ゆっくりと言った。「十八ストーン（約百十四キログラム）ほどでしょう」

ゲイブリエルは下あごをさすった。「妙だな。そんなに太っているのに、足取りが軽やかだとは思わないか。手をとったときも、それほど……」彼は、何か説明のつかない考えを振り払うように、首を振った。「顔はどうだ？」

「えー……そうですねえ……うーん……」ベクウィスが時間を稼いでいるあいだに、サマンサは小ぶりの鼻をつまんで、引っぱるようなしぐさをした。「長くてとがった鼻をしておられます」

「思ったとおりだ！」ゲイブリエルは勝ち誇ったように叫んだ。

「それから、歯はまるで……」サマンサが頭の上に二本の指を立ててみせたので、ベクウィスはとまどっている。「ロバ……のような……？」おそるおそる口にする。

サマンサはかぶりを振って、両手の指を軽く曲げて前脚のように動かし、ぴょんぴょんと跳ねてみせた。

「いや、ウサギだ！」ようやくゲームの要領がのみこめたベクウィスは、ついうれしくなって、ぽっちゃりした手を打ち合わせそうになった。「ミス・ウィッカーシャムはウサギのような歯をお持ちです！」

ゲイブリエルは満足そうに鼻を鳴らした。「長い馬面によく似合っているだろう」

サマンサはあご先を指でとんとんとたたいた。

「それから、あごの先に」ベクウィスは続けた。だんだん熱が入ってくる。「大きなイボがあって……」サマンサはあごの下に、下向きにした手を添え、指をもじゃもじゃと動かしてみせた。「そこから毛が三本生えています！」

ゲイブリエルは身震いをした。「思ったよりひどいな。なぜぼくはあんなふうに思ったのだろう……」

ベクウィスは眼鏡の奥でしらじらしく目をしばたたいた。「どうお思いになったのですか」

ゲイブリエルは手を振った。「なんでもない。気にするな。ひとりでいる時間が長すぎたせいだろう」彼は手をあげた。「ミス・ウィッカーシャムの容姿については、もう詳しく説明してもらう必要はない。想像にまかせておいたほうがいいこともあるだろう」

彼は重い足取りで階段のほうへ向かおうとした。サマンサは笑いをこらえようと、手で口をおおったが、努力もむなしく、かん高い声がもれてしまった。

ゲイブリエルがゆっくりと振り向いた。鼻の穴が広がったように見えたが、それはサマンサの想像にすぎなかったのだろうか。疑うように唇をとがらせたのも？　サマンサは息を詰めた。かすかな身じろぎをしたり、空気がそよいだりしただけでも、自分がここにいることを知られてしまうかもしれない。

彼は頭をかしげた。「いまのを聞いたか、ベクウィス？」

「いいえ、ご主人さま。何も聞こえませんでした。床板のきしみさえ」

光を感じることのないゲイブリエルの目が、階下の床をさっと掃き、薄気味悪いほどの正確さで、サマンサの立っている位置まで戻ってきて、しばらくそこにとどまっていた。「ほんとうに、ミス・ウィッカーシャムはネズミに似ていないのか？　ぴくぴく動くひげが生えちゃいないか？　チーズをことのほか好むのじゃないか？　こそこそと動きまわってのぞき見をする癖はないか？」

ベクウィスの額がまた汗で光りはじめた。「いいえ、ご主人さま。ネズミなどには少しも似ておられません」

「それは運がよかった。もしそうなら、罠《わな》を仕掛けなきゃならないからな」茶色がかった金色の眉の片方を吊りあげ、ゲイブリエルはくるりと後ろを向いて階段をあがりはじめた。あとに残ったサマンサは考えていた。罠を仕掛けるとしたら、どんな餌《えさ》を使う気だろう。

いくつもの鐘が鳴りわたり、野に山に、美しい歌を響かせる。サマンサは寝返りをうって、羽根枕《まくら》に深く顔をうずめ、夢を見ていた。土曜の晴れた朝の教会に、笑みを浮かべた人々が集まっている夢を。祭壇の前に男性がひとり立っている。その広い肩を包んだ黄褐色のリネンのモーニングコートには、しわひとつない。サマンサは震える手でライラックの花束を握りしめ、長い通路を歩きはじめる。彼が微笑みかけているのがわかった。サマンサは彼のあたたかさに吸い寄せられるようにして進んでいく。だが、どんなに明るい陽光がステンドグラス窓から降り注ごうとも、どんなに彼のそばに近づこうとも、彼の顔は影におおわれたままだ。

と、鐘の音が急に大きくなった。いまはもう美しい旋律ではなく、耳障りな不協和音を響かせている。荒々しい執拗《しつよう》な音だ。そこにさらに執拗な音が加わった。誰かが寝室の扉をたたいている。サマンサはぱっと目をあけた。

「ミス・ウィッカーシャム！」動揺の感じられるくぐもった声が叫んだ。

サマンサはベッドから転がり出て、部屋の入り口に駆け寄り、地味な木綿のネグリジェの上にガウンをはおった。扉をあけると、ベクウィスが困り果てたような顔をして廊下に突っ立っていた。枝つき燭台を持つ手がわなわなと震えている。

「まあ、何があったんです、ベクウィスさん。お屋敷のどこかから火が出たんですか」

「いいえ、あれはご主人さまです。あなたが来られるまで、鐘を鳴らすのはやめないとおっしゃって……」

サマンサはかすんだ目をこすった。「あのかたに呼ばれるようなことはまずないと思ってましたけど。けさあんなふうに寝室から放り出されたんですからね」

ベクウィスが首を振り、あごの肉がぷるぷると震えた。目が赤くなっているので、いまにも泣きだしそうな顔に見える。「思いとどまってくださるよう、説得を試みたのですが、どうしてもあなたでなければだめだとおっしゃるのです」

それを聞いてサマンサは一瞬ためらったが、「わかりました。すぐ行きます」とだけ答えた。

彼女は急いで着替えた。胸の下に切り替えのある紺のドレスの簡便さがありがたかった。近ごろはフランス流に、コルセットを着けずにこういう服を着るのが流行しているのだ。これなら、少なくとも侍女にコルセットの紐《ひも》を締めてもらったり、うんざりするほどたくさんついている絹のくるみボタンと格闘したりせずにすむ。

少し崩れたシニヨンに、ほつれ髪を押しこみながら寝室から出ていくと、ベクウィスが彼女をゲイブリエルの寝室へ案内しようと待っていた。サマンサはあくびを手で抑えながら、長い廊下を足早に歩き、広い階段をあがって屋敷の三階へ向かった。拭きたての踊り場の窓からさしこむ光はまだ薄暗い。夜が明け初《そ》めたばかりなのだろう。

ゲイブリエルの寝室の扉はあいていた。けたたましい鐘の音がしていなければ、サマンサは、彼が床に倒れて死にかけているかもしれないと思っただろう。

だが彼は、健康そのもののようすで、背の高い天蓋《てんがい》つきベッドの、彫刻の施されたチーク材のヘッドボードにゆったりと背中をあずけていた。シャツは着ておらず、腰に掛かった絹のシーツがさほど盛りあがっていないところをみると、ズボンも着けていないようだ。蠟燭の灯が、ただでさえ金粉をまぶしたように見える肌をつややかに輝かせている。サマンサはみごとな筋肉に目を奪われて、口の中が渇いていくのを感じた。きらきらと光を放つ胸毛は、引き締まった腹に向かうにつれて細いリボンほどの幅になり、シーツの下へと消えている。

サマンサは、ベクウィスが蠟燭を放り出して、彼女の目を手でふさごうとするのではないかと心配になった。ベクウィスはあっけにとられて息をのみ、それを聞きとったゲイブリエルは、手にした鐘を最後にもう一度だけ、ゆっくりと振った。

「ああ、なんということを……ご主人さま！」ベクウィスはそう叫ぶと、枝つき燭台を窓際の小机に置いてから、出入り口のそばへ戻り、直立不動の姿勢をとった。「若いご婦人がおいでになることはわかっていたのですから、せめて何かお召しになるべきだったと思います」

ゲイブリエルはかたわらに積みあげたクッションに、たくましい腕の片方を乗せ、なまけものの大きな猫のように寝そべっている。「失礼、ミス・ウィッカーシャム。シャツを着ていない男を見たことがないとは思わなかったのでね」

頬がほてっているのを見られなくてよかったと思いながら、サマンサは言った。「ばかなことをおっしゃらないでください。シャツを着ていない男のかたなら、何人も見てきました」頬がさらに熱くなる。「仕事中に、ということです。看護師として」

「それは運がよかった。だが、きみの繊細な感受性を傷つけないようにするよ」ゲイブリエルはシーツの下に手を突っこんでごそごそやっていたかと思うと、やがてくしゃくしゃのスカーフ・タイを引っぱり出した。それを首に巻き、ぎこちない手つきで結んでから、こずるそうな笑みを浮かべてサマンサのほうを振り返った。「ほら。これでどうだ?」

なぜだか、上半身裸のままスカーフ・タイを締めたために、もっとみだらに見えた。これが罠だとすれば、うまい餌を仕掛けたものだ。抵抗せずにつかまるのはいやだったので、サマンサはベッドまでつかつかと歩いていった。ゲイブリエルが身を硬くし、次の瞬間、サマンサは、じょうずにつくれていないスカーフ・タイの結び目に一本の指を突っこみ、ぐいっと引いてゆるめてしまった。

それから、どんな近侍もかなわないような手並みで、レースの縁取りのついたリネン地のスカーフ・タイをきちんと結び、白い滝のように、胸の前に垂らした。そのあいだ、ゲイブリエルは警戒してじっとしていたし、サマンサは十分に気をつけたのだが、ベルベットのようにやわらかく、熱を帯びた彼の肌に、何度か指の背が触れてしまった。

「さあ」サマンサはできばえに満足して、スカーフ・タイをぽんぽんとたたいた。「これでよくなりました」

ゲイブリエルは、金粉をはたいたようなまつげを伏せた。「それで絞め殺されるかと思った」

「そうしようかとも思ったんですけど、いまのところ、新しい勤め先をさがすつもりはないんです」

「こんなにみごとにスカーフ・タイを結べる女性はめずらしい。不器用な父親か祖父でもいるのかい？」

「兄がおります」サマンサはそれ以上のことは言わずに、背筋をしゃんと起こし、彼の手の届かない位置へ移動した。たとえ目は見えなくとも、この男はサマンサが知られたくないことまで見透かしているかもしれないのだ。「では、お聞かせいただきましょう。まだ夜も明けていないのに、なぜ使用人の半数をあたたかくて心地のよいベッドから引きずり出すようなことをなさったんです？」

「どうしても知りたいなら言うがね、良心がとがめてならなかったからだ」

「そういうめずらしいことがあったのなら、目覚めてしまわれたのは当然でしょう」

ゲイブリエルは、優雅な長い指で絹のカバーにおおわれた枕をとんとんとたたいた。それは、彼女の絶妙な受け答えを認めたことを示す唯一の証拠だった。「ここでひとりベッドに横たわっているうちに、突然、気づいたんだ。きみが義務を果たそうとしているのに、じゃまをするのはまちがっている、とね」不機嫌そうにゆがんだ唇が義務という言葉を愛撫するように発音し、サマンサの背筋に奇妙なおののきが走った。「きみはいたってまじめな女性のようだ。人並み以上の給料を支払いながら、ただのんびりと何もせずに過ごしてもらいたい、と思うのがまちがっている。だから状況を改善するため、鐘を鳴らしてきみに来てもらうことにしたんだ」

「お心遣い、ありがとうございます。それで？　まずは、どんなご用をいたしましょうか」

彼はしばらく考えこんでから、ぱっと顔を輝かせた。「朝食をとりたい。ベッドの中で。盆に載せて運んできてもらおう。こんなに早い時間から、エティエンヌの手をわずらわせないようにしてほしい。きみひとりでなんとかできるだろう。卵は焼いて、ベーコンは縁がわずかに焦げる程度に火を通せ。ココアは、湯気が立ってはいるが、熱すぎないのがいい。舌をやけどしたくないからな」

彼の高圧的な態度に当惑して、サマンサはベクウィスと目を見交わした。「ほかには？」国王陛下、と付け加えてしまわないよう、下唇を噛んだ。

「ニシンの薫製と、焼きたてのホットクロスバン二個にバターと蜂蜜を塗ったものを。それから、朝食の盆を片づけたら、入浴の用意をさせて、居間の掃除を終えるように」彼はサマンサのいるほうへ向かってまばたきをし、左に傷痕のある顔でできるかぎり無邪気な表情をこしらえた。「もちろん、負担になりすぎなければね」

「いいえ、全然」サマンサは答えた。「仕事ですから」

「ああ、そうだろうとも」

彼の唇の右端が持ちあがってこずるそうな笑みが浮かんだ。その瞬間サマンサは、罠がぱちんと閉まって、自分のやわらかい尻尾《しっぽ》をはさんだ音をはっきりと聞いた。

5

親愛なるミス・マーチ
きみが蜜のように甘い言葉を笑うのなら、蜜のように甘いキスで誘惑してみましょうか……

「ミス・ウィッカーシャム？　ああ、ミス・ウィッカーシャム？」悲しげにくり返す声といっしょに、ゲイブリエルの鳴らす陽気な鐘の音が彼女を呼びとめた。

サマンサは彼の寝室の出入り口でゆっくりと後ろを振り返った。けさは、地下の厨房からここまで、四階分の階段を三度もあがってきたのだ。まだ息切れがしている。

彼女の患者は、朝日を浴びたベッドの上で、枕のひとつに頭を乗せている。しわくちゃになったシーツの上に長々と寝そべり、乱れた髪を陽光に照らされたその姿は、病人というより、ついさっきまで情熱的な逢瀬《おうせ》を楽しんでいた男のようだ。

彼は、サマンサが手渡したばかりのウェッジウッドのカップをさし出した。傷痕のない側の口角を下に曲げ、失望したと言いたげな表情を浮かべている。「悪いが、このココアはぬるすぎる。エティエンヌに入れ直すように頼んでくれないか」

「かしこまりました」サマンサは答えると、ベッドのほうを向き、必要以上に力をこめて彼の手からカップをもぎとった。

まだ階段まで行かないうちに、また鐘が鳴りだした。サマンサは立ちどまり、息を殺して十まで数えてから、ゆっくり引き返すと、扉のわきから顔をのぞかせた。「お呼びですか」

ゲイブリエルは鐘を下に置いた。「戻ってきたら、服の整理をしてもらおうかと思ってね。スカーフ・タイとチョッキと靴下を分類してもらったほうが着替えがしやすいんじゃないかと思うんだ」

「この一週間のうちに、着替えができるだけの時間、ベッドから離れられたことがあったとは気づきませんでした。それに、きのう六時間もかけて、お召し物の組み合わせを考えて、ひと揃《そろ》いごとにしまったばかりです。ご主人さまが品目ごとに分類するのはいやだとおっしゃったからですよ」

ゲイブリエルはため息をつき、なんの意味もなくサテンの上掛けを指でつまんだ。「もしそれが面倒だというのなら……」と、上掛けの下に頭からもぐりこみ、その先の脅し文句は言わずに、宙にただよわせておいた。

サマンサは歯ぎしりをしながら、笑みをこしらえた。自分でもかなり引きつった笑顔になっていると思った。「面倒なんかじゃありません。それどころか、光栄ですし、うれしいと思っています」

ゲイブリエルがくしゃくしゃになった寝具のあいだから鐘をさがし出さないうちに、サマンサはくるっと背中を向けて部屋を出ていき、そっと階段をおりていった。いっそあのフランス人の料理人に話をつけて、次のココアのポットに毒ニンジンを入れてもらおうかしら……。

その日もまた、これまでの一週間、毎日してきたように、起きているあいだはゲイブリエルの言いなりになって過ごした。彼ははじめてサマンサを呼んだ朝以来、いっときたりとも、彼女を自由にしてくれない。少し座って休もうとか、寝室に戻ってちょっと仮眠をとろうとかしようものなら、すぐにまた、鐘が鳴りだすのだ。ガランガランという耳障りな音は、朝も昼も夜も、ひっきりなしに鳴っていた。召使いたちは枕で耳をふさがなければ眠りにつけなかった。

ゲイブリエルが何をたくらんでいるのかはちゃんとわかっていたが、サマンサはそれに負けて、ここを逃げ出すはめになるのは絶対にいやだと思っていた。コーラ・グリンゴットやホーキンズといった、これまでの看護師より、ずっと根性があることをなんとしても証明したい。これほど真剣に、患者の健康を考えた看護師はいなかったはずだ。サマンサは、つい皮肉まじりの言葉を返したくなるのをこらえ、彼の身の回りの世話をする近侍と料理人と執事と子守の役目を黙々と務めた。

ゲイブリエルは、就寝時にはとくに気むずかしくなった。サマンサが彼の体を毛布でしっかりとくるみ、ベッドカーテンを引くと、彼は沈んだ声で、部屋の風通しが悪くて少々むし暑くなってきたと言いだす。そこでベッドカーテンをあけて毛布を折り返し、ほんの少しだけ窓をあけておくのだが、サマンサが足音を忍ばせて扉に向かおうとすると、今度はため息をついて、夜風のせいで、命取りになるような風邪を引いたらどうしよう、とのたまう始末。また毛布を掛け直したあとは、部屋の扉のそばでしばらくたたずみ、彼の黄金のまつげが頬にかぶさるのをひたすら待つ。それから階段を駆けおりて、自分の寝室へと向かう。そのころにはもう、羽毛入りのマットレスに倒れこんで、朝までぐっすり眠ることだけを考えている。けれども、まだベルベットのカバーにおおわれた羽毛枕に頭を乗せもしないうちに、またもや鐘が鳴りだすのだ。

また服に着替え、急いで階段をあがっていくと、ゲイブリエルはベッドのヘッドボードにもたれて座り、天使のような笑みで彼女を迎える。呼び立てて悪いとは思ったんだが――と、しおらしげに告白してみせ――きみが寝る前に、枕をふくらませてもらえないかと思ってね、と言う。

その夜、サマンサはゲイブリエルの居間に置いてあるふかふかのウィングチェアにどさりと座りこんでしまった。貴重な時間をほんの少し割いて、痛む足を休めたいと思っただけだった。

ゲイブリエルはベッドに横たわって眠ったふりをしながら、蝶番《ちようつがい》がきしんで扉が開く音を待っていた。ミス・ウィッカーシャムのスカートの心地よい衣《きぬ》ずれの音は、もうすっかり耳になじんでいる。彼女はその音をさらさらと立てながら、蠟燭を吹き消したり、ゲイブリエルが手当たり次第にベッドの上から床に放り出したものを拾ったりして、寝室の中で忙しく立ち働く。そうして、ゲイブリエルが眠りに落ちたと見きわめをつけるとすぐに逃げ出そうとする。彼にはサマンサが出ていく瞬間がいつもわかる。彼女がいなくなると、部屋の中にぽっかりと穴があいたようになるのだ。

だが今夜は何も聞こえない。

「ミス・ウィッカーシャム」彼は毛布の下から長い脚を突き出し、しっかりした声で呼びかけた。「爪先から風邪を引きそうなんだ」

爪先を動かしてみたが、反応はない。

「ミス・ウィッカーシャム?」

返事はなく、かすかないびきだけが聞こえてきた。

ゲイブリエルは寝具をはねのけた。昼も夜も病人を演じつづけ、彼は疲れきっていた。今度の看護師は、信じられないほどの強情者だった。意地を張ってはいるが、もう何日も前に音をあげていて当然なのだ。こちらの要求には、いやな顔ひとつせずに応じているが、堪忍袋の緒が切れかけているのは明らかだった。

今夜も、枕をふくらませてくれと、一時間のあいだに三度も頼んでやった。さっき三度目にやってきたときには、彼女が枕を片手にしばらくベッドのそばに突っ立っているのがわかり、これ以上無理難題をふっかける気なら、窒息死を覚悟しなければならないことを思い知らされた。

ゲイブリエルは、壁紙の張られた壁に沿って手さぐりで歩いていき、寝室の隣にある居間に入った。海の精セイレンの歌声に惹きつけられる船乗りのように、いびきの音に吸い寄せられて、暖炉の前に置かれたウィングチェアにたどり着いた。空気がひんやりしているところをみると、ミス・ウィッカーシャムには自分のために火を熾す余裕などなかったのだろう。

自責の念にちくりと胸を刺され、ゲイブリエルは椅子のそばに膝をついた。がんばり屋の彼女がこんなふうになってしまうとは、よほど疲れていたのだろう。揺り起こすべきであることはわかっていた。すぐに起きて、窓を閉めろとか、熱した煉瓦《れんが》を毛布で包んで持ってこい、それで爪先をあたためろとか、命じるべきだ。だが気がつくとゲイブリエルは、彼女のほうへ手を伸ばし、額にかかったほつれ毛らしいものに指を触れていた。それは思ったよりもやわらかく、絹糸のようにするりと、指の先から滑り落ちていった。

寝息がやみ、サマンサが椅子の中で身じろぎをした。ゲイブリエルは息を詰めたが、彼女の息遣いはまたもとのように深くなり、規則正しいリズムを取り戻した。

ゲイブリエルの手が、彼女の眼鏡の冷たい金属製の縁をこすった。ベクウィスの説明とはちがって、眼鏡は、その重みを支えられないほど華奢な鼻の上に、斜めにかしいで載っている。ゲイブリエルはそっと眼鏡をはずしてわきに置くと、彼女が楽に眠れるようにしてやっただけだと、自分に言い聞かせた。だが指がじかに彼女の顔に触れると、誘惑に打ち勝つのはむずかしくなった。

これはミス・ウィッカーシャムが自分でまいた種なのだ、と理屈をつけようとした。もし彼女がベクウィスをそそのかして、あんな嘘《うそ》を教えさせたりしなければ、こんなふうに彼女の容姿に興味を持ちつづけはしなかっただろう。

ゲイブリエルは、彼女の頬にそっと指先を走らせ、そして、驚いた。肌が綿毛のようにやわらかい。冷ややかな声から想像していた年ごろよりはずっと若いようだ。

彼の好奇心は満足するどころか、さらに強まった。なぜ育ちのよい若い娘が、このような割に合わない仕事を選ぶのだ？　博打《ばくち》好きの父親でもいたのだろうか。あるいは、不実な恋人にもてあそばれて、捨てられて、やむなく自活せざるをえなくなったのか。そういう女は、家庭教師かお針子の口が見つからなければ、やがては自分の体のほかに売るもののない身となり果てて、街角で春をひさぐはめになるのだ。

慎重に探索を続けた結果、彼女の顔は少しも長くはなく、馬面などではないことがわかった。華奢な骨格が完璧なハート形をこしらえている。額が広く、下へ行くにつれて幅が狭まっていく。あご先は少しとがっていて、イボらしきものはどこにもないし、毛深いわけでもない。ゲイブリエルの親指が感じとったのは、いっそう魅惑的なやわらかさだけだった。

　やがて親指の腹がふっくらした唇に触れ、ミス・ウィッカーシャムが彼のてのひらに頬を押しつけて、満足そうに、かすれた小さなうめき声をもらした。

　ゲイブリエルは、はっとして身を硬くした。下半身に熱い血がどっと流れこんできて、動けなくなってしまった。血のめぐりはよいほうだとうそぶいたが、いまのいままで、これほどよいとは知らなかった。最後に女の肌のあたたかさに触れたのは、もうずいぶん前のことだ。誘うように開かれた唇から、もれた吐息の愛撫を受けたのも……。トラファルガーの海戦の前、彼は一年近く海に出ていた。心をあたためてくれるものは、ぼろぼろの手紙ひと束と、将来への希望だけだった。久方ぶりに感じる欲望の甘い疼《うず》きが、どれほど強烈なものかを忘れていた。どれほど危険であるかも。

　彼は手をさっと引っこめた。すっかり自分がいやになっていた。目を覚ましている看護師を苦しめるのはよいとしても、眠っているあいだに愛撫するなど、もってのほかだ。ゲイブリエルはもう一度、ミス・ウィッカーシャムのほうへ手を伸ばした。今度は揺すって起こしてやろうと思っていた。そして、自分が完全に理性をなくしてしまう前に、さっさと寝室へ戻るよう命じるつもりだった。

　と、彼女がもぞもぞと動き、またやさしい寝息を立てはじめた。ゲイブリエルはため息をついた。

胸の内で悪態をつきながら、彼はそろそろと寝室へ戻り、キルトを一枚、ひっつかむようにして手にとった。そしてまた居間へ引き返し、ぎこちない手つきでそのキルトを彼女に掛けてくるんでやると、おぼつかない足取りで自分の冷たい空っぽのベッドへと帰っていった。

サマンサは背中を丸め、心地よい寝床にさらに深く身をうずめた。妖精が十人がかりで右足を針でちくちく刺しているような感覚は無視しようとしていた。まだ起きたくない。まだ意識の片隅に残っている、夢の余韻を手放したくなかったのだ。細かいところまでは思い出せない。わかっているのは、あたたかさに包まれ、心が満たされ、愛されていると実感できたことだけ。これを手放してしまったら、あとにはもう、もてあますほどのせつない気持ちのほかには何も残らないだろう。

まぶたがぴくぴくと震え、ゆっくりと目があいた。窓の外を見ると、東の地平線上に、ピンクがかった金色の朝もやが流れていた。サマンサはあくびをし、のびをして、こわばった筋肉をほぐすと、最後にひと晩ぐっすり眠ったのはいつのことだか、思い出そうとした。お尻の下に敷いていた足を引き抜いたとたん、膝に掛かっていたキルトが床に滑り落ちた。

サマンサはまばたきをして、最高級のダウンキルトを見おろした。伯爵のベッドに掛かっている、たくさんの高級寝具のうちのひとつだ。彼女は当惑し、反射的に手を顔に持っていって眼鏡をはずそうとした。だが、ない。

みじめなまでに無防備になった気がして、サマンサは必死で、椅子のまわりを手さぐりでさがした。眠っているあいだに滑り落ちたにちがいないと思ったのだ。だが前にかがんだとき、それがきちんとたたまれて、椅子の横の絨毯の上に置かれているのが見つかった。

とたんに眠気が吹き飛んだ。サマンサは眼鏡をかけて、部屋の中を見まわした。ゆうべ椅子に座りこんでしまったことはかすかに覚えている。やがて、あいまいだった夢の断片が記憶によみがえってきた。男性のあたたかい手が彼女の髪に触れ、頰を撫でて、やわらかい唇を愛撫したのだった。サマンサは目を閉じ、唇に指を二本あてて、触れられたときの強烈な快感と甘い感情を呼びさまそうとした。

夢じゃなかったらどうしよう？

サマンサはぱっと目をあけ、妙な考えを振り払った。とてもではないが、隣の部屋で眠っている男にそんなやさしさがあるとは思えない。だがそれでも、誰がキルトを掛けてくれ、こんなに気をつけて眼鏡をはずしてくれたのかという疑問は残る。

キルトを拾って立ちあがり、サマンサは静かに隣の寝室に入った。何を見つけたいと思っているのか、自分でも確信はなかった。ゲイブリエルは、しわくちゃの寝具のあいだでうつぶせに寝て、曲げた腕で頭をかかえこんでいた。絹のシーツがめくれて片方の腿がのぞいている。それは、筋肉が盛りあがり、胸と同じ金色の毛におおわれていた。サマンサは、彼がどうやってこうした筋肉をつけたのかをちゃんと知っている。乗馬や狩りをし、船の甲板をふんぞり返って歩き、部下に向かって大声で命令をしているあいだに、身についたのだ。

サマンサはそっとベッドに近づいた。数カ月のあいだ、屋敷に閉じこもって暮らしてきたにもかかわらず、なめらかで張りのある背中の肌は、十分に陽を浴びていたころのつややかさを失ってはいない。その黄金のような輝きに引き寄せられて、サマンサは手を伸ばした。だがふいにわれに返った。指先がかすかに触れただけなのに、体の中を炎が駆け抜け、肌がかあっと熱くなった。

自分の大胆さにショックを受け、サマンサは手を引っこめた。無造作にキルトを彼に着せかけると、急いで出口へ向かった。夜明けに伯爵の寝室からこっそり――しかも顔を赤らめ、まだ眠そうな腫れぼったい目をして――抜け出すところをミセス・フィルポットやほかの召使いに見つかったら、なんと思われるか、わかったものではない。

階段の手すりをつかみ、サマンサは忍び足で急いでおりていった。自分の寝室がある階にたどり着く直前、陽気な鐘の音が上のほうから追いかけてきた。サマンサはぎくりとして立ちどまった。突然、恐ろしい疑問が頭をもたげた。ゲイブリエルがただ眠っているふりをしていただけだったらどうしよう。

鐘がまた鳴った。かん高いその音がいっそう執拗に感じられる。

サマンサは肩を落とし、ゆっくりと後ろを向くと、重い足取りで階段をのぼっていった。

お昼を過ぎたころには、鐘の音が容赦なく、つねに頭の中で鳴り響いているような気がしてきた。サマンサはゲイブリエルの着替え部屋にいて、取り落とした絹のスカーフ・タイを拾おうと、床に這いつくばっていた。手を伸ばしたちょうどそのとき、また鐘が鳴りだした。背中を起こしたとたん、上の棚にごつんと頭をぶつけてしまった。棚が傾き、シルクハットが十個ほど、彼女の上になだれ落ちてきた。

それを払いのけ、サマンサはつぶやいた。「信じられない。頭がひとつしかないのに、なぜこんなにたくさんの帽子が必要なのかしら」

汗で湿った髪が額に貼りついている。サマンサは両方の手に一本ずつ、毒蛇でもつかむようにしてスカーフ・タイを握りしめ、狭苦しい着替え部屋から出ていった。「お呼びになりましたか、ご主人さま」声に怒りがにじんだ。

窓からさしこんだ陽光が、光輪のようにゲイブリエルの乱れた髪を包んでいるが、傷痕のある彼の顔は、気まぐれな要求をすべて満たされることに慣れた専制君主のような、陰気なしかめっ面をこしらえていた。「どこへ行ったのかと思っていた」彼は、いつもよりさらに不機嫌そうに、非難めいた口調で言った。

「南のブライトンまで出かけて日光浴をしてたんです」サマンサは答えた。「留守のあいだにさびしがってくださるとは思ってもみませんでした」

「父か医者から知らせが来ていないか」

「十分前に確認してからは、まだです」

彼は唇をきつく結んだ。無言で彼女を責めている。ふたりとも朝からずっと機嫌が悪い。サマンサは、ひと晩ぐっすり眠ったというのに、まだあのわけのわからない夢の断片と、さっきのばかげた愛撫を彼に勘づかれたのではないかという疑念に悩まされていた。男の肌に飢えている、哀れな干からびたオールドミスだと思われていたらどうしよう。

多少なりとも礼儀らしきものを取り戻そうとして、サマンサはこわばった声で言った。

「わたしは半日のあいだ、ご主人さまの着替え部屋にいたんです。お申しつけのとおり、スカーフ・タイを生地と長さごとに分類していました。それよりも早くすませる必要のある用事はないと思ったのです」

「この部屋は暑い」ゲイブリエルは手の甲を額につけて言った。「熱があるかもしれない」

彼は毛布をはねのけ、恥ずかしげもなく、筋肉のついた長い腿をさらけ出した。サマンサは、けさ彼が膝丈ズボンをはいてくれただけでも、感謝したい気持ちだった。膝から下はむき出しだ。

サマンサは、自分でも気づかないうちに、熱くなった喉をスカーフ・タイで拭いていた。

「たしかに、きょうは季節はずれの暑さですね。窓をあければ……」

部屋を横切ろうと、真ん中まで行ったところで、彼が鋭い声で言った。「いや、いい。ライラックのにおいを嗅ぐと鼻がむずむずしてくしゃみが出ると言っただろう!」ゲイブリエルは枕に頭をあずけると、片手を振ってみせた。「しばらくあおいでくれないか」

　サマンサはあ然とした。「ついでに、もぎたてのブドウもお口に入れてさしあげましょうか」

「きみがそうしたいんなら」彼は鐘のほうへ手を伸ばした。「鐘を鳴らして、持ってこさせようか」

　サマンサは歯がみをした。「それより、おいしい冷たい水でも飲まれてはどうです？　お昼のが少し残っていますよ」彼女は、部屋の隅にある姿見の上にスカーフ・タイを掛けてから、窓際の小机に置いてあった水差しからゴブレットに水を注いだ。厚手の陶器は、井戸から汲《く》みあげた新鮮な水を冷たく保っておくようにつくられている。サマンサはベッドに近づいた。ゲイブリエルの目が見えたとしたら、わたしと同じように、さぐるようにこちらを見ていたことだろう。どうもそんな気がしてならなかった。

「どうぞ」サマンサは言い、ゴブレットを彼の手に押しつけた。

　ゲイブリエルはそれを自分で持とうとしない。「飲ませてくれないか。疲れてくたくたなんだよ」彼はため息をついた。「ゆうべはとくに眠りが浅かった。隣の部屋で子グマがうなっている夢ばかり見ていたんだ。ひどい目にあったよ」

　彼はクッションのあいだで枕にもたれかかり、ひな鳥が母親に餌をもらうのを待つように、口をあけた。サマンサは長いこと黙って彼をにらみつけていたかと思うと、いきなり、ゴブレットをさかさまにした。冷たい水がゲイブリエルの顔を直撃した。彼はさっと起きあがって、咳きこみ、悪態をついた。

「何をする？　溺死《できし》させる気か？」

サマンサはベッドからあとずさり、音を立てて窓際の小机の端にゴブレットを置いた。

「あなたのような人、溺死させる価値もありません。ゆうべ隣の部屋で眠っていたのが子グマじゃなかったことは、よくご存じなんでしょう。わたしだったんです！　よくもあんなななれなれしいことができたものだわ！」

ゲイブリエルがまばたきをし、まつげにくっついていた水滴が飛び散った。彼の顔には、怒りと同時にとまどいが表われていた。「いったい、なんの話だ？　さっぱりわからない」

「わたしの眼鏡をおはずしになったでしょう！」

ゲイブリエルは、信じられないといわんばかりに、吹き出した。「まるで服を脱がしたとでも思ってるような口ぶりだな」

サマンサは、地味な深緑色のブラウスの立ち襟をつかんだ。「脱がさなかったという証拠はないでしょう」

ふたりのあいだに、熱くなった空気よりも重い沈黙が流れた。やがて彼のハスキーな声が低くなり、危険な領域へとおりていった。「ミス・ウィッカーシャム。もし服を脱がせていたとすれば、きみは目を覚まし、目覚めがいのある思いをしていたはずだ」この絹にくるまれたような放言は、予告と受けとめるべきか、脅しと解釈するべきか。サマンサがはかりかねているうちに、彼は続けて言った。「ぼくはただ、眼鏡をはずしてキルトを掛けただけだ。きみが心地よく眠れるようにしてやりたかったんだよ」

そのとたん、彼がすまなさそうに頬を赤らめ、サマンサはびっくりした。この人が赤くなることがあるとは思ってもみなかったのだ。あのよくまわる舌から出てくるのは、嘘か、半分ほんとうのことだけだと思っていた。

ゲイブリエルはまた枕に頭を戻すと、このうえもなく傲慢《ごうまん》な表情を浮かべた。「さあ、臨時の行水がこれですんだのなら、タオルを持ってきてくれてもいいだろう」

サマンサは腕組みをした。「ご自分でとっていらしてください」

ゲイブリエルは金色の眉の片方をあげ、傷を引きつらせた。「なんだと？」

「タオルをお望みなら、ご自分でとっていらしてください。何から何までお世話するのはもうたくさんです。ご主人さまは目がご不自由かもしれませんが、完全無欠の腕と脚を二本ずつお持ちなんですから」

サマンサの指摘を証明するかのように、彼は毛布を払いのけると、腰をあげ、彼女の真ん前にぬっと立った。鐘が床に落ち、耳障りな音を立てながら、床の上を転がっていく。

サマンサは、ベッドでごろごろしていないときの彼が、どんなに堂々として見えるかを忘れていた。とくに上半身裸で、色褪《いろあ》せたドスキンの膝丈ズボンしか着けていないときの彼は、とてつもなく大きく感じられる。あまりに近くに立たれてしまったので、呼吸が速まり、恐怖に鳥肌が立った。だが一歩も退くつもりはない。

「また同じことを言わせる気か、ミス・ウィッカーシャム。ここの労働条件が気に入らないのなら、黙って退職願を出せばいいじゃないか」

「よくわかりました、ご主人さま」サマンサは氷のように冷たく、落ち着き払って言った。「すぐにそうしましょう。辞めさせていただきます」

滑稽ともいえる、驚いたような表情が彼の顔をよぎった。「どういう意味だ、辞めるって?」

「お給金をいただいて、荷物をまとめて、日が暮れる前にお屋敷を出ていきます。お望みなら、ベクウィスさんに頼んで、わたしが出ていく前に、また新聞に募集広告を出してもらいます。今度はもっと報酬の額を大きくするようにすすめますよ。でも、どんなにお金を積んでも、あなたの無茶な要求には、誰も一時間以上は耐えてくれないでしょう」サマンサはくるっと彼に背中を向けると、扉のほうへ歩きだした。

「ミス・ウィッカーシャム、戻ってこい! 命令だ!」

「わたしは辞めるんです」サマンサは顔だけを彼のほうに向けて、その言葉を投げつけるように言った。残酷な喜びが全身を駆けめぐった。「もうあなたの命令に従う義務はありません!」彼が早口で何か言うのを無視して、部屋の外に出ると、ゆがんだ満足感を覚えつつ扉をぴしゃりと閉めた。

ゲイブリエルはベッドのそばに立ち尽くしていた。扉の閉まった音がまだ耳の中に響きわたっている。何もかもがあまりに急に進んでしまったので、まだこの事態が受け入れられずにいる。かつての部下は、けっして命令に異議を唱えたりしなかった。なのに、あの石頭で痩《や》せっぽちの看護師は、図々しくもさからったのだ。

だが自分は勝った。ゲイブリエルはきっぱりと自分にそう言い聞かせた。今度もまた。あの女はこちらの望みどおり、辞めると言ったのだ。勝利の喜びに有頂天になってしかるべきだ。

「ミス・ウィッカーシャム！」だが彼は大声で呼び、あとを追おうとした。

長いあいだベッドでのらくらしていたのがたたったのだろう、せっかく努力して身につけた平衡感覚と方向感覚に狂いが生じ、三歩も行かないうちに、足首を小机に引っかけてしまった。彼も小机もぐらりと傾いた。つるつるしたテーブルの表面から何か硬いものが滑り落ち、床で砕けて、ガラスの破片が飛び散った。

踏みとどまる間もなく、体が前につんのめり、ゲイブリエルはどうっと倒れてしまった。その瞬間、喉のあたりに何かが刺さったような鈍い痛みを感じた。彼は呼吸を整えようとして、しばらくそのままの姿勢でいた。だがしばらくして起きあがろうとすると、頭がふらついて四肢に力が入らず、また床に沈んでしまった。

手があたたかい水たまりのようなものに浸《つ》かった。割れた水差しとゴブレットに入っていた水だろうか。だが指先をこすりあわせてみると、なんだかぬるぬるしている。

「なんということだ」彼はつぶやいた。これは自分の血ではないか。

一瞬、目の前が暗くなり、彼は戦艦ヴィクトリーの揺れる甲板に戻っていた。銅のにおいに似た血のにおいが鼻孔をつく。あれは自分の血だけではなかった。ゴォーッという音が耳の中に響きわたった。彼をまるごとのみこもうと襲いかかってくる飢えた大波のような音が。

ゲイブリエルは片腕を伸ばし、ぽっかりと口をあけた闇の中に落ちないよう、何かつかまるものをさがした。と、指がなじみのある形のものに触れた。鐘についている木の柄だ。彼はその柄を自分のほうへ引き寄せたが、それだけで力を使い果たしてしまい、鐘を持ちあげることはできなかった。

ゲイブリエルはがっくりと頭を落とした。こんな皮肉なことが……こんな情けないことがあって、いいのだろうか。トラファルガーの海戦を生き延びたというのに、たったひとつの家具と、高慢ちきで鼻っ柱の強い看護師にしてやられて、寝室の床で失血死を遂げるとは。葬儀のときには、あの氷のように冷たいミス・ウィッカーシャムも涙を流してくれるだろうか。生気が失われていくのを意識しながら、そんなことを考え、笑みが浮かびかけた。

「ミス・ウィッカーシャム？」弱々しい声で呼んだ。ありったけの力をふりしぼり、これが最後と鐘を振ると、カン、と一度だけ、か細い音が鳴った。声がかすれ、ささやきになる。

「サマンサ?」

とたんに鐘の音と耳鳴りが遠のいていき、つねに彼を取り巻いている闇のように、いっさいを奪う暗い沈黙が訪れた。

6

親愛なるミス・マーチ
きみはぼくが不埒《ふらち》で傲慢な男だと言います。しかし、それこそが男の魅力ではないでしょうか……

「もう耐えられない！」サマンサは声に出して言いながら、綿繻子《しゅす》の裏地のついたスカートを、たたみもせずに旅行鞄に押しこみ、そのあとから、ところどころすり切れたペティコートを丸めて突っこんだ。「わたしは救いようのない大ばか者だった。あんな男を助けられると思ったなんて」

こぢんまりとした寝室の中をつかつかと歩きまわり、ピンや靴やストッキングや本を拾いあげていると、上階から、おなじみの衝撃音が聞こえてきた。天井が揺れて、サマンサの頭に漆喰《しっくい》の小さなかけらが雨のように降りかかった。

サマンサは見あげもしなかった。「わたしはばかかもしれない。でも、もう二度とその手には乗らないわ」そう言って首を振った。「陶器店に迷いこんだ雄牛みたいに歩きまわる気なら、後片づけの仕方を覚えればいいのよ」

鞄に本を詰めていると、音が聞こえた。くぐもった鐘の音が。それも、ほんのかすかに、一瞬だけ……。空耳だったかもしれない。サマンサは、シェイクスピアの薄いソネット集の上に、サー・ウォルター・スコットの小説を入れ、ふんと鼻を鳴らした。あんな哀れっぽい音で、わたしが心を動かすと思っているとすれば、ゲイブリエルはとんでもない愚か者だ。鏡台の中を片づけることに専念しているうち、数分が過ぎ、やがてサマンサは、自分が何を耳にしているかに気がついた。

すべてが死に絶えたような静けさだ。

サマンサは鏡とヘアブラシを手にしたまま、しぶしぶ、不安げな視線を天井に投げた。いやな予感が背筋を駆けおりたが、すぐにそれを否定した。ゲイブリエルはベッドへ這い戻って、ふてくされているのにちがいない。

レモンバーベナの小瓶をとろうとしたとたん、手が震えているのに気がついた。鏡台の前のスツールに座りこみ、サマンサは鏡に映った自分の顔を見た。古い鏡で、表面がところどころへこんで波打っている。こちらを見返してきた女は、別人のようにしか見えない。あか抜けない眼鏡をはずしてみたが、それでも、瞳に浮かんだ物思わしげな表情は、これまで見たこともないものだった。

わたしは勇気ある行動をとろうとしているの？　それとも、臆病《おくびょう》風に吹かれているの？

ゲイブリエルが居丈高で気むずかし屋の暴君だから、抵抗しているの？　それとも、彼に手を触れられたから、ここを逃げ出そうとしているの？　サマンサは自分の髪に手をやり、頬に、唇にさわった。あの夢の中で触れられたとおりに。ゲイブリエルには、なぜかやさしくされるより、横柄にふるまわれたほうが、まだがまんできる。彼女の傷ついた心には、そのほうが危険が少ない。

また眼鏡をかけ直し、立ちあがって、レモンバーベナの小瓶を旅行鞄にしまった。

半時間もたたないうちに、彼女がこの部屋を使っていた痕跡はきれいになくなった。短い滞在に終わってしまった。旅行用の上着を着こんで小さな真鍮《しんちゅう》ボタンを留めていると、突然、誰かが寝室の扉を激しくたたきはじめた。

「ミス・ウィッカーシャム！　ミス・ウィッカーシャム！　おられますか」

サマンサはボンネットをつかみ、さっと扉をあけた。「ちょうどいいところへ来てくださったわ、ベクウィスさん。これから誰か男の人を呼んで、鞄を階下に運んでもらおうと思っていたんです」

執事は大きく目をむいている。とまどったようすはない。サマンサの鞄など、ちらとも見ようとしなかった。「すぐ、いらしてください、ミス・ウィッカーシャム！　ご主人さまのもとへ！」

「今度はなんのご用かしら。かゆいところに手が届かないとか？　それとも、糊のきかせ方が足りないせいで、スカーフ・タイがバリッとしていないとか？」サマンサはボンネットのリボンをあごの下でぎゅっと結んだ。「どんなくだらないことをたくらんでいらっしゃるのか知りませんけど、ご主人さまはわたしのことなど、必要としてはいらっしゃらないんです。一度だって必要となさったことはありませんでした」自分が口にした言葉なのに、それはびっくりするほど鋭くサマンサの胸を刺した。

するといたことに、礼節の守護者をもって自任するベクウィスが、サマンサの腕をつかんで部屋から彼女を引きずり出そうとした。「お願いです」と、彼は懇願した。「ほかにどうしたらよいのか、わからないのです！　あなたがいらっしゃらなければ、ご主人さまは死んでしまわれます！」

サマンサはかかとを床につけて足を踏んばり、ベクウィスに抵抗した。「やめてください！　そんなに大げさなこと、なさらなくてもだいじょうぶ。伯爵はわたしがいなくとも、りっぱにやっていかれます。きっと――」突然、サマンサは目をしばたたき、扉をあけて以来はじめて、まともにベクウィスを見た。

ベクウィスのチョッキはしわくちゃで、いつもていねいに梳《と》かして頭に貼りつけてあるまばらな髪が四方八方を向いて逆立ち、てかてかのピンクの頭皮があらわになっている。サマンサは、自分の腕をつかんだ太い指に目を落とした。その指には赤褐色の筋状の汚れがついていて、茶色のウール地のドレスの袖に、鮮やかな色のしみを残していた。

心臓の鼓動が、喉の中に鈍く響いた。

サマンサはベクウィスの手から腕をもぎ離すと、彼のそばをすり抜けて部屋を飛び出した。スカートをつまみ、廊下を全速力で駆けて、階段を一度に二段ずつあがっていった。


ゲイブリエルの寝室の扉はまだ少し開いていた。

最初に目に飛びこんできたのは、倒れた巨人のように、床にうつぶせになっているゲイブリエルの姿だけだった。思わず悲鳴がもれそうになり、サマンサはあわてて手で口をふさいだ。

ミセス・フィルポットが向こう側にひざまずいて、彼の喉にハンカチを押しあてている。それはすでに真っ赤な血に染まっていた。何が起きたのか、推測するのはむずかしくなかった。あたりの床に陶器とガラスの破片が散らばっていたからだ。

サマンサはさっと駆け寄ると、床に膝をついた。ガラスのかけらがスカートを貫き、膝をちくりと刺したが、気にもならなかった。ハンカチに手を伸ばして、そっとはがし、ゲイブリエルの喉の深い傷を調べはじめると、ミセス・フィルポットが膝をついたまま上体を起こした。一刻も早く、この恐ろしい仕事をサマンサに引き継いでもらいたかったのだろう。

ミセス・フィルポットが目にかかったほつれ毛をかきあげ、その拍子に、ゲイブリエルの血が頬についた。「午後のお茶をお部屋へお持ちしたときに、ご主人さまを発見したのです。

いつからこうしていらっしゃったのかは、わかりません」ミセス・フィルポットの鋭い視線がサマンサの旅行用の上着とボンネットをさっと掃き、すべてを見てとった。彼女はゲイブリエルの鐘を拾いあげた。木の柄に、血染めの指の跡が残っている。「ご主人さまのお手のすぐそばにこれが落ちていました。これを鳴らして助けを呼ぼうとなさったんだと思いますが、誰にも聞こえなかったのでしょう」

サマンサは一瞬、目を閉じ、かすかにカンと聞こえたあの音を思い出した。わたしはあれを冷たく無視したのだ。ふたたび目をあけると、ベクウィスがずんぐりした両手を揉みあわせながら、部屋の入り口に突っ立っていた。

「この村にお医者さまはいらっしゃいますか?」サマンサはきいた。

ベクウィスはうなずいた。

「すぐにお連れしてください。命にかかわるかもしれない、と伝えて」ベクウィスが倒れた主人から目を離せずに棒立ちになっていると、サマンサは大声で叫んだ。「早く!」

ベクウィスが気を取り直して、よたよたと去っていくと、ミセス・フィルポットは立ちあがって、姿見に掛けてあった清潔なスカーフ・タイを一本手にとった。サマンサはそれをすばやく受け取り、ゲイブリエルの喉にあてた。傷口からはまだ血が出てくるが、出血はおさまりはじめているように見えた。彼が死にかけているからではないことを祈るしかなかった。

ミセス・フィルポットに合図をして、スカーフ・タイを押さえていてもらい、サマンサはゲイブリエルの両肩をつかんだ。これ以上、失血させるわけにはいかない。ありったけの力を使わなければならなかったが、ミセス・フィルポットの助けを借りて、どうにかゲイブリエルをあおむけにし、腕に抱きかかえることができた。彼の顔は、肌をまだらに染めた血と赤みの残る頰の傷痕をのぞけば、あとは真っ白だった。

「しようのない人ね。頑固者のばかな人」サマンサは声を詰まらせながらつぶやいた。「自分にこんなことをしてしまうなんて……」

彼のまつげが震え、ゆっくりと上下に分かれて、魅惑的な緑の瞳が現われた。彼が顔を少し横に向け、まちがいなく、はっきりとサマンサを見あげた。サマンサは一瞬、息ができなくなった。だが彼はまた、ゆっくりと目を閉じてしまった。まるで、わざわざあけておく必要はないとでも思ったように。

「きみか、ミス・ウィッカーシャム?」彼はかすれた声でささやいた。「鐘を鳴らして呼んだんだぞ」

「わかってます」サマンサは、彼の額にかかった髪をそっと撫でた。「わたしはここにいます。どこにも行きません」

彼は眉をひそめた。「ぼくはきみに、地獄に堕《お》ちろと言うつもりだったんだ」

サマンサは微笑んだ。涙で彼の顔がぼやけて見える。「それは命令ですか、ご主人さま」

「だとしても、きみは従わないだろうな」彼はつぶやいた。「生意気な小娘め」

ゲイブリエルはまたぐったりとして気を失い、サマンサの胸に頭をもたせかけた。侮辱の言葉が甘い愛の言葉のように聞こえたのは、彼の体から力が抜けようとしていたからだろう。

それから二時間近くがたったころ、サディアス・グリーンジョイ医師がゲイブリエルの寝室から出ていった。廊下では伯爵家の使用人全員が待機していた。ミセス・フィルポットは背もたれのまっすぐな椅子に腰かけ、震える唇に、レースの縁取りをしたハンカチを押しあてていた。そのそばには、見るからに哀れな表情を浮かべたベクウィスが気をつけの姿勢で突っ立っている。ほかの使用人たちは、階段の最上段に集まって背をかがめ、ひそひそとささやきを交わしていた。

サマンサだけがひとりぽつんと離れて立っていた。医師はメイドたちには、ガラス片を片づけることを許し、従僕たちには、ゲイブリエルをベッドへ運んで、血に濡れたズボンを切り裂いて脱がせることを許した。しかし、自分が患者を診察するときには、誰ひとりとして、彼のそばにつくことを許さなかった。専任の看護師でさえ例外ではなかったのだ。

部屋から出てきた医師がそっと扉を閉めると、サマンサは、血のついたしわだらけの旅行着姿のまま、前に進み出た。息を詰め、もっとも恐れていた事態を宣告されるのを覚悟した。

医師は、みんなの深刻な顔をさっと見わたした。「とりあえず、止血には成功したと思う。ガラスのかけらで頸《けい》静脈を切っていたよ。あと一インチ傷が深ければ、フェアチャイルド家の墓に、また新たな名がひとつ加わったことだろう」グリーンジョイ医師は首を振った。長く白い頰ひげが、彼を老いたヤギのように見せた。「運がよかったよ、彼は。きょうは、彼のそばに誰かついていてくれたのだろうね」

みんなのあいだに安堵《あんど》のさざ波が広がったが、サマンサと目を合わせられる召使いはいなかった。サマンサには、彼らが何を考えているか、ちゃんとわかっていた。わたしは彼らの主人の看護師だ。主人についているのが役目なのに、わたしは彼を置き去りにし、自分がいちばん必要とされているそのときに、彼を見捨てたのだ。

サマンサの考えたことが聞こえたかのように、医師が大きな声で吠えるようにきいた。

「きみは彼の看護師かね?」

びくっとしないよう、自分を抑え、サマンサはうなずいた。「はい」

彼はそれをどう思うかを知らせるため、感心しないというように咳払いをしてみせた。

「きみのような若い娘は、どんどん外へ出て、将来の夫をつかまえてこなきゃならん。病室に閉じこもるのではなくてな」医師は鞄をあけると、サマンサに茶色の瓶を手渡した。「これを患者にのませて、ひと晩ぐっすり眠らせるように。傷口はつねに清潔にしておくこと。それから、少なくとも三日間はベッドに寝かせておくように」医師は高い鼻の上で、雪のように白い眉をひそめた。「その程度なら、きみにとってもさほど負担ではあるまい。そうだろう、娘さん?」

突然、自分がゲイブリエルと全裸で深紅のサテンの上を転げまわっている衝撃的な姿が頭に浮かんだ。サマンサは、頬が赤くなっていることに気づいて、ぎょっとした。「もちろんです。万事、先生のご指示どおりに取り運びます」

医師は鞄を閉め、階段をおりはじめた。召使いたちは、気分も顔つきもすっかり明るくなり、ふたりずつに分かれておしゃべりをはじめた。

何ごとにも慎重なベクウィスは、みんなが声の聞こえないところまで行ってしまうのを待って、そっとサマンサのそばに寄ってきた。「ミス・ウィッカーシャム、いまでもまだ、従僕に鞄を下へ運ぶよう、申しつけるおつもりですか」

サマンサは、執事がからかっているのかと思い、そのやさしい茶色の瞳をさぐるように見たが、そんな気配はみじんもなかった。「いいえ、もういいんです、ベクウィスさん。では、失礼します」サマンサは言い、感謝をこめてベクウィスの腕をぎゅっとつかんだ。「ご主人さまがわたしを必要としておいでalong でしょうから」


その夜、サマンサは一心にゲイブリエルの看護にあたった。包帯を調べては、新たな出血がないことを確認し、彼がうめいて身もだえするたび、スプーンでアヘンチンキを喉に流しこみ、彼の額にやさしく手を置いて、熱がないか確かめた。夜明けごろには、彼の頬にうっすら色が戻ってきた。それを見てようやく、サマンサは、ベッドのそばに引っぱってきておいた椅子の背に頭をもたせかけ、疲れた目を休める気になった。

やがて、おずおずと扉をたたく音が聞こえ、サマンサはびっくりして目を覚ました。部屋の奥の屋根窓から、日光がさしこんでいる。あわててゲイブリエルのほうに目をやったが、彼はぐっすり眠っていた。やすらかな寝息に合わせて、胸が上下している。目の下に隈《くま》ができてさえいなければ、彼があんな試練をくぐり抜けたとは、誰も思わないだろう。

サマンサが扉をあけると、従僕のピーターが、タオルを入れた洗面器とお湯の入った水差しをしっかりと持って立っていた。ピーターは、不安そうな目でベッドのほうをうかがった。

「おじゃましてすみません。ミセス・フィルポットに、ご主人さまのお体を拭いてさしあげるように言いつかってきました」

サマンサは背後を振り返った。眠っているゲイブリエルには、起きているときと変わらないくらい、威圧感がある。でも責任回避をするつもりはない。わたしが義務を怠ったせいで彼は命を落とすところだったのだ。

不安をのみこんで、サマンサは言った。「それは必要ないわ、ピーター」

「フィリップです」彼は訂正した。

「フィリップ」彼の手から洗面器と水差しを受けとると、サマンサはきっぱりと言った。「わたしはご主人さまの看護師です。わたしが清拭《せいしき》をします」

「ほんとですか?」そばかすの浮いた頬を赤らめて、フィリップは声をひそめてきいた。

「いいんでしょうか、そんなこと……」

「ええ、適切なことよ」サマンサは請け合って、片足で扉をそっとつついて閉めた。

ベッドわきのテーブルに洗面器を置いて、そこに水差しのお湯を注ぎ入れた。手が震え、お湯がスカートに跳ねかかる。そんなに緊張する必要はないわ、と、自分を叱りつけた。ゲイブリエルの体を拭くのは、仕事のひとつにすぎない。包帯を取り換えたり、スプーンで薬をのませたりするのと、なんら変わりはない。

彼の顔と喉に残った赤茶色のしみを拭き取ることに集中して、恐怖や不安を鎮めようとした。だがシーツをめくる段になると、ためらいが出た。彼女は、世慣れた女ということになっている。男の裸体を想像して、忍び笑いをもらしたり、失神したりしない女でなければならないのだ。サマンサはしっかりと自分に言い聞かせた。いまのゲイブリエルの世話をするのは、幼い子供の体を拭くのと変わらない、と。

けれども、シーツをめくり、たくましい胸と引き締まった腹部があらわになると、彼が子供ではなく男であることを痛いほどはっきりと思い知らされた。しかも、とりわけ男らしい男であることを。

あたたかいお湯でタオルを湿らせ、それで彼の胸の起伏をこすって、こびりついた血をきれいに拭き取った。渦を巻く金色の胸毛に水滴が取りつき、きらきらと光った。そのうちの一滴が細い筋となって肌を伝い、大胆にも、彼の腰をおおったシーツの下へともぐりこんでいく。サマンサは禁断の誘惑に負けて、思わずそれを目で追ってしまった。

フィリップには、彼女がゲイブリエルの体を拭くのは適切なことだと言ってみせた。けれども、急に口の中がからからに渇いたことや、息が速くなったこと、不謹慎にも、シーツをそっと持ちあげて奥をのぞき見たくなったことは、少しも適切などではない。

サマンサはちらっと扉のほうを見て、鍵《かぎ》をかけることを考えればよかったと思った。

彼女は下唇をなめ、親指と人差し指でシーツのへりをつまんで、焦れったいほど少しずつ持ちあげていった。

「錯覚かな？　ここに風が吹きこんできたように感じるんだが」

少しろれつがまわらないが、いつものように相手を小ばかにしたような甘いバリトンが降ってきて、サマンサは、突然シーツに火がついたように、それを取り落とした。「申しわけありません。わ、わたし、調べようとしてたんです、あ、あの――」

「循環機能をかい？」彼は穏やかな声であとを引き取って言い、彼女のほうに向かって手を振った。「続けてくれたまえ。きみの……なんというか、その……好奇心を――もちろん、ぼくの体調に対する、だよ――満足させるにはほど遠いかもしれないが」

「いつごろから、目を覚ましていらっしゃったんです？」サマンサは、不信感がつのるのを意識しながらきいた。

ゲイブリエルがのびをし、ぴんと張った胸の筋肉にさざ波が立った。「そうだな……フィリップが扉をたたく少し前からかな」

彼の彫像のような上半身の輪郭に見とれていたことを思い出し、サマンサは床板の下にもぐりこんでしまいたい気持ちになった。「あれからずっと目を覚ましていらっしゃったんですか。信じられないわ、そのまま黙ってわたしに——」

「なんだ？」彼はいかにも無邪気そうに、まばたきをしてみせた。「義務を果たさせようとしたというのかい？」

サマンサは、あけていた口を閉じた。これ以上深入りすれば、墓穴を掘ることになりかねない。

サマンサはシーツを引きあげて彼の裸の胸が目に入らないようにした。「お休みになれないようなら、もう少しアヘンチンキをさしあげましょうか」

彼は身震いしてみせた。「いや、けっこうだ。何も感じないよりは痛みがあったほうがいい。少なくとも、まだ生きていることを実感できるからね」サマンサが包帯を調べていると、ゲイブリエルがかすかに悲しそうな笑みを浮かべ、サマンサはそれを見て、胸が締めつけられそうになった。「ただね、傷痕が残らなければいいなとは思うんだ。せっかくの美男子が台無しになるから」

彼のくしゃくしゃの髪をかき分け、サマンサは額に手をあてた。奇妙なことに、熱を持っているように感じられたのは、自分の手のほうだった。「いまは見ばえを気になさっている場合じゃありません。命を落とさずにすんだだけでも幸運なんですもの」

「みんながそう言う」サマンサが手を引っこめる間もないうちに、ゲイブリエルが彼女の手首をつかみ、やさしく下に引きおろした。「だがきみの運はどうなんだ、ミス・ウィッカーシャム？　いまごろはもうロンドンに戻って、どこかのベッドのわきで水兵に慈悲を施して、感謝されているはずだったんじゃないのか？　早晩、そいつはおどおどときみに色目を使って、元気になったらすぐに結婚を申しこんだことだろう」

「そういう仕事にやりがいがあるとお思いですか」サマンサは静かにきいた。自分の白い華奢な手首を包みこんでいる男らしい大きな手から目が離せなかった。彼の親指が、どくどくと脈打つ血管の真上に置かれている。「わたしはそれより、感謝というものを知らない意地悪でひどい癇癪持ちの患者さんに尽くすほうがいいんです。わたしにいてほしいとお思いになったのなら、喉を切る必要はなかったんですよ。ただ、感じよく頼めばよかったんです」

「それで、ひどい癇癪持ちという汚名を返上すべきだったというのか。ごめんだね。それにぼくは、自分の口からきみに解雇を申し渡す楽しみを味わいたいから、鐘を鳴らしたんだ」

彼は、敏感になっているサマンサのてのひらにすっと親指を走らせた。それは危険なまでに愛撫に近い行為だった。

「でも、いまは出ていくわけにはいきません」サマンサはきっぱりと言った。「良心が許さないんです。あなたが全快なさるまではね」

彼はため息をついた。「では、ここにいてもらうほかはないのだろう。きみのけがれなき良心を傷つけたくはないから」

彼の言葉に当惑し、サマンサは手首を引っこめた。彼の指が肌に焼けつくような感触を残した。

「もちろん、きみは完璧というわけじゃない」ゲイブリエルはそう付け加えて、椅子のほうをあご先で示した。「いびきをかくんだものな」

「あなたは眠っているあいだに、よだれを垂らします」サマンサは反撃し、彼の唇のわきを指でつついた。

「やるじゃないか、ミス・ウィッカーシャム！　頭の回転が速いだけあって、切り返しも鋭いんだな。ぼくがまた出血する前に医者を呼んだほうがいいかもしれないぞ」彼は寝具を跳ねとばすようにして、腰のあたりまで下げると、ベッドのわきに脚をおろして座った。「いや、自分で呼びにいったほうがいいかもしれない。災難にはあったが、自分でもびっくりするほど調子がいい」

「いいえ、だめです、絶対だめ！」サマンサは彼の両肩をつかむと、もとどおり、枕の上に頭を休ませた。「グリーンジョイ先生は、少なくとも三日はベッドから出てはいけないとおっしゃっていました」彼女は眉をひそめた。「でも先生は、どうやってあなたをここに留め置けばいいか、教えてくださいませんでした」

ゲイブリエルはあおむけに横たわると、両手を頭の後ろにあてがい、見えない目をいたずらっぽく輝かせた。「気をもむことはないさ、ミス・ウィッカーシャム。きっときみが何かいい手を考えつくだろう」

ゲイブリエルの寝室の、縦仕切り《マリオン》のついた窓を雨がたたいている。その心地のよいリズムは、彼を眠りに誘うどころか、ただでさえぴりぴりしている彼の神経を逆撫でした。この二日間、ベッドに閉じこめられたままで過ごしてきたのだ。ここを逃げ出したいという望みは、四六時中そばについている看護師によって、ことごとく打ち砕かれてきた。
いらだちは、部屋の中で音がするたび、つのっていくようだった。ミス・ウィッカーシャムがクッションに深く腰かけ直したことを示す、窓椅子のきしむ音。彼女が新鮮なリンゴの皮をかじるときの、サクッというみずみずしい音。彼女が本のページをめくるかすかな音。

ここが両親の寝室だったころの記憶をたどり、想像をめぐらしていると、自分が子供時代によく座っていたあの場所がまぶたの裏にありありと浮かんでくる。サイドテーブルにはランプが置かれているはずだ。その磨《す》りガラスのほやが、サマンサのまわりにやさしい光のオアシスを形づくり、影を遠ざけていることだろう。きっと彼女は、雨の日に壁の幅木を通して忍びこんでくる湿気をきらい、両足を椅子の上にあげて横座りをしているにちがいない。またリンゴをかじる音がした。ゲイブリエルは、サマンサの白い歯が官能的な赤い皮に食いこみ、小さなピンクの舌が口の端についた果汁をなめとるさまを想像した。

きっと彼女は、女性が縁なし帽と呼んでいる、あのばかげた小さなリネンとレースの布切れをちょこんと頭に載せていることだろう。だがどんなにがんばってみても、その下の顔は見えてこない。

いらだちはふくれあがる一方だった。彼は長い指で寝具をとんとんたたいた。咳払いをしてみたが、なんの反応もなく、ただ、新たにページを繰る音が返ってきただけだった。彼はもう一度、今度はピストルの弾《たま》でも撃ちこむような勢いで、咳払いをした。

すると、それに応じて、長いことがまんしてきましたといわんばかりのため息が聞こえた。

「ほんとうによろしいんですか。本を読んでさしあげなくても……」

「いいさ」彼はふんと鼻を鳴らして答えた。「そんなことをされたら、赤ん坊に戻ったような気になってしまうだろう」

声の調子からして、サマンサが肩をすくめたことは明らかだった。「ではどうぞご自由に。お好きなだけ、むっつりしていらしてくださいな」

サマンサが椅子にゆったりと背中をあずけて、物語の世界に戻ろうとしたとたん、ゲイブリエルが唐突に口を開いた。「何を読んでるんだ？」

「戯曲です。トマス・モートンの『鋤《すき》に祝福を』（一七九八年）。風俗習慣を題材にした楽しい喜劇ですよ」

「一度、ドルリー・レーンの王立劇場で公演を観たことがある。きみには、ミセス・グランディと共感できる点がたくさんあるんだろうな」ミセス・グランディとは、一度も舞台には出てこない人物で、礼儀作法にものすごくやかましい女性ということになっている。「ゲーテの悲劇のほうがきみの好みには合うのだと思っていたよ。哀れな悪党がストッキングを盗み見たとか、そんな許されざる罪を犯したかどで、永遠の断罪を受けるというお堅い道徳劇が」

「わたしは、この世に許されない罪はないと考えたいほうです」

「じゃあ、ぼくはきみのその無邪気さがうらやましいよ」ゲイブリエルは答えてから、自分がほんとうにそう思っていることに気づいて驚いた。

またページをめくる音がして、サマンサが彼と議論するより、本を読みたがっていることがわかった。あきらめて長い昼寝でもするかと思ったそのとき、サマンサが笑い声をあげた。

ゲイブリエルは顔をしかめた。欲情がさざ波を立て、思いがけない興奮をかき立てられてしまったのだ。彼はそろそろと片方の膝を立て、もう一方の膝の上にシーツのテントができるように、うまく調節した。「いまのは笑い声か。それとも、リンゴで消化不良を起こしたのか」

「いいえ、なんでもありません」サマンサは陽気に答えた。「とてもウィットのきいた一節があったものですから」

しばらくして、またサマンサが楽しそうにくすくす笑うと、ゲイブリエルは吠えるように言った。「なんだ？　そんな名作をきみがひとりじめして楽しむのは、少々失礼だとは思わないか」

「読み聞かせはおいやなんだと思っていました」

「妙な興味が湧《わ》いたんだよ。何がきみのようにユーモアを解さない人の心をとらえたのか、知りたくなったのさ」

「わかりました。では……」

サマンサが同じ女性を愛してしまったふたりの兄弟の愉快なやりとりを読みはじめ、ゲイブリエルはびっくりした。この女は職業の選択をあやまっている。舞台女優になるべきだったのだ。滑稽な抑揚をつけたせりふが、ひとりひとりの登場人物に命を吹きこんでいく。気がつくと、ゲイブリエルはベッドの上に起きあがり、彼女の声が聞こえてくるほうへ身を乗り出していた。

いちばんおもしろい場面にさしかかったところで、サマンサはふいに朗読を中断した。

「申しわけありません。こんなふうに長々と読んで、おじゃまするつもりはなかったんです」

ゲイブリエルは場面の結末を知りたかったので、あやまらなくてもよいというように、手を振った。「終わりまで読んでくれ。あれこれ考えごとをしてしまうより、きみの騒々しい声を聞いているほうがましだ」

「考えごとは、すぐに飽きてしまいますものね」

想像力を働かせたり、記憶に頼ったりしなくとも、サマンサがにんまりして、また本を顔の前に掲げたことはわかった。だが少なくとも、彼女は言われたとおりにしたのだ。中断したところから読みはじめ、戯曲の最後まで読み通した。最終幕が終わると同時に、ふたりは揃って満足し、ため息をもらした。

ややあってようやくサマンサが口を開いたときには、その声から冷たいとげが消えていた。「退屈は最悪の敵です、ご主人さま。戦争前はいろいろなことをしていらしたのでしょう……楽しいことを」

これは錯覚だろうか。彼女の声がこの言葉を慈しむように発音したような気がする。「退屈は最悪の敵だった。きみがフェアチャイルド・パークにやってくる前はね」

「もしお許しいただければ、退屈をやわらげるお手伝いをさせていただきたいんです。お庭をゆっくり散策するとか。毎日、午後に本を読んでさしあげるとか。よかったら、お手紙の代筆もします！　お便りを待っていらっしゃるかたもおいででしょう。ご同僚の士官やご家族や、ロンドンのお友だちや……」

「彼らはぼくについて、よい思い出を持っている。それを打ち壊す必要はないだろう？」彼は冷ややかにきいた。「みんな、ぼくのことは死んだものと思いたいはずだ」

「ばかなこと、おっしゃらないでください」サマンサは叱りつけた。「近況報告をなされば、きっとどなたも元気づけられると思います」

サマンサの靴音が部屋をつかつかと横切るのが聞こえ、ゲイブリエルは当惑した。だがやがて書き物机の引き出しがあく音が聞こえた。

彼は反射的に寝具をはねのけ、音のするほうへ飛び出した。今度は、必死の思いが狙《ねら》いを正確にしてくれた。彼の両手は、なじみのある引き出しの輪郭をたやすくとらえ、ぴしゃりと閉めてしまった。だが安堵のため息をつこうとしたその瞬間、伸ばした両腕のあいだに、何かやわらかくてあたたかいものがはさまっていることに気づいた。それは彼の看護師だった。

7

いとしのセシリー
ぼくは大胆にも、きみをファーストネームで呼びました。今度は、きみがその美しい唇でぼくの名を呼んでくれるでしょうか。

サマンサはぼう然とし、一瞬、息もできなくなった。眠気を誘われそうな単調な雨の音、心やすらぐほの暗さ、髪にかかるゲイブリエルの吐息のあたたかさ。それが一気にまじりあい、霧のように彼女を包みこんでしまった。時間の力と意味が失われ、動けなくなった。ゲイブリエルも同じようにぼうっとしているようだ。けさサマンサは、シャツを着てくださいとやかましく言ったのだが、ボタンを留めてくださいとは言わなかった。彼女の背中に押しつけられた広い胸は微動だにしない。彼のてのひらはまだ机の引き出しに押しつけられたままで、筋肉のついた前腕は緊張してこわばっている。
こんなぶざまな体勢では、抱擁《ほうよう》とはいえなかったが、彼がその気になれば、造作もなくサマンサを腕に抱いて熱い胸に引き寄せ、彼女をとろかしてしまえただろう。

サマンサは身を硬くした。わたしは、ひ弱で夢見がちな深窓の令嬢ではない。はじめて求愛してきた殿方にあっさり陥落されてしまうような小娘とはわけがちがうのだ。

「お許しください、ご主人さま」彼女はそう言って、ふたりを縛った危険な魔法を解いた。「詮索するつもりはありませんでした。ただ、便箋やインクをさがそうとしただけです」

ゲイブリエルが腕を下げ、サマンサはあわててその場を離れて距離を置こうとした。自分を包んでいた彼のあたたかさがなくなってみると、これまで意識にのぼらなかった部屋の冷たい湿気が体の芯《しん》までしみこみ、一気に骨が衰えてもろくなったような気がした。サマンサは窓椅子にまた腰をおろし、自分の体を抱いて震えをこらえようとした。

ゲイブリエルは何か考えごとでもしているように、長いあいだ黙って動かずにいた。サマンサは勝手な真似をしたことを責められるのだと思っていたが、彼はそうはせず、先ほどの引き出しをあけた。手さぐりなどはせず、迷うことなく、めざすものを取り出すと、こちらを振り向き、分厚い手紙の束をサマンサのほうに放り投げた。サマンサはびっくりして、あやうく受けそこないそうになった。

「おもしろい読み物がほしいなら、それを読んでみたまえ」ゲイブリエルの顔に軽蔑《けいべつ》の色が浮かんだが、サマンサは、それが彼女に対するものではないことを直感的に悟った。「笑劇《ファルス》の楽しい要素がすべて入ってるぞ。ウィットにあふれた冗談、ひそかな求愛。恋に酔い、愛する女性の心を手に入れるためにすべてを――命さえ――かけた哀れな愚か者の物語」

サマンサは、リボンのかかった手紙の束を見おろした。リネン紙の便箋は色褪せてはいるが、破れたり傷んだりはしていない。何度も読みはしたが、だいじにしてきた証拠だろう。裏返してみると、女性の香水のにおいが立ちのぼった。その年の初夏にはじめて咲くクチナシのように、なつかしく甘い香りだった。

ゲイブリエルは机の下から椅子を引っぱり出し、反対側に向けて、その上にまたがった。「読みたまえ」彼はサマンサのほうにうなずいてみせて、そう命じた。「声に出して読んでくれれば、ふたりでいっしょにたっぷり笑えるだろう」

サマンサは絹のリボンの先を指で撫でていた。かつてはこのリボンが女性のつややかな髪を束ねていたのだろう。「個人的なお手紙をわたしが読むのは、どうかと思います」

彼は肩をすくめた。「きみの好きにしろ。芝居は、朗読するより上演したほうがうまくいくことがある。第一幕をぼくがやってみようか」彼は険しい表情を浮かべ、椅子の背の上で腕を組んだ。

「この芝居の幕があいたのは、三年以上も前だ。社交シーズンのころ、ぼくらはラングリー卿の別荘で開かれたパーティーではじめて会った。彼女は、それまでぼくが知っていた若い女性とはずいぶんちがっていた。たいていの娘は、美しい頭の中が空っぽで、社交シーズンが終わるまでに裕福な夫をつかまえることしか考えていなかった。だが彼女は思いやりがあって利発で、ユーモアも教養もある人だった。詩についても政治についても、同じように気軽に話すことができた。彼女とは、ただ一度踊っただけだった。だが彼女はキスさえ許すことなく、ぼくの心をつかんでしまったのだ」

「ご主人さまもそのかたの心をつかまれたのですか」

彼の唇がゆがみ、かすかに後悔のにじむ笑みが浮かんだ。「懸命に努力したよ。だが残念ながら、放蕩者《ほうとう》という評判がすでに広まっていたんだよ。ぼくが伯爵で、向こうは貴族ではない准男爵の娘だったものだから、どうしてもぼくに心をもてあそばれているとしか思えなかったんだ」

サマンサは必ずしもその女性を責めることはできないだろうと思った。あの展示室に飾られたあの肖像画の男は、星の数ほどの女の心をとりこにし、傷つけてきたにちがいない。

「その女性も、ご家族も、このように名高い――お金持ちの――貴族に見そめられて、喜ばれたと思いますけど」

「ぼくもそう思ったんだ」ゲイブリエルは認めた。「だが彼女のお姉さんが、ある子爵に関係した不運なスキャンダルに巻きこまれてね。月夜の逢《あ》い引きがばれて、子爵の細君を怒らせてしまったのさ。そこで彼女の父親は、どうあっても末娘は、どこかの無粋な地主か、いっそ牧師にでも嫁がせたいと願っていたんだ」

ゲイブリエルが聖職服を着ている姿がちらっと目に浮かび、サマンサは大きな声をあげて笑った。「なぜあなたがそのお父さまのお眼鏡にかなわなかったのか、よくわかります」

「だろう？　ぼくの爵位も富も、魅力でさえ、彼女の心を動かすことはできなかった。そこでぼくは、言葉で彼女の心をつかもうとした。何カ月かのあいだ、ぼくらは長い手紙のやりとりをして楽しんだ」

「もちろん、誰にも内緒で？」

彼はうなずいた。「彼女が男と——それもぼくのような悪名高い男と——文通していることが知れたら、彼女の評判が台無しになっていただろう」

「でも、そのかたはすすんでそういう危険を冒されたのですね」サマンサは指摘した。

「というより、双方ともこのゲームのきわどさを楽しんでいたのだと思う。舞踏会や夜会で顔を合わせても、ふたこと、みこと、礼儀正しく挨拶を交わすだけで、まったく関心のないふりをしていたものだ。ほんとうは、彼女を月に照らされた近くの庭に連れ出すか、誰もいないアルコーヴに引っぱりこむかして、気の遠くなるようなキスをしたいと思っていた。だが、誰もそれには気づいていなかった」

彼のかすれた声を聞いたとたん、サマンサの肌が震えた。想像するまいとしてみたが、やはり思い浮かべてしまう。ゲイブリエルが金色の髪をかきあげながら、暗いアルコーヴの中を行ったり来たりする姿を。愛する人の香水の、クチナシの豊かな香りを嗅いだ瞬間、期待に瞳を輝かせる姿を。そして、彼女をカーテンの奥へ引きこむ彼の腕の力強さを。たがいの唇と体が触れあい、許されない愛への渇きを抑えかねた彼が、喉の奥からもらす低いうめきを……。

「誰もが、そんなたわいもないやりとりには、すぐにぼくのほうが飽きたと思っただろう。だが彼女の手紙はいつもぼくを楽しませてくれた」彼はほんとうに困ったような顔をして、首を振った。「女性の心があれほど奥深く、魅力に富んでいるとは思わなかった。ぼくの母や妹たちは、社交界のゴシップか、パリから持ちこまれた最新のスタイルブック以上に刺激的なことには、まず興味を持たない」

サマンサは笑みを噛み殺した。「ご自分と同じように鋭敏で洞察力のある女性もいると知って、さぞ驚かれたことでしょう」

「ああ、おおいに驚いたね」彼は白状した。そのやわらかな口調は、サマンサの皮肉にまったく気づいていないわけではないことを物語っていた。「この甘美な責め苦が数カ月続いたころ、ぼくは手紙を書き、スコットランドの町、グレトナ・グリーンへ駆け落ちしようと誘いをかけた。あそこに行けば彼女の年齢なら親の同意がなくとも結婚できる。彼女はことわったが、希望をすっかり絶つような残酷な仕打ちはしなかった。彼女はぼくに、紳士クラブで賭《か》けトランプにうつつを抜かすのをやめて外の世界に興味を示し、馬や猟犬や、若くて美しいオペラダンサー以外のものにも情熱を持ちうることを証明してほしいと言った。そうしたら父親の希望にそむいてでも、ぼくの妻になろうと誓ってくれたんだ」

「なんと心の広いかたでしょう」サマンサはつぶやいた。

ゲイブリエルは眉根を寄せた。「彼女はまだぼくの愛情をすっかり信じてはいなかった。どんなに情熱をこめて愛を誓ってみせても、彼女の心の中には、いまだにぼくが無責任きわまる放蕩者だと信じたがっている部分があったんだ。爵位や富や、社会的地位といった重要なものだけではなく――」彼は自嘲するように片眉を吊りあげ、傷痕を引きつらせた。「容《よう》貌《ぼう》さえも、親から譲り受けた道楽息子だとね」

サマンサは、胃の中を引っかきまわされるような感覚に襲われた。「だからあなたは、彼女がまちがっていることを証明しようとなさったのですね」

彼はうなずいた。「海軍に入ったんだよ」

「なぜ海軍に？　お父さまにお願いすれば、陸軍の上位階級を買い取ることもできたでしょうに」

「そうしていれば、彼女の思いこみが正しかったことが証明されていただろう。ぼくには、自力で手柄を立てて功をあげる力がないってね。ただ英雄役を演じたいだけなら、義勇兵団に入ってもよかったのだ。ウールの軍服と、肩に掛けたぴかぴかの金モールほど、女性の目を惹くものはないからね」

サマンサは、おおぜいの人が集まった舞踏室に彼が大またで歩いて入っていくところを想像した。つばを上に曲げた帽子を腕にかかえ、シャンデリアの明かりに金色の髪を輝かせ……。その勇ましい姿を目にした未婚のレディたちは、みんな頬を染め、扇の陰から媚《こ》びるような笑みを投げたことだろう。

「でも、その女性の目を惹くことはそう簡単ではなかったでしょうね」

「心を勝ち得ることもね。だからぼくは海軍に入隊し、ネルソン提督の指揮下に入った。海から戻れば、彼女はすぐにでもぼくの妻になってくれるものと確信していた。何カ月か会えないことがわかっていたから、最後の手紙を書き送り、ぼくを待っていてほしいと頼んだ。必ず、彼女にふさわしい男に——そして英雄に——なって戻ると誓った」彼はゆがんだ笑みを浮かべようとした。「ここで第一場の幕がおりる。この先を続ける必要はないだろう。きみはもう結末を知ってるんだから」

「その女性には再会なさったのですか」

「いや」ゲイブリエルは率直に答えた。「だが彼女はぼくを見ている。ぼくがロンドンへ送り返されたあと、病院へやってきたんだ。自分がどのくらいのあいだ、入院していたのかはわからない。昼も夜も、同じように終わりがなく、同じように区別がつかなかった」彼は傷痕に指を触れた。「瞳は何も見ておらず、顔は引き裂かれていた。そんな姿は怪物そのものだったろう。ぼくが意識を取り戻していたことさえ、彼女は知らなかったと思う。ぼくにはまだ口をきくだけの力がなかった。だが彼女がつけていた香水のにおいを嗅ぐことはできた。樟脳《しょうのう》と腐りかけの四肢が発する強烈な悪臭の中で、それはまるで天使の吐息のようにかぐわしかった」

「そのかたは、どうなさったんです？」サマンサはささやき声で尋ねた。

ゲイブリエルは胸を手でたたいた。「感傷的な芝居を得意とする脚本家の筋書きなら、ここで彼女はぼくの胸に取りすがり、永遠の愛を誓ったことだろう。だが彼女は何も言わずに逃げ出してしまった。そんな必要はなかったのにな。あんな状況で、ぼくが義務を果たせと迫ったはずがないのだからね」

「義務？」サマンサはおうむ返しにそう言い、自分の怒りを押し隠そうとした。「婚約とは、たがいに愛しあう者同士の約束だと思っていましたけれど？」

ゲイブリエルは、少しも楽しそうに聞こえない声で笑った。「きみは、あのときのぼくよりずっと世間知らずなんだな。ぼくたちは婚約したことを秘密にしていた。だから少なくとも、彼女は恥をかいたり醜聞にさらされたりして、世間から爪はじきにされずにすんだんだ」

「なんと運のよい女性でしょう」

ゲイブリエルの目に、遠くを見るような、現在よりも過去のほうがよく見えているような表情が浮かんだ。「ぼくはときどき、自分はほんとうに彼女のことを知っていたのだろうかと思うことがある。あれはただの空想の産物でしかなかったのではないか、とね。気のきいた言葉遊びを楽しみ、人目を忍んでキスを交わすところを想像しているうちに、ぼくが勝手につくり出してしまった女性像——完璧な女性の理想像——なんじゃないか、と」

「きっと美しいかただったのでしょうね」サマンサはすでに答えを知っていたが、それでもきいてみた。

ゲイブリエルの下あごがこわばったが、声はやわらかくなった。「すばらしかった。髪はあたたかみのある蜂蜜色、瞳は夏空の下に広がる大海の色、肌はこのうえもなくやわらかく……」

サマンサは自分の荒れた手を見おろし、咳払いをした。自分にない魅力を、彼が詩にして語るのをじっと座って聞く心境にはなれなかった。「それで？　その大粒の真珠のように完璧なかたはどうなったんです？」

「おそらく、ミドルセックスの家族のもとへ帰ったのだろう。そこで地元の大地主とでも結婚して、いなかの屋敷に引っこみ、プディングばかり食べているようながさつな悪ガキを何人も育てていることだろうよ」

だが、その子供たちは、誰ひとりとして、ラファエルの描く天使のような顔はしておらず、海の泡のような緑の瞳も、それを縁取る金色のまつげも持ちあわせないのだろう。そう考えると、サマンサは彼女のことがもう少しで気の毒になるところだった。もう少しで。

「その人はばかです」

「なんだって？」ゲイブリエルは片方の眉を吊りあげた。サマンサがあっさりとそう断じるのを聞いて、めんくらったようだ。

「ばかですよ」サマンサは、いっそうの確信をこめてもう一度言った。「そしてあなたはもっとばかです。そんな浮《うわ》ついた人のことを思ってぼうっと時間を過ごしていらっしゃるなんて。きっとそのかたは、あなたのことより、舞踏会用のきれいなドレスや公園で馬車乗りを楽しむことのほうに興味があったにちがいありません」サマンサは立ちあがってゲイブリエルの前まで歩いていくと、手紙を彼の手の甲にぴしゃりと打ちつけた。「その感傷をそそる宝物、誰にも見られたくないとお思いなら、枕の下に隠してお休みになればいいと思います」

ゲイブリエルは手紙を受け取ろうとはしなかった。ただあごを引き、まっすぐ前を見つめている。鼻をふくらませているが、サマンサには、それが怒りの表情なのか、香水をしみこませた便箋から立ちのぼる花の香りを吸いこもうとしているのか、わからなかった。言いすぎたかしらと思いはじめたそのとき、ゲイブリエルがだしぬけに手紙を返してきた。

「たぶんきみの言うとおりだよ、ミス・ウィッカーシャム。そもそも、目の見えない者には、手紙など、なんの役にも立たないのだ。きみにやるよ」

サマンサはたじろいだ。「わたしに？　こんなもの、どうしろとおっしゃるんです？」

ゲイブリエルは腰を浮かせ、彼女を見おろすようにぬっと立った。「知るもんか。くずかごに放りこむなり、燃やすなり、好きにしろ。ただ――」唇の片端を持ちあげて、悲しげな笑みをこしらえると、彼は穏やかな声でこう言った。「ぼくの目に触れないようにしてくれればいいんだ」

自室に戻ったサマンサは、色褪せた木綿のネグリジェを着て、ベッドのへりに腰かけ、手にした手紙の束を見おろしていた。外はすでに夜の闇におおわれている。雨が窓枠を激しくたたいていた。まるで風にけしかけられて、自分を拒むものを罰しようとしているようだ。暖炉にはあたたかい火が燃えていたが、サマンサはまだ骨の髄《ずい》まで冷えているような感覚に襲われていた。

彼女の指は、手紙を束ねたリボンのそそけた先端を撫でていた。ゲイブリエルは彼女を信頼してこれをあずけ、処分を命じたのだ。その信頼を裏切るべきではないだろう。

絹のリボンをそっと引っぱると、それはほどけて、膝の上に手紙があふれた。サマンサは眼鏡をはずし、震える手で、いちばん上の一通を広げた。リネン紙の便箋に、書き慣れた感じの女性らしい文字が、端から端へと、流れるような線を描いていた。日付は、一八〇四年九月二十日。トラファルガーの海戦のほぼ一年前だ。字の形は花のように優雅だったが、言葉遣いはとてもきまじめだった。

親愛なるシェフィールド卿

この前のいくらか失礼なお手紙では、あなたはわたしの〝美しい唇〟と〝スモーキーブルーの瞳〟が好きだと言ってくださいました。でもわたしはお尋ねせずにはいられません。「この唇が情熱ではなく、歳《とし》のせいですぼまるときが来ても、あなたはわたしを愛してくださいますか。わたしがあなたを想う気持ちは変わりませんが、この瞳の色は、いずれ薄れるときが来るでしょう。それでもわたしを愛してくださいますか」と。

あなたが上機嫌で含み笑いをしながら、ロンドンのタウンハウスの中を歩きまわって、居丈高に召使いに指示を下していらっしゃる声が聞こえてくるようです。あの態度は小にくらしいけれど、わたしの心を惹きつけずにはおきません。きっと今夜のあなたは、わたしを魅了して不安を取りのぞくような、ウィットあふれるお返事を考えて過ごされることでしょうね。

この手紙を肌身離さず持っていてください。わたしがあなたをたいせつに思っているように。

ミス・セシリー・マーチより

セシリーは、飾り書きで署名したい誘惑に勝てなかったようだ。それが彼女の若さを露呈していた。サマンサはその手紙をくしゃくしゃにして握りしめた。この娘に同情は感じない。

ただ軽蔑の念だけが湧いてくる。彼女がからかい半分にくだらない約束をしたばかりに、こんなに高い代償が支払われることになってしまったのだ。中世の時代、騎士の腕に絹のリボンを結わえ、確実に死が待つ戦いへと彼らを送り出した乙女となんら変わらない。

手紙をかき集めると、サマンサは立ちあがって暖炉の前まで歩いていった。こんなもの、燃やして灰にしてやろうと思った。この手紙は、そうされて当然だ。こんな未熟者の傲慢な娘など、いなかったことにしてしまいたい。だが、燃えさかる炎の中に投げこもうとしたそのとき、何かが彼女の手をとめた。

ゲイブリエルは何カ月もの長いあいだ、これをたいせつに持ってきたのだ。詮索がましいサマンサの目に触れないよう、これを守りつづけてきた。この香りを嗅いだときの彼の表情からは、満たされぬ思いに悶々《もんもん》としていることがはっきりと見てとれた。手紙を燃やしてしまったのでは、彼がこの女性の心を射止めるために払った犠牲を軽んじることになるだろう。

サマンサは小さな寝室の中をさっと見わたした。ゲイブリエルの事故以来、まだ旅行鞄の中身を全部出してはいなかった。部屋の隅に置かれた大きな衣装ダンスにしまいこむより、鞄から出し入れしたほうが楽だったからだ。サマンサは、革のバンドがついた旅行鞄の横に膝をつくと、手紙をリボンで束ね直し、手早く結んだ。そして、それを鞄の中に入れ、二度と人目に触れることのないよう、奥のほうへ突っこんだ。

いとしのセシリー
とても信じられません。きみの母上が、五人の子を成すまで、父上をファーストネームで呼ばれたことがなかったとは……

8

翌朝、サマンサがゲイブリエルの寝室に入ると、彼は鏡台の前に座り、まっすぐな剃刀《かみそり》を喉にあてようとしていた。

サマンサは、心臓が喉まで跳ねあがったような気がした。「やめてください、ご主人さま。きょうはベッドから出してさしあげます。お約束しますから」

ゲイブリエルは、剃刀を振りかざしたまま、声のするほうへ顔を振り向けた。「目が見えないと、どういう利点があるか、知ってるかい？」彼は陽気にきいた。「ひげ剃りのときに鏡を必要としなくなるんだよ」

彼が鏡を必要としていなくとも、台の上の磨きこまれた鏡のほうは、いつものように、いとおしげに彼の姿を映している。相変わらずシャツのボタンは留めていない。象牙色のリネンのシャツの前をはだけ、金粉を散らしたような胸と筋肉質の腹を惜しげもなくさらけ出している。

サマンサは部屋を突っ切っていき、自分の小さな手を彼の大きな手に重ねると、ゲイブリエルがまた剃刀をあごに持っていかないように、引きとめた。「剃刀をわたしにください。また喉を切ってしまわれるといけませんから」

ゲイブリエルは剃刀を離すまいとした。「きみがぼくの喉を切りたがっていないという証拠はないだろう？」

「もしわたしがあなたの喉を切れば、お父さまがわたしのお給料を減額なさるでしょう」

「いや、二倍にするかもしれないぞ」

サマンサがぐいっと引っぱると、ついにゲイブリエルはしぶしぶ、螺鈿《らでん》細工の柄がついた剃刀を譲り渡した。

サマンサは彼の背後に立つと、剃刀とお揃いの柄がついたブラシを使い、包帯を巻いた箇所を避けて、三日ほど前からあたっていないひげに、杜松油《ジュニパー》の香りのひげ剃り用石けんを塗りつけた。そして、慣れた手つきで剃刀を使いはじめた。刃が楽々と滑って金色の短い毛を刈っていき、たくましい下あごをあらわにしていく。彼の肌はサマンサの肌とはまったくちがっていて、なめらかだが硬い。耳の下のくぼみに剃刀をあてるときには、かがみこまなければならず、サマンサの胸が彼の肩に軽く触れてしまった。

「なぜ急に身だしなみに関心をお持ちになったんです？」サマンサはきいた。ふいに息苦しくなってしまったのを隠そうとして、ことさら明るい声を出した。「ひそかに、第二の洒落者《ボー》ブランメル（当時のイギリスで服飾流行の旗手としてもてはやされた元軍人）にでもなろうとお考えになったんですか」

「ベクウィスが父からの伝言を伝えてきた。父がヨーロッパに派遣した医師団が戻り、きょうの午後、ぼくに会いたいと言っているそうだ」

彼の顔は、いつもはさまざまな感情を見せるのに、いまはまったくなんの表情も浮かべていない。希望を押し隠そうとしているのだろう。サマンサはそれを助けようと、タオルをとって、残っているひげ剃り用せっけんを顔から拭き取った。「男ぶりのよさでお医者さまの心をつかめなければ、わたしにお会いになったときと同じように、洗練されたマナーで歓待なされればいいんです」

「自分でやる！」サマンサが手際よく口と鼻を拭きはじめると、ゲイブリエルが言った。「何をするつもりだ？　ぼくを窒息させる気か」

サマンサが前にかがむと同時に、ゲイブリエルが肩の後ろにさっと手を伸ばした。だがその手は、タオルをつかむ代わりに、やわらかい彼女の胸にすっぽりかぶさってしまった。

サマンサは息をのみ、驚いたように高い声をあげた。ゲイブリエルはそれを聞いて凍りついたように身を硬くした。だが、かっと熱いものが心臓から下腹部へと一気に駆け下《くだ》り、たちまち彼の心を溶かしていった。以前にはありえなかったことだが、彼はまるで少年のように、自分の顔があごから徐々に赤く染まっていくのを感じていた。

こんな体になる前は、何度となく、これより豊かな胸を愛撫してきた。だが、こんなにぴったり手の内におさまる乳房に出会ったのははじめてだ。わずかに曲がった彼の指は、まるで鋳型《いがた》のように、ベルベットのようなやわらかさを包んでいる。指は一本も動かさなかったが、ひだ飾りのついたブラウスの生地を通して、彼女の乳首が硬くなったのを、てのひらで感じとることができた。

「失礼」彼は穏やかな声で言った。「これはタオルじゃないね」

サマンサが息を吸いこむ音が聞こえ、すぐに耳もとで、かすれた声がした。「はい、ご主人さま。ちがいます」

もしそのときベクウィスが部屋に入ってこなければ、ふたりはいつまでもそのままでいたかもしれない。「どのシャツをお望みなのか、よくわかりませんでしたので……」彼の声がくぐもって聞こえるのは、シャツを山のように抱えているせいだろう。「メグに全部洗濯させてきました」

ベクウィスのきびきびとした靴音が部屋を突っ切って着替え部屋のほうへ向かってくるのが聞こえると、ゲイブリエルとサマンサは、まるで情事の現場を押さえられでもしたように、さっと離れた。

「ありがとう、ベクウィス」ゲイブリエルは言い、弾《はじ》かれたように立ちあがった。その拍子に、いくつかの品が床に落ちて、やかましい音を立てた。

いまサマンサはどんな顔をしているのだろう。それを見るためなら、十年寿命が縮まってもかまわない。ついに彼女の落ち着きを失わせることに成功したのか。やわらかい頬は真っ赤になっているだろうか。もしそうなら、それはきまりが悪いからか。それとも……情欲をかき立てられたから？

サマンサが彼のそばを離れて扉のほうへ下がっていくのがわかった。「もしお許しいただけましたら、わたし、ほかに用がありますので……その……下の階で……。ですから、お召し替えがすむまで、こちらに……いえ、そちらに行ってこようと思います」誰かが扉にぶつかったような小さな音がして、「あっ！」と小さな声が聞こえ、やがてその扉が開いて閉まる音がした。

すでにベクウィスが着替え部屋から出てきていた。「おかしいな……」ベクウィスはつぶやいた。

「どうした？」

「なんとも妙なことがあるものですね、ご主人さま。ミス・ウィッカーシャムがあんなに真っ赤な顔をしておられるのは、はじめて見ました。動揺しているようにも見えましたが……。お熱でも出されたのでしょうか」

「そうではないことを祈るよ」ゲイブリエルはしかつめらしい声で答えた。「彼女とは、長い時間をいっしょに過ごしているからね。ぼくも同じ病に倒れないともかぎらない」

他意のないあやまちだ。

ただそれだけのこと。とりあえず、何度もそう自分に言い聞かせながら、サマンサは階段下の玄関広間でゲイブリエルを待っていた。医師たちはすでに半時間ほど前にロンドンから到着し、図書室で彼を待っている。彼らの礼儀正しい会釈や硬い表情からは、どのような知らせを持ってきたのか、まったく手がかりを得ることはできなかった。

なんでもない、ただのあやまちだったのだ。サマンサは、鏡のついた外套掛《がいとうか》けにぶつかりそうになり、もう一度自分にそう言い聞かせた。でも、ゲイブリエルの手が触れた瞬間、呼吸が乱れ、体が震えた。あれは〝なんでもない〟として片づけられるものではなかった。まるで急に夏の稲妻が走ったように、ふたりのあいだに緊張をはらんだ空気が流れたことも……。

背後に足音が聞こえ、サマンサは振り向いた。ゲイブリエルが輝くマホガニーの手すりを片手でしっかりとつかんで、階段をおりてきた。目が見えない人だと知らなければ、そうとは気づかなかっただろう。自信に満ちた足取り、凛《りん》とあげたその顔。後ろからは、ベクウィスが誇らしげに微笑みながらおりてくる。

サマンサは、心臓がひっくり返ったような気がしていた。フェアチャイルド・パークへやってきてはじめて会ったときの、怒れる野獣のようなゲイブリエルが、あの肖像画の貴公子を少し年長にして、厭世《えんせい》的にしたような男性に姿を変えていたのだ。ズボンと燕尾《えんび》服の黒、それにシャツとスカーフ・タイとカフスの純白が、みごとな対比を見せている。いつもはくしゃくしゃの髪をベルベットの紐で束ねさえしていた。左の頬に斜めに走る傷痕がなければ、地方の紳士《ジエントルマン》が妻のもとへ向かうため、階段をおりてくるように見えただろう。

不思議なことに、傷痕は、彼の男性的な美しさをいっそう際だたせている。傷を負う前には、彼という人を表面的にしか見せていなかった美貌に、深みが加わったのだ。

背後で驚いたように息をのむ音が聞こえ、サマンサは、彼の変貌ぶりを見たのが自分だけではないことに気がついた。ほかの召使いの数人が、壁のくぼみや部屋の出入り口から、主人の姿をひと目見たいと、顔をのぞかせていたのだった。若いフィリップなどは、三階の回廊から身を乗り出しさえした。あやうく手すりを越えてゲイブリエルの頭の上に落ちていくところだったが、双子の弟ピーターが上着の裾を引っぱってそれを食いとめた。

ゲイブリエルが階段を下までおりたときには、サマンサがそこで彼を待っていた。自分でもどうやってそこへ行ったのか、記憶になかった。

ゲイブリエルは、なぜかサマンサがそこにいることに気づき、彼女にぶつかる一フィート手前でぴたりと足をとめて、深々と頭を下げた。「ごきげんよう、ミス・ウィッカーシャム。この装いはお眼鏡にかないますか」

「どこから見てもりっぱな紳士です。ブランメルでさえ、羨望《せんぼう》のあまり卒倒するかもしれません」手をあげ、彼のスカーフ・タイのゆがんだ折り目をそっとつまんで直してから、妻のようなことをしてしまったことに気づきあわてて手を下におろした。これはわたしの職務ではない。権利でもない。彼女はさっとそばを離れると、ことさら堅苦しい言葉でこう言った。「お客さまはすでにご到着になりました。図書室でお待ちです」

ゲイブリエルは半円を描くようにして振り向き、はじめて自信のなさそうなようすを見せた。ベクウィスが肘をつかみ、図書室の扉のほうを向かせた。

サマンサには彼がとても孤独に見えた。希望だけを道しるべとして、未知の領域に足を踏み入れようとしているのだ。彼のあとを追おうとしたが、ベクウィスの手が彼女の肩にやさしく、だがしっかりと置かれた。「ミス・ウィッカーシャム、たとえどんなに暗くとも——」ゲイブリエルが図書室の中に消えていくのを見送りながら、彼はつぶやいた。「男はときに、たったひとりで歩まなければならない道に出くわすものですよ」

時が焦れったいほどゆっくりと流れていく。階段の下にある、大きな箱時計の真鍮の針が、丸い文字盤をそろそろとまわっている。その針がときおり気まぐれを起こして、一分単位ではなく、十年単位で時を刻んでいるような錯覚に襲われる。

サマンサは何か用事を考えついては、玄関広間に向かったが、そのつど、五、六人の召使いの姿を見かけることになった。厨房へミルクをもらいに行こうとしたときには、エルシーとハンナが、これに命がかかっているとでもいうように、階段の手すりにワックスがけをし、ミリーが羽根はたきを手にして高い脚立に乗り、シャンデリアから下がるしずく形の飾りのひとつひとつのほこりを払っていた。空のコップを厨房へ返しにいくときには、ピーターとフィリップが四つんばいになって大理石の床を磨いていた。ゲイブリエルは、自分が希望をいだいていることを召使いに隠してきたが、彼らもまた、自分たちが望みを持っていることを主人に悟られまいと努力していたのだ。誰もが図書室のようすをうかがおうと、首を伸ばし、耳をそばだてていたが、マホガニーの扉からは、低いつぶやき声がもれ出てくるばかりだった。

やがて夕刻近くになると、玄関広間は塵《ちり》ひとつ見つからないほどになった。くり返し磨かれた大理石の床は美しく輝き、つるつるになってしまったので、赤ら顔の太った洗濯係のメグは、転んで首の骨を折りそうになった。そのメグも、洗濯物がいっぱいに入ったかごをかかえて何度も玄関広間を行き来している。もしかしたら、衣装ダンスから洗濯ずみの服を引っぱり出しては、また洗っていたのかもしれない。

次にサマンサが書斎に本を返しにいくふりをしてやってきたときには、ミセス・フィルポットが姿を見せた。一時間近く前から、ベッツィが書斎のそばの腰板を磨いていた。あまりに強くこするものだから、金箔《きんぱく》がはがれて、オーク材がむき出しになりはじめている。

「いったい何をしているの？」ミセス・フィルポットが厳しい声できいた。サマンサはびくりとした。けれども、ミセス・フィルポットはベッツィを叱りつけはせず、彼女の手からぞうきんを取りあげると、反対側に向けてこすりはじめた。「つねに木目に沿って磨かなくてはだめよ。さからうのじゃなくて」

ミセス・フィルポットのやり方だと、耳を図書室の扉の鍵穴に近づけることになる。サマンサはそれに気がついた。

太陽が沈みはじめるころには、サマンサもほかの使用人たちも、働いているふりをするのをやめてしまった。サマンサは階段の最下段に腰かけ、眼鏡を下にずらして、膝に肘をつき、あごを手の上に乗せていた。召使いたちは、思い思いの姿勢で椅子や階段にもたれかかって休んでいる。居眠りをしている者もいれば、期待に張りつめた表情を浮かべ、指の関節をぽきぽき鳴らしながら、ときおりささやきを交わして待っている者もいる。

やがてついに、なんの前触れもなく図書室の扉が開き、みんなは、はっとして頭を起こした。黒っぽい服を着た数名の男性が出てきて、扉を閉めた。

サマンサは立ちあがり、彼らのいかめしい顔をさぐるように見た。

ほとんどの者は、注意深く彼女の熱っぽい目を避けたが、やさしそうな青い目をして頬ひげをきれいに刈りこんだ小柄な男性だけは、まっすぐに彼女を見つめ、悲しそうに首を横に振り、「お気の毒です……」とささやいた。

サマンサはまた階段に座りこんだ。残忍な手で心臓をつかまれ、血を絞り取られたような気がした。その瞬間まで、自分がこれほど強い希望を持っていたとは気づかなかった。

ベクウィスがどこからともなく現われ、下あごを揺らしながら、医師たちを送り出した。サマンサは固く閉ざされた図書室の、マホガニーの扉を見つめていた。

ミセス・フィルポットが階段の親柱の上の球を、長い指が白くなるほどきつく握り締めている。いつものきびきびとして自信にあふれた態度は煙のように消えてしまい、哀れなばかりにおろおろしていた。「ご主人さまはきっとおなかがすいていらっしゃるでしょう。そろそろわたしたち——」

「いいえ」サマンサはきっぱりと言った。男はときに、たったひとりで歩まなければならない道に出くわすものだと、ベクウィスにたしなめられたことを思い出したのだ。「いけません。伯爵ご自身が言い出されるまでは」

夕焼けがたそがれに溶け入り、そのたそがれがあたたかい春の夜のやわらかい闇にのみこまれるころ、サマンサは自制心を働かせたことを後悔しはじめた。ゲイブリエルが医師たちと面会していたときには、のろのろと進んでいた時間が、いまは黒い悪魔の翼に乗って飛んでいくように思える。やがて召使いたちは、図書室の扉の向こうの、耳がおかしくなりそうな静けさに耐えられなくなり、玄関広間に張りこむのをやめて、ひとりまたひとりと、厨房や地下の使用人部屋へと戻っていった。誰もそうとは認めなかっただろうが、主人が大声で悪態をつき、ガラスをたたき割ってくれたほうがよっぽどうれしいと思っていた。

サマンサは最後までがんばっていたが、うつろな目をしたベクウィスからおやすみなさいと挨拶を受けたあとは、とうとう自分の負けを認めざるをえなくなった。ほどなく、彼女は寝室の敷物の上を落ち着きなく歩きまわっていた。ネグリジェを着て、髪を三つ編みにしたものの、いまだゲイブリエルがひとりで地獄に立てこもっているというのに、自分だけが寝心地のよい白いフレームのベッドにもぐりこむ気にはとてもなれなかった。

サマンサは行ったり来たりしながら、なんとかして気を鎮めようとした。おそらく、ゲイブリエルの父親は、調査の結果を知っていたにちがいない。なぜ彼は自分の雇ったたいせつな医師たちについてこなかったのだろう。父親がいれば、医師たちの手ひどい一撃をいくらかやわらげることもできたかもしれないのに。

ゲイブリエルの母親はどうなのだろう。彼女の責任放棄は、もっと許せない。ひとり息子の面倒を見ず、召使いや赤の他人にまかせてしまう女がどこにいる?

サマンサは、部屋の隅のトランクに目をやった。あの中には、ゲイブリエルのもと婚約者の手紙がしまってある。彼は心の片隅では、失った視力を取り戻せれば失った愛も取り戻せると信じていたのだろうか。その夢が絶たれた苦悩にも苛《さいな》まれているのだろうか。

階段下の時計が時を告げはじめた。サマンサは扉にもたれ、ボーンボーンという悲しげな音をひとつずつ、十二まで数えた。

ベクウィスの考えがまちがっていたらどうしよう？　誰かに——たとえ赤の他人にでも——手をとってもらわなければ通れない、暗くて危険な道もあるんじゃないかしら。

サマンサは自分の手が震えているのに気づき、白鑞《しろめ》の燭台を取りあげると、部屋を出た。階段をおりる途中、眼鏡をかけてくるのを忘れたことに気がついた。蠟燭の影を壁に踊らせながら、そっと玄関広間を抜けていった。暗闇より静けさのほうが恐ろしかった。これは寝静まった家の心安らぐ静けさとはわけがちがう。家全体が固唾《かたず》をのんで成り行きを見守っているような息苦しい静けさだ。ただ音がしないだけではなく、不安がのしかかっているような感じがする。

図書室の扉はまだ閉じたままだった。サマンサは取っ手に手をかけた。錠がかかっているのではないかと思っていたが、触れただけで扉は簡単に開いた。

ぼんやりした印象としてとらえた光景が一気に襲ってきて、めまいがしそうになった。消えかかった暖炉の火が気まぐれに弾ける音。机の隅の、ほぼ空になったスコッチの瓶のそばに置かれた空のグラス。誰かが腹立ちまぎれにたたき落としたように、床に散乱した書類。

だが次の瞬間、こうした印象がすべて消し飛ぶようなものが目に飛びこんできた。机の奥の椅子に、ゲイブリエルが手脚を投げ出すようにして座っていたのだ。その手にはピストルが握られていた。

9

いとしのセシリー
きみのその唇がぼくの名を呼びはじめるのに、十年もかかりはしないでしょう。月明かりの下でふたりきりになったなら、十分で事足りるでしょう……

「友人によく自慢したものだよ。目をつぶっていてもピストルの装塡《そうてん》ができるとな。それはまちがっていなかったようだ」ゲイブリエルはものうげに言いながら、ピストルの銃口の上に革袋をかざし、斜めに傾けた。肘のそばのスコッチはスリーフィンガー分しか残っていないが、彼の手つきはしっかりとしていて、ひと粒も火薬をこぼさなかった。

ゲイブリエルが細い鉄の棒を使って火薬を詰めはじめると、サマンサは彼の手に魅せられている自分に気がついた。その優雅さ、巧みさ、無駄のない動き。それが女性の肌を――自分の肌を――愛撫しているところが想像され、全身にさざ波のような震えが走るのをとめられなかった。

魅惑的な幻影を振り払い、サマンサは机の真ん前に立った。「申しあげにくいのですけど、目の不自由なかたがピストルを手になさるのは、少々危険ではないでしょうか」

「一理あるね」ゲイブリエルは椅子にゆったりと背中をあずけた。装塡がすみ、発砲準備の整ったピストルの撃鉄を親指でもてあそんでいる。

くつろいだ姿勢をとり、そっけないしゃべり方をしているが、サマンサには、彼の筋肉のひとつひとつが張りつめているのがわかった。いまのゲイブリエルには、もはや完璧な紳士の面影はない。上着はかたわらの胸像に無造作に着せかけてあり、スカーフ・タイはゆるめて太い喉のまわりにだらしなく垂らしている。束ねられていた茶色がかった金髪もほつれ、熱っぽい輝きが視力のない目を燃え立たせていた。

「報告がお気に召さなかったようですね」サマンサは思いきってそう言い、いちばん近くの椅子にそろそろと腰をおろした。

ゲイブリエルは彼女の動きを追って首をめぐらした。ピストルの銃身を彼女のほうに向けないよう、そらしている。「ぼくの希望とは少しちがっていた、とだけ言っておこう」

サマンサは、会話を楽しんでいるような口調を保とうとした。「悪い知らせを受け取ったときには、ふつうは自分ではなく、使者のほうを撃つものじゃないのでしょうか」

「弾が一発しかなかったんだ。どの医者を撃つか、決められなかった」

「希望の余地はなかったんですか」

彼はそうだというしるしに、首を振った。「かけらもなかったね。ただ、連中のひとりが

「——たしかギルビー医師といったな——たわごとを言っていたよ。ぼくのような打撲傷を負うと、目の奥に血の塊ができることがあるらしい。ドイツで、そういう血を吸い取ったら、視力がもとに戻った例があったらしい。だが、ほかの医者がばかを言えと口々に罵倒《ばとう》した。するとギルビーも、受傷後六カ月以上たってから、自然に治癒《ちゆ》した例はないことを認めざるをえなくなった」

そのギルビーという医師は、悲しそうな顔をしてサマンサを慰めてくれたあのやさしい目の人にちがいない。「お気の毒に……」サマンサはつぶやいた。

「きみの哀れみは無用だ、ミス・ウィッカーシャム」

はねつけるような口調に、サマンサは身を硬くした。「むろん、おっしゃるとおりです。ご自分の哀れみだけで十分でしょうから」

ほんの一瞬、ゲイブリエルの唇の端が、微笑もうとでもしたように、かすかにゆがんだ。彼は革製の吸い取り台《デスクブロッター》の上にそっとピストルを置いた。サマンサは取りあげてしまいたいと思いながらそれを見たが、実際に手を出しはしなかった。彼は半分酔っぱらっていて、目も不自由だが、反射神経はサマンサよりもはるかによいだろう。

ゲイブリエルは手さぐりでスコッチの瓶をとると、残った酒を注いで、乾杯でもするようにグラスを掲げてみせた。「正義感よりユーモアのセンスがややまさった気まぐれな運命の女神に」

「正義ですって?」サマンサはすっかりめんくらってきき返した。「なぜあなたが視力を失わなければならなかったのか、わたしにはわかりません。なんのためだったんでしょう? ご自分が英雄であることを証明するため?」

ゲイブリエルはグラスをたたきつけるようにテーブルに置いた。スコッチがふちからあふれる。「ぼくは英雄などではない!」

「いいえ、英雄ですとも」彼が負傷したいきさつについては、たいした努力をしなくても、話すことができる。タイムズ紙や官報が好んで何度も取りあげていたからだ。「あなたはまっ先に、フランスの戦艦リダウタブルの第三マストに狙撃兵《そげき》がのぼっているのに気づいた。その兵士がネルソン提督を狙っているのを見てとり、あなたは大声で警告しながら、危険もかえりみずに、命がけで甲板を走って提督のもとへ向かった」

「だがたどり着けなかった。そうだろう?」ゲイブリエルはグラスを口にあてると、一気にスコッチを飲みほした。「提督も助からなかった」

「あなたが爆弾の破片にあたって倒れ、馳せ参じることができなかったからです」

ゲイブリエルは長いあいだ押し黙っていた。やがて穏やかな声できいた。「むっとするような自分の血のにおいを嗅いで甲板に倒れたぼくが、最後に何を見たと思う? 弾丸が提督の肩を貫通するところだよ。提督は当惑したような顔をし、それから苦しげな表情を浮かべて甲板にくずおれた。とたんに目の前が真っ赤に染まり、そして真っ暗になった」

「その銃の引き金を引いたのは、あなたじゃないんですから」サマンサは椅子に座ったまま身を乗り出し、心をこめて低い声で言った。「それに、あなたがたは戦いには勝たれたのです。ネルソン提督の勇気と、あなたのようなかたの犠牲があったからこそ、フランスを打ち負かすことができました。フランスはそれでもなお、わが国の領土に対する所有権を主張するかもしれません。けれども̇あなたがたは彼らに、永遠の海の王者は誰かを思い知らせたんです」

「ではぼくは、そのような犠牲を払えたことを神に感謝すべきなのだろうな。ネルソンほど幸運な男はあるまい。すでに国王とわが国のために腕一本と片方の目を捧げ、それでもなお、命を落とす特権を享受できたんだからな」ゲイブリエルは頭をのけぞらせて、少年のようにかん高い声で笑った。その姿が肖像画の男性とそっくりに見え、サマンサは一瞬、胸が苦しくなった。「きみはまたぼくを驚かせてくれたよ、ミス・ウィッカーシャム！　その石のような胸の内に、ロマンにときめく心があったとは意外だった」

サマンサは唇を噛んだ。忘れたの？　と言ってやりたいところだった。その指で図々しくわたしのやわらかい胸をつかんだときには、少しも石のようだとは思わなかったはずよ、と。「わたしが感傷的すぎると非難なさるおつもりですか。古い恋文を書き物机の引き出しにいつまでもしまっていらしたのは、どこのどなたかしら？」

「一本とられたな！」彼の口からつぶやきがもれ、浮かれ気分が一気に覚めていった。彼はまたピストルを手にとると、まるで恋人を愛撫するように、なめらかな輪郭を指でなぞった。しばらくしてようやく口を開いたときには、声が低くなり、あざけるような口調は消えていた。「きみはぼくに何をさせたいんだ？　きみも知っているだろう。いまのわが国には、目の見えない者の居場所はない。通りの片隅で物乞いをするか、病院に閉じこめられて過ごすか、選択肢はふたつにひとつなのだ。家族や、運悪くぼくを愛している人たちにとって、ぼくは重荷でしかなく、哀れみの対象でしかなくなった」

サマンサは椅子に背中をあずけた。妙に気持ちが冷静になっていく。「では、さっさと命を絶って決着をつけてしまわれてはどうです？　すんだら、わたしが鐘を鳴らして、ミセス・フィルポットに来てもらい、後始末をしてもらいます」

ゲイブリエルの下あごと、ピストルを握った手に力がこもった。

「さあ、どうぞ。ひと思いに」サマンサの声に力と情熱がこもった。「でも、これだけは断言できます。あなたを哀れんでいるのは、あなたご自身だけです。あの戦争では、まだ故郷に帰っていない人もいます。二度と戻れなくなった人も。両腕、両脚を失った人もいます。軍服と自尊心をずたずたに引き裂かれ、側溝に座って物乞いをせざるをえない人もいるんですよ。そうしてあざけられ、踏みつけにされつつ、わずかでもキリスト教徒らしい慈悲の心を持った人が、ブリキのコップに半ペニー硬貨を落としてくれることだけを祈って毎日を送っているんです。それなのにあなたは、ここで贅沢な暮らしをしながら、ふてくされて毎日を過ごしていらっしゃる。召使いたちは、いまもまだ、あなたが夜空に月を掛けたとでも思っているように敬愛を捧げ、あなたがどんな気まぐれを起こしてもきちんと対応してくれる」サマンサは立ちあがった。目に涙が光っているのを彼に見られずにすむことをありがたく思った。「おっしゃるとおりでした、ご主人さま。英雄はあの人たちのほうです。あなたではなくて。あなたはただの意気地なし。死ぬことを恐れている――いえ、それ以上に生きていくことを恐れている――みじめな臆病者だわ！」

ゲイブリエルがピストルをあげて、自分を撃つのではないかと思った。まさか立ちあがって机のこちら側にまわってくるとは思っていなかった。足取りは、手と同じようにしっかりしていたが、酒のせいでえらそうな歩きぶりになっている。サマンサがはじめてフェアチャイルド・パークにやってきたときに出会った野獣は姿を消したものと思っていた。だがいま、それはただゲイブリエルの腫れぼったいまぶたの奥に身をひそめて、ふたたび獲物のにおいを嗅ぎつける瞬間を待っていただけであることがわかった。

彼は鼻をふくらませ、サマンサのほうに手を伸ばしてきた。よけるのは簡単だったが、彼の顔の何かがそれを思いとどまらせた。ゲイブリエルはサマンサの両肩を荒々しくつかみ、自分のほうへ引き寄せた。

「きみはぼくに一度も嘘をつかなかったとは言えないだろう、ミス・ウィッカーシャム？」

サマンサは、心臓がとまりそうになった。「きみがこの職業を選んだのは、同胞を思うやむにやまれぬ気持ちからなどではない。きみは誰かを戦争で失ったんだろう。誰だ？　父親か。兄か」彼がうつむき、スコッチのにおいのするあたたかい息がサマンサの顔にかかった。ゲイブリエルと同じように酔っぱらって向こう見ずになった気分がした。「それとも恋人か」美しい形の唇から出てきたその言葉は、愚弄《ぐろう》しているようでもあり、愛情がこもっているようでもあった。

「罪滅ぼしをしているのはあなただけではありません、と言っておきましょう」

彼は、自分とサマンサの両方をあざけるように笑い声を立てた。「美徳の鑑《かがみ》みたいなきみが、罪の何を知っている？」

「あなたが思っていらっしゃる以上にわかっています」サマンサはささやき、顔をそむけた。彼の鼻がサマンサのふっくらした頬をこすったが、偶然だったのか、意図的なものだったのかはわからなかった。眼鏡がないので、身を守る盾を失ったような、とても不安な気持ちがする。

「きみはぼくに、生きよと迫るが、なぜ生きなければならないんだ？　理由をひとつもあげていないじゃないか」彼はサマンサを揺さぶった。声にもサマンサの肩をつかんだ手にも強い力がこもっている。「言えるか、ミス・ウィッカーシャム？　生きる理由を」

サマンサは、自分にそれができるかどうか、わからなかった。だが答えようとして顔を正面に向けた拍子に、唇と唇がぶつかってしまった。気づくと、彼が唇を斜めに傾け、サマンサにキスをしていた。甘くほてった舌が彼女の唇を這い、サマンサはとうとう、かすかに口をあけ、うめきともあえぎともつかない小さな声をもらした。ゲイブリエルはすかさず、彼女を強く抱きしめた。スコッチと欲望と危険の味がした。

サマンサは小刻みにまばたきをして目を閉じた。これでふたりは対等になった。暗い闇にすっぽりと抱きすくめられたいま、サマンサは、彼の腕だけに支えられていた。彼の唇の熱さだけにあたためられ、彼のかすれたうめきの奏でる音楽だけに五感を踊らされていた。彼の舌がサマンサのやわらかい唇に容赦なく攻撃を加えてくる。血管の激しく脈打つ音が耳の中に響きわたり、心臓の鼓動を、一瞬一瞬のときを、ひとつひとつの後悔を数えあげていく。やがて彼がサマンサの肩から背中へと腕をおろし、彼女をひしと抱きしめた。サマンサの胸は石壁のように硬い彼の胸に押しつけられた。彼女は片腕を彼の首にまわし、彼の唇が必死に求めてくるものを与えようとした。

自分を救うこともできないのに、どうして彼を救えるだろう。

意志も魂も捧げて、自分が彼といっしょに闇へ下っていこうとしているのがわかる。ゲイブリエルは死を招こうとしているつもりかもしれないが、ふたりのあいだには生が泉のように湧き出ていた。絡みあう舌に。子宮を揺さぶる腿のあいだの甘い疼きに。〝生〟が彼女のやわらかい下腹をくすぐっている。着古したネグリジェの木綿地を通して、それを感じ取ることができた。

「くそ！」ゲイブリエルは悪態をついて、彼女の腕から身をもぎ離した。支えを失ったサマンサは、倒れそうになり、背後の机に両手をついた。目をおおいたくなるのをこらえながら、彼女はそろそろとまぶたを開いた。ゲイブリエルのキスの甘い影に溺れたあとでは、消えかかった暖炉の火さえまぶしすぎた。

呼吸を整えようとしつつ、サマンサは顔を振り向けて、ゲイブリエルが手さぐりで机の向こう側へまわっていくのを見守った。彼の手は震えている。インク壺をひっくり返し、真鍮の柄のついたペーパーナイフを床に払い落としてから、ようやくピストルをつかんだ。それをあげた瞬間、彼の顔に、これまで見たことのない決然とした表情が浮かんだ。サマンサの悲鳴は喉の奥で引っかかってしまった。

だが彼は、ただ机のこちら側に手を伸ばしただけだった。サマンサの手をさぐりあてると、ゲイブリエルはピストルを彼女のてのひらに押しつけた。「行け」彼は歯を食いしばってそう命じると、彼女の指を折って、しっかりとピストルを握らせた。サマンサがためらっていると、ゲイブリエルは出入り口のほうに向かって彼女の背中をどんと押し、声を高くして叫んだ。「出ていけ！　ひとりにしてくれ！」

サマンサは顔を後ろに振り向けて、最後に一度だけ、力なく彼のほうを見やってから、ネグリジェでピストルをくるみ、逃げるように部屋を出ていった。

10

いとしのセシリー
きみはぼくのどこにいちばん惹かれていますか。はにかみ屋であるところですか、それとも、謙虚なところでしょうか。答えを聞かせてください。

ドンという音がかすかに聞こえ、ベッドで眠っていたサマンサはぎょっとして起きあがった。どこか遠くでピストルが発射されたのだろうか。

「ミス・ウィッカーシャム？　起きていらっしゃいますか？」

ベクウィスがまた扉をノックしはじめ、サマンサは片手で胸をたたいて、動悸《どうき》を鎮めようとした。部屋の隅に置いてある旅行鞄に目をやり、ゲイブリエルのピストルは、いまはあの中に手紙といっしょにだいじにしまいこんであることを思い出した。

毛布をはねのけ、ベッドからおりると、かすんだ目に眼鏡をかけた。ゲイブリエルに追い出されたあとは、すっかりみじめな気持ちになって、ひと晩中うずくまっていた。彼をあの状態で残してくるなんて、どうかしていると自分を責めた。だが夜明けが近づいたころ、とうとう疲れきって、夢のない眠りにただよいこんだのだった。

サマンサはガウンをはおり、扉を少しだけあけた。

ベクウィスも眠れぬ夜を過ごしたような顔をしていたが、充血した目は、明るく輝いている。「おじゃまして申しわけありませんが、ご主人さまが図書室でお会いしたいとおっしゃっています。もちろん、ミス・ウィッカーシャムさえご都合がよければ、と」

サマンサはまさかというように片方の眉をあげた。これまで、ゲイブリエルが彼女の都合を気にかけてくれたことなど、一度もなかったのだ。「わかりました、ベクウィスさん。すぐうかがいますとお伝えください」

サマンサは顔を洗い、いつもより気をつけて服を選んだ。数少ない服の中から、灰色、黒、茶色ではないものをさがし、最後にやっと、切り替え位置を高くとった紺のベルベットのドレスで手を打つことにした。髪をきりりとまとめて小さなシニヨンをこしらえ、ドレスと同じ色調のリボンをていねいに飾った。鏡台の鏡をのぞきこみ、ほつれ髪を指に巻いてカールをこしらえようとしたとき、彼女ははっとして手をとめた。なんとばかなことをしているのだろう。がんばったところで、彼に見えるはずはないのに。

鏡に映った自分に向かって首を振り、サマンサは出口へと急いだ。だが五秒後には鏡台にとって返し、レモンバーベナを耳の後ろと喉のくぼみにつけた。

図書室の扉の前まで来ると、胃のあたりに奇妙な震えが走り、サマンサはたじろいだ。それが恥じらいという、自分にとってなじみのない感情であることを理解するのに、しばらく時間がかかった。しっかりしなさい、と、自分に言い聞かせる。ゲイブリエルは酔った勢いでキスしてしまっただけ。それ以上のものじゃないわ。彼の唇を見るたびに、あの感触を思い出すわけではないはず……。わたしの唇を支配するようにぴったりとふさいだあの感触や、略奪のかぎりを尽くしたあの焼けるように熱い舌の感触を。

階段下の時計が十時を打ちはじめ、彼女を夢想から引きずり出した。サマンサはスカートのしわを伸ばし、力強く扉をたたいた。

「どうぞ」

そっけないひとことに従って扉をあけると、ゲイブリエルは昨夜と同じように机の奥に座っていた。だが今度は、空のグラスもスコッチの瓶もなく、ありがたいことに、ペーパーナイフ以上に威力のある武器も置かれていない。

「おはようございます」サマンサは声をかけながら部屋に入った。「まだ生きていらっしゃるお姿を見て、安心しました」

ゲイブリエルはてのひらで額をこすった。「生きているのではないことを神に祈っているところだ。とりあえず、このすさまじい頭痛がおさまりますように、とね」

よく見ると、彼が昨夜のできごとで傷つかずにすんだわけではないことがわかった。服は着替えているが、うっすらと金色の無精ひげが伸びて、下あごに影がさしている。傷痕の周囲の皮膚は引きつれて白っぽく見え、目の下の隈もいつもより濃くなっていた。

言葉数が少なく優雅だったゆうべの彼は姿を消し、いまは全身をこわばらせて座っている。堅苦しい態度をとろうとしているわけではなく、頭を動かすと猛烈な不快感が襲ってくるせいだろう。

「座ってくれたまえ」サマンサが座るのを待って、彼は言った。「突然、呼び出してすまなかった。荷造りの途中でじゃまをしたんだろうな」

サマンサは当惑して口を開こうとしたが、まだ何も言わないうちに、彼が長い指でペーパーナイフの真鍮の柄をもてあそびながら、先を続けた。「もちろんぼくには、きみが出ていくことをとがめる資格はない。ゆうべのぼくのふるまいは非難に値する。酒のせいにしたいところだが、機嫌が悪かったことと、正常な判断力を欠いていたことも同様に責められるべきだ。どんなふうに見えたかはわからないが、誓って言う。ぼくには、女の使用人を力ずくでものにする趣味はない」

サマンサは、心臓のあたりに奇妙な痛みが走るのを感じた。彼にとって自分はそうでしかないことを——使用人にすぎないことを——忘れかけていたのだ。「ほんとうでしょうか、ご主人さま。わたしはミセス・フィルポットから、ある若いメイドと裏階段でちょっとした事件を起こされたことがあると聞きましたけれど……」

ゲイブリエルはこちらを向いたが、その拍子にびくっとして、苦しげに顔をしかめた。

「あのときのぼくはまだやっと十四だった！　それに、ぼくの記憶では、強引に迫ったのはミュゼットのほうだ……」だんだん声が小さくなり、彼はいぶかしげに目を細めた。サマンサに焚《た》きつけられたことに気づいたのだ。

「どうぞお気になさらないでください、ご主人さま」サマンサはきっぱりと言い、眼鏡の位置を直した。「わたしは、出会った男がみんな自分に襲いかかってくると思っているような、愛に飢えた独身女とはちがいます。キスをされてぼうっとなってしまう夢見がちな令嬢ともね」

　ゲイブリエルの表情が険しくなったが、彼は何も言わなかった。

「わたしに関して言えば」サマンサは、自分の気持ちとは遠く隔たった陽気な口調で言った。「ご主人さまがとられた不謹慎な行動はなかったことにしてはどうかと思います。では、これで失礼します」サマンサは椅子から立ちあがった。「何かほかの理由で荷物をまとめろとおっしゃるのでなければ、わたしはこれから――」

「いてほしい」だしぬけに彼が言った。

「はい？」

「いてほしい」彼はもう一度くり返した。「きみは家庭教師だったと言った。ならば、ぼくに教えてもらいたい」

「何をですか？　わたしの見たところ、マナーにはいくらか磨きをかける必要があると思いますが、読み書き計算に関しては、非常にすぐれた能力をお持ちです」

「ぼくがきみに教えてもらいたいのは、この状態で生きていく方法だ」彼は両手をあげててのひらを上に向けた。その手はかすかに震えていた。「この障害をかかえて生きていく方法を教えてほしい」

サマンサは椅子に座り直した。ゲイブリエル・フェアチャイルドは、人に何かを頼むような男ではない。なのに彼はいま、プライドとほんとうの心をさらけ出して彼女に見せたのだ。サマンサは長いあいだ、言葉を失っていた。

ゲイブリエルは彼女のためらいを、疑っているのだと勘違いした。「素直な生徒になるとは約束できないが、有能な生徒になれるよう努力する」彼は両手でこぶしを固めた。「最近のぼくの言動を考えれば、きみにこんなことを頼む権利がないことは重々承知している。だが――」

「お引き受けします」サマンサは穏やかな声で言った。

「ほんとうか」

「ええ。でも、言っておきますが、わたしはとても厳しいかもしれません。ちゃんと協力なさらないときには、厳しく叱られるものと覚悟しておいてください」

彼の唇をかすかに笑みがよぎった。「なんだって？　むちでたたくんじゃないのか」

「よほど失礼なことをなさらないかぎりはね」彼女はまた立ちあがった。「では、授業計画を練ってきます」

扉の前まで行ったところで、ゲイブリエルがまた口を開いた。声がかすれている。「ゆうべのことだが……」

サマンサは振り向いた。目が希望に輝いたのを彼に見られなくてよかったと思った。「なんでしょう?」

苦しげな表情には、これまで彼女が何度となく見てきたあざけりの色はまったくなかった。

「あんなふうに正常な判断力を失ったことは後悔している。二度とあのようなことはしないと約束するよ」

サマンサは、落ち着きを失った自分の胃が、すとんと下に抜け落ちるような感覚をおぼえたが、どうにか快活に微笑んでいるような声を取り繕った。「わかりました、ご主人さま。ミセス・フィルポットもほかのメイドたちも今夜はもっとぐっすり眠れることでしょう」


その日の午後、今度はサマンサがゲイブリエルを呼んだ。はじめてのレッスンをする場として、わざと日あたりのよい客間を選んだ。その広々とした空間が彼女の計画にはいちばんふさわしいと判断したのだ。ベクウィスがにこやかにゲイブリエルを部屋へ招き入れ、それからおじぎをくり返しながら、出入り口のほうへ引き返していった。扉を閉めるときには、サマンサに向かってウインクをしたのがわかったが、もし本人を問いつめれば、ただ目にゴミが入っただけだと言い張ることだろう。

「よろしくお願いします。まず手はじめとして、これをやってみようと考えました」サマンサは前に進み、持っていたものをゲイブリエルの手に押しつけた。

「なんだ、これは？」彼はそれをそろそろと二本の指でつまんだ。まるでヘビでもつかまされると思っているようだ。

「それは以前お使いになっていた歩行用の杖《つえ》です。とても品のよい意匠が施されています」

ゲイブリエルの優雅な指が、象牙の柄に彫りつけられた美しいライオンの頭をまさぐった。いぶかしげにしかめられた顔の、眉間《みけん》のしわがいっそう深くなった。「自分の歩いていく先も見えないのに、杖がなんの役に立つんだ？」

「わたしが考えたのもそこです。前方に何があるかわかれば、お屋敷の中をおそるおそる、ワルツを踊るクマみたいに歩かずにすむと思ったんです」

ゲイブリエルは、さらに深く考えこむような表情を浮かべると、杖をあげてさっと振り、大きな弧を描いた。サマンサはあわてて頭を引っこめた。その直後、杖がヒュッと音を立てて耳のそばを通り過ぎた。「そんなふうにするのではありません！　剣の試合じゃないんですから」

「剣の試合だとしたら、勝てる確率は五分五分だな」

「対戦相手も目が見えなければね」サマンサはため息をつき、彼の背後にまわった。後ろから腕を伸ばして、彼の手に自分の手を重ね、彫刻の施された杖の柄をしっかりと握らせた。そしてそのまま杖をおろして先端を床につけ、彼の腕を少し曲げさせた。「そうです。ゆっくりと振ってみてください。前後に。それから左右に」

まるで催眠術師のような、歌うような彼女の声に導かれ、ふたりの体が原始的な踊りのリズムに似た動きをくり返し、いっしょに揺れはじめた。サマンサは、彼のシャツの背に頬を押しつけたいというばかげた衝動に駆られた。ゲイブリエルは、あたたかくて男らしいにおいがする。夏のけだるい午後、太陽にあたためられた松林の空き地のような。

「……ミス・ウィッカーシャム？」

「はい？」サマンサはまだ夢見心地のぽーっとした気分のままで応じた。

ゲイブリエルの声は震えていた。興奮が抑えきれないらしい。「これが歩行用の杖だというのなら、歩こうじゃないか」

「ええ！　ぜひそうしましょう」サマンサはさっと彼から離れると、燃えるように熱い頬にかかったほつれ毛を撫でつけた。「いえ、その……ご主人さまはぜひそうなさるべきです。ここから部屋の隅まで歩いていかれましたら、そこにわたしが歩行練習用にこしらえた小道と障害物が用意してあります」

サマンサは何も考えずに、ゲイブリエルの前腕をつかんだ。彼が身をこわばらせ、全身の筋肉が抵抗を示した。サマンサは引っぱってみたが、彼のブーツはびくとも動かない。サマンサは、自分が彼をどこかへ手引きしようとしたのはこれがはじめてであることに気づいた。家の中を歩くときは、ベクウィスが付き添っているが、彼は主人が望む方向を向かせるときのほかには、けっして手を触れようとはしないのだ。

サマンサは、手を振り払われるのを待っていた。無力な子供のように手を引かれて歩くのはおことわりだと怒鳴られるのを。だがしばらくすると、しっかりと、だがやさしく握った彼女の手の内で、緊張が解けていくのがわかった。明らかに気が進まないようではあったが、サマンサが歩きだすと、彼もいっしょについてきた。

サマンサは、ピーターとフィリップに手伝ってもらって、ギリシア風のソファ二脚と椅子三脚、足乗せ台ふたつを適当に配置して、散らかった客間のような一角をこしらえていた。二、三のテーブルと、ドーリア式の台座のついた大理石像——知恵の女神アテネと狩猟の女神アルテミスをかたどったもの——も置かれている。また、テーブルの上には、小立像などの壊れやすいものもいくつか並べておいた。大きな障害物だけではなく、小さなものをよける術《すべ》も身につけたほうがよいと思ったからだ。

サマンサは、この一角の入り口までゲイブリエルを導いていった。「要領は単純そのものです。ただその杖を使って、この客間の向こう側まで歩いていらっしゃればいいんです」

彼はすぐに顔をしかめた。「失敗したら、きみはこの杖でぼくにお仕置きをするのかい？」

「失礼なことさえおっしゃらなければ、そんなことはしません」

サマンサは心を鬼にして一歩後ろに下がったが、いつでも支えられるよう、彼の肩のあたりにそっと手をかざさずにはいられなかった。

ゲイブリエルは杖を振りまわさずに、さぐるように前に突き出した。杖が最初の彫像の台座にぶちあたり、その上でにんまり笑みを浮かべている胸像がぐらりと傾いた。サマンサはとっさに前に飛び出し、アルテミスが倒れる前に抱きとめた。

胸像の重みによろけながら、彼女は言った。「はじめてにしては上出来です！　でも、もう少しだけ、そっとなさるとよいと思います。ヴォクスホール公園にある生け垣迷路を歩くような感覚で」サマンサは、ロンドンの有名な娯楽施設を引き合いに出して励ました。「あいうところでは、やみくもにつつきまわして進まないでしょう」

「紳士が迷路を首尾よく通り抜けることができたときには、中心の到達地点に何か褒美の品が用意されているものだ」

サマンサは笑った。「迷宮に入った英雄テセウスを待っていたのは、怪物ミノタウルスだけでしたけれど」

「ああ、だがあの剛胆にして勇気ある若い戦士は、怪物を打ち倒し、アリアドネー姫の心を射止めた」

「そのテセウスも、あの頭のよい姫から、魔法の剣と、迷宮の出入り口につないでおく糸の玉をもらわなければ、あそこまで大胆にはなれなかったでしょう」サマンサは言った。「あなたがテセウスなら、どんな褒美を望まれますか」

キスを。

ふいにその言葉が唇までのぼってきて、ゲイブリエルは動揺した。彼はすでにけさ約束したことを後悔しはじめている。こんなにハスキーな色っぽい声で笑わないでほしい……。いつものとりすました態度には、まるで似合っていないではないか。

目が見えなくてさいわいだったかもしれない。もし彼女の唇を見ることができたなら、きっとその甘さを幾度となく思い返すはめになっただろう。

けさはすでに、彼女の唇の色を想像して、かなりの時間を無駄にしてしまった。さらさらの砂に半分埋もれた小さな貝の内側のような、やさしいピンクだろうか。それとも、風の吹きすさぶ荒地《ムア》に咲く野生の花のようなくすんだバラ色だろうか。あるいは、五感を楽しませる異国の島の果実のようなみずみずしい珊瑚色？　いや、色などどうでもいい。ほどよくふっくらとしていることは知っているのだから。キスを楽しむためにつくられたような完璧な唇であることはもうわかっているのだ。

「そうだわ、こういう特典があります！」彼が答えずにいると、サマンサが大きな声で言った。「一所懸命練習して上達なされば、わたしのことは必要なくなります」

ゲイブリエルは、この冗談には苦笑で応じたが、果たしてそんな日が来るだろうかと思いはじめていた。

夜、サマンサがやってきた。もはや光も色も必要ではない、感覚だけがほしかった。彼女のレモンのように甘い香り。彼の裸の胸に絹のようにかかる、ほどいた髪のしなやかさ。やわらかい体を彼に押しつけながら、喉からもらすかすれた声。

彼はうめいた。彼女が耳に鼻をこすりつけ、大胆にも、彼の唇からあごの輪郭へ、そして鼻のてっぺんへと、舌を這わせていく。熱い吐息が頬をくすぐった。かび臭い土のにおい、熟成しすぎた牛肉のようなにおい、それから火の上に吊るした靴下のようなにおい……？

「な、なんだ、いったい――」ゲイブリエルははっとして目を覚まし、自分の顔から毛むくじゃらの鼻面を押しのけた。

起きあがり、手の甲でごしごしと唇をこすった。頭に情欲と眠気のもやがかかっていて、現実を把握するのに数秒かかった。いまは夜ではなく朝であること、ベッドの中で戯れている毛深い生き物は明らかに彼の専属看護師ではないことを。

「まあ、どうでしょう！」サマンサがベッドの足もとあたりから、いかにも誇らしげな声で叫んだ。「この子ったら、まだ正式に引き合わせもしないうちから、あなたのことが好きになってしまったようですよ！」

「なんだ、これは?」ゲイブリエルはそいつをつかもうとしながら、鋭い声できいた。「カンガルーか?」うずく股間を侵入者が踏んづけ、彼はうめき声をあげた。

サマンサが笑った。「まさか! 魅力的なかわいいコリー犬ですよ。きのうの夕方、猟番の家の前を通ったら、この子がちょこちょこと出てきてわたしに挨拶してくれたんです。この子ならぴったりだと思いました」

「何にぴったりなんだ?」ゲイブリエルは浮かない声できいた。しきりと身をよじるそいつをつかまえ、両腕を精いっぱい伸ばして、自分に近づけまいとしている。「日曜の昼食にかい?」

「とんでもない!」サマンサは犬をさっと彼から引き離した。やさしくあやす声が聞こえたところをみると、そいつを腕に抱きしめているのだろう。「お昼ごはんなんかじゃないわよねえ。こんなかわいい子を食べたりするものですか」

ゲイブリエルは枕に頭を戻しながら、首を振った。信じられない。あれほどの毒舌を吐く口から、こんな甘ったるいたわごとが出てくるとは。このぶんでは、そいつの腹を撫でていたりするかもしれない。いや、それどころか、鼻をこすりつけあったりもするかもしれない。少なくともそれを見ずにすむのはありがたい。胸の内に逆巻いた感情が、あまりになじみのないものだったので、その正体を突きとめるのに、少し時間がかかった。なんと、それは嫉妬だった! ごわごわした毛におおわれ、死後三日たった死体のようなにおいの息をするみすぼらしい雑種犬に、彼は嫉妬していたのだ。

「気をつけろ」ゲイブリエルは忠告した。舌を鳴らす音やキスの音が続いている。「ノミをうつされるかもしれないぞ。あるいは梅毒とか」彼は声を殺して言った。

「ノミのことは心配いりません。メグが前に使っていた古いたらいを庭に運び出して、ピーターとフィリップに頼んでこの子の体を洗ってもらいましたから」

「そいつは庭に置いておくべきだったと思うがね」

「でも、それだと、この子といっしょにいられないでしょう。わたしが子供のころ、お隣に失明なさった年配の紳士が住んでいらしたんです。従僕がお散歩にご案内するときには、いつも宝石をちりばめた綱につながれたテリヤが先に立って歩いて、でこぼこの煉瓦や泥地や水たまりがあれば、そこをよけて歩けるよう、誘導していたんです。暖炉から焼けた石炭が敷物の上に転がり出たときには、犬が吠えて召使いに知らせていました」それが合図になったかのように、彼女の腕に抱かれた子犬がかん高い声で吠えた。

ゲイブリエルはびっくりした。「気持ちが悪いくらいに賢いんだな。もっとも、ベッドの中で焼け死んだほうがましだという気もするよ。その哀れな紳士は、目だけではなく耳も不自由だったのか」

「その犬は、紳士がお亡くなりになるまで、忠実な伴侶《はんりょ》であり、気心の知れた友でした。うちの二階付きメイドが、そのお宅の従僕から聞いた話によると、お葬式のあと、犬は何日もご家族の納骨堂の外に座って、愛するご主人の帰りを待っていたのだそうです」サマンサの声が一瞬くぐもった。あの官能的な唇を犬の毛の中にうずめたようだ。「こんなに感動的な話、聞いたことがありません」

ゲイブリエルはそれよりも、サマンサが二階付きメイドを雇うほど裕福な家庭の出だという事実のほうに興味を惹かれていた。だが彼女が鼻をすすり、スカートのポケットに手を入れてハンカチをさがしているらしい気配がして、彼は自分の負けだと気がついた。いつも思慮深い彼女が感傷的になると、すっかりお手あげだった。

ゲイブリエルはため息をついた。「どうあっても犬をそばに置けというのなら、せめて本物の犬にしないか？　アイリッシュ・ウルフハウンドとかマスチフとか」

「大きすぎます。この小さな犬なら、どこへでも連れていけます。ほんとうに、どこへでも」と、付け加え、それを証明するために、犬をゲイブリエルの膝の上に戻した。

犬の毛からレモンの香りが立ちのぼった。思ったとおり、従僕たちはこの犬を洗うときにサマンサの好きな香水をつけたようだ。犬は身をよじって自由になると、ベッドの足もとへ跳んだ。喉の奥から低いうなり声を絞り出しながら、犬は羽毛入りのキルトの上から、ゲイブリエルの爪先を噛んだ。ゲイブリエルは歯をむき出し、犬に向かってうなり返した。

「名前はなんにします？」サマンサがきいた。

「女性の前で言えないような名前にしよう」彼は言い、大きな爪先を犬の口から引き離した。

「この子はとてもがんばり屋さんだと思うんです」犬が床に飛びおりるのを見ながら、サマンサは言った。犬にキルトを引きずりおろされそうになり、ゲイブリエルはあわててそれをつかんだ。あと数インチずれれば、夢とミス・ウィッカーシャムのハスキーな声が彼の体に与えた衝撃的な変化を見られてしまう。

「強情で扱いにくい犬だな」ゲイブリエルも認めた。「石頭だ。諭してもだめ、機嫌をとってもだめ。何がなんでも自分のしたいようにする。そのために、誰かの要求や希望を踏みにじることになってもな。だから、こいつの名前は……」ゲイブリエルは、彼女が期待をこめて待っているのを愉快に思いながら、笑みを浮かべた。「サムだ」


それからの数日、ゲイブリエルは、その犬を〝サム〟以外のあらゆる呼称で呼ぶことになった。このいまいましい犬は、前を歩いて障害物や危険を見つけ出してくれるどころか、彼のまわりをぐるぐるまわったり、脚のあいだをくぐり抜けたり、杖を弾き飛ばしたりするのが楽しくてたまらないようすだった。サマンサはどういうつもりなのだろう。つねに彼を怒らせておこうという魂胆か。さもなければ、わざと転倒させて命取りになるような怪我をさせる気か。そう思われてもしかたがあるまい。

しかし、サマンサの誇張は、誰にもとがめることはできなかった。犬はたしかに、片時もそばを離れない伴侶となった。家の中では、ゲイブリエルが行くところへはどこへでも、うれしそうにあえぎながら、足の小さな爪で寄せ木細工や大理石の床を規則正しくたたいてついてきた。従僕たちは、ゲイブリエルが食事をしたあと、食堂の床を掃除せずにすむようになった。サムが主人の椅子の真下に座っていて、食べこぼしが落ちてくれば、すかさず口をあけてぱくっと食べてしまうので、床を汚すことがなくなったのだ。夜は、ゲイブリエルが枕に頭を休めようとすると、すでにあたたかい毛むくじゃらの塊がそこを占領している始末だった。

眠るときは、主人の首すじに息を吐きかけるか、耳に向かっていびきをかく。はあはあ、ぜいぜいという音に耐えられなくなると、ゲイブリエルはベッドからキルトを引きずりおろして居間に転げこみ、そこで眠るのだった。

ある朝、目覚めると犬がいなくなっていた。だが残念なことに、房飾りのついたいちばん上等のヘシアンブーツの片方も消え失《う》せていたのだった。

ゲイブリエルは杖を使って一段ずつ、階段をおりていった。ほんとうは杖がうまく使えるようになったことをいささか誇らしく思っていたので、サマンサにもこの上達ぶりを見せたかったのだ。だが階段を下までおりたところで、彼はあたたかい水たまりに足を突っこんでしまった。美しい杖にも、それを防ぐことはできなかった。

ゲイブリエルは靴下ばきの足を引きあげ、自分の身に何が起きたのか、ありとあらゆる角度から判断しようとした。やがて頭をのけぞらせると、「サム！」と声をかぎりに叫んだ。

　犬とサマンサがその呼びかけに応じてやってきた。サムは主人のまわりを三周してから、彼の濡れていないほうの足の上にどすんと腰をおろした。サマンサは「まあ、たいへん！　申しわけありません！　けさはフィリップがサムをお庭に連れ出して散歩させることになっていたんですけど。いえ、ピーターだったかしら？」

　ゲイブリエルは足から犬を振り落とすと、彼女の声が聞こえてくるほうに向かって進んだ。一歩踏み出すたびに、濡れた靴下がぴちゃぴちゃと音を立てる。「大主教がじきじきにお出ましになってこいつに用を足させてくださる予定だったとしても、どうでもいい。これ以上、この犬にまとわりつかれるのはごめんだ。とくに、足もとにはな！」彼は扉の方向と思われるほうを指さしてみせた。だがそっちにあるのは外套掛けだったかもしれない。「こいつを外へつまみ出せ！」

「あら、待ってください。この子のせいばかりじゃありません。靴をはかずにお屋敷の中を歩かれるのも考えものだと思います」

「ベクウィスが用意してくれたブーツをはくはずだったんだ」彼は怒りをこらえていることを相手にわからせるような口調で言った。「もし見つかればな。だが目を覚ますと、なぜか右の靴だけがなくなっていたんだ」

　と、そのとき、扉のほうから、興奮してかすれた男の声が聞こえてきた。「信じられない！　庭師がこんなものを掘り出しましたよ！」

11

いとしのセシリー
ぼくははにかみ屋ゆえ、思いきって積極的に話しかけることができなかったようです。きみをひとりじめにしたければ、そうするべきだったのに……

「なんだ？」ゲイブリエルはきいた。いやな予感がした。

「ああ、なんでもありません」サマンサが急いで答えた。「ピーターが何かくだらないことをしゃべってるだけです」

「あれはピーターじゃない。フィリップだ」ゲイブリエルは訂正した。

「どうしておわかりになるんです？」サマンサは、彼が双子を区別できることに、心から驚いたようだった。

「ピーターは毎日、身だしなみを整えるときにバラ水をほんの少しだけ使うが、フィリップは、若いエルシーの気を惹きたいがために、浴びるように使ってるんだよ。この目で見ることができなくとも、いまフィリップが顔を真っ赤にしていることは想像がつく。おい、どうしたんだ？」彼はフィリップにじかに声をかけた。

「ご主人さまには関係のないことです」サマンサが言葉をはさんだ。「特別きれいな……ニンジンです。フィリップ、それを厨房に持っていって、エティエンヌに夕食のシチューに使うように言ってきてくれない？」

フィリップは、明らかに当惑していることがわかるような声で言った。「おれには古いブーツにしか見えませんけど。いったいなんでこんなに傷だらけになって庭に埋められてたんだろ」

ゲイブリエルは、あのブーツの革が自分のふくらはぎをどんなに美しく包んでいたかを思い出し、うめきたくなったが、かろうじてこらえた。

ふたたび口を開いたときには、抑制のきいた穏やかな声でしゃべった。「これだけははっきりさせておくよ、ミス・ウィッカーシャム。犬をここから出さないのなら――」ゲイブリエルはかがみこんだ。サマンサのあたたかい吐息にまじるミントの香りがただよってきた。「きみに出ていってもらう」

サマンサは鼻を鳴らした。「そうおっしゃるなら、しかたがありませんね。フィリップ、サムを庭に出してくれる？」

「かしこまりました。けど、これはどうします？」

「本来の持ち主にお返しすべきでしょう」

サマンサが何をするつもりか、ゲイブリエルが気づいたときには遅かった。泥とよだれのこびりついたブーツがぴたっと胸に押しつけられた。

「ありがとう」彼はこわばった声で言うと、それをつかみ、腕を前に伸ばして体から離した。杖で前方を払いながら、方向転換をし、階段のほうへ戻っていったが、予測よりも一歩早く階段にたどり着いてしまい、堂々と立ち去ろうというもくろみは失敗に終わった。左だけではなく右の靴下も濡れてしまったのだ。彼はその場に棒立ちになった。

サマンサがおもしろがって見送っているのを背中で感じながら、彼はぴちゃぴちゃと音を立てて階段をあがっていった。

ゲイブリエルは枕の両端を引っぱって耳をおおってみたが、ふかふかの羽毛を幾層重ねても、寝室の窓から入りこんでくる悲しそうな遠吠えを閉め出すことはできなかった。それは頭を枕に乗せた瞬間からはじまったのだが、夜明けになっても、いっこうにやむきざしはなかった。犬は、小さな心臓をまっぷたつに引き裂かれたような声で吠えている。

ゲイブリエルは、体をくるっと回転させてあおむけになると、窓のほうへ枕を放り投げた。屋敷の中には、彼をとがめるような沈黙が満ちている。サマンサはベッドに横たわり、有徳者ぶって至福の眠りに落ちていることだろう。その姿が目に浮かぶようだった。絹のような髪をほどいて枕の上に広げ、息をするたびに、花びらのようにやわらかい唇をかすかに開いていることだろう。だがその妄想の中でさえ、彼女の繊細な顔立ちは影におおわれている。寝支度をするときには、肌からレモンバーベナを洗い落としたことだろう。あとには、彼女の体が放つ甘いにおいだけが残る。その香りはどこで買った香水よりも豊かで魅惑的で、どんな男もあらがえない地上の楽園を約束してくれる。

ゲイブリエルは、欲望とあこがれに体を弓なりにして、うめきをもらした。あの犬が早く吠えるのをやめてくれなければ、自分もいっしょに遠吠えをはじめてしまうだろう。

彼はキルトをはねのけ、起きあがって窓辺へ歩いていった。掛け金を手さぐりではずし、窓枠をぐいっと引きあげたが、その拍子に親指にとげが刺さってしまった。

「しっ！」窓の下に向かってささやきかけた。「後生だ、静かにしてくれないか！」

犬の吠え声がふいにやんだ。期待に満ちたクーンという声が聞こえ、やがて静かになった。安堵のため息をつき、ゲイブリエルは振り向いてベッドのほうへ戻ろうとした。

と、また遠吠えがはじまった。前の二倍ほども痛ましい声だ。

ゲイブリエルはぴしゃりと窓を閉め、寝床まで歩いて戻ると、ベッドの支柱に掛けてあったガウンをさぐりあてた。そして、杖もとらずにさっと部屋を出ていった。

「ぼくが階段を転がり落ちて首の骨でも折ったら、みんなのせいだぞ」そうつぶやき、手さぐりで一インチずつ進みながら、階段をおりていった。「ぼくが死んでも、あの犬はぼくの墓に来て嘆くどころか、小便をひっかけるだろう。猟番に命じて射殺させることにしよう」

足乗せ台につまずいて転び、ボンベイチェストの猫脚で脛をすりむいてからようやく、彼は図書室のフランス扉の掛け金をはずすことができた。

扉をあけると、ひんやりした夜気が肌をやさしく撫でた。彼はためらった。傷痕のある顔を、冷たい月明かりにさらすのがいやだったのだ。

だがあの悲しげな吠え声はまだ続いていて、彼の心の奥底にある何かに訴えかけていた。おそらく、月が出ていないのだろう。

彼は石を敷きつめたテラスをゆっくり突っ切っていった。ぐらぐらと不安定な石がはだしの足の裏を刺す。露に濡れた草の中に足を踏み入れ、声のするほうをめざした。すぐそばまで来たと思ったところで、闇が急に静まり返った。あまりに静かなので、遠くの池で鳴いているヒキガエルの声や、自分の荒い息遣いが聞こえるほどだった。

彼は膝をつき、両手でまわりの地面をたたいた。「出てこい。どこにいるんだ、ちび。こうしてさがしにきてやらなかったら、ぼくを想って泣くんじゃないのか?」

近くの藪《やぶ》でがさがさと音がしたかと思うと、毛むくじゃらの鞠《まり》のような塊が、まるで大砲から放たれたようにして、彼の腕の中に飛びこんできた。小さなコリー犬は、うれしそうにくんくん鳴いて後ろ脚で立ちあがり、ゲイブリエルの顔にあたたかい濡れたキスの雨を降らせた。

「よしよし」彼は小声で言い、震えている犬を腕に抱き取った。「そんなに感傷的にならなくてもいい。ぼくはただ、ゆっくり眠りたいだけなんだから」

ゲイブリエルは犬を抱いたまま、よろよろと立ちあがると、長い時間をかけて寝室まで戻っていった。あたたかい小さな体を胸に抱いていると、夜の闇もそれほど暗くは思えず、寝室までの距離もそう長くは思えなかった。


翌朝、ゲイブリエルが、足もとを嬉々として駆けまわるサムを連れて一階におりてきたときには、サマンサですら、何も言えなくなってしまった。ゲイブリエルはまだ、犬が足もとにまとわりついていることについて文句を言っていたが、サマンサはちゃんと見ていた。彼は誰にも見られていないと思ったときには、犬のやわらかい耳を撫でてやったり、肉のとくにおいしいところをひと切れ、テーブルの下に落としてやったりしていたのだ。

その週の終わりごろには、ゲイブリエルは、テーブルの脚にいっさいぶつからず、大理石の女神像や陶製の娘像を倒したりもせずに、家具の迷路をじょうずに抜けられるようになっていた。この進歩に気をよくしたサマンサは、そろそろ次の訓練に移ってもよいと判断した。

その夜、ゲイブリエルは、ダイニングルームの前を行ったり来たりしていた。腹がぐうぐうと鳴り、檻に閉じこめられた動物のような気分になってくる。いつもの夕食の時刻におりてくると、ベクウィスから、食事の準備が遅れているので、お呼びするまでお部屋の外でお待ちください、としどろもどろに告げられたのだった。

ゲイブリエルは杖を握り、耳を扉につけた。中からは、さらさら、かちゃかちゃ、という妙な音が聞こえてくる。サマンサが穏やかに、だがきっぱりと小声で命令していることがわかり、彼は好奇心と不吉な予感がさらに強まるのを感じた。

何を言っているのか聞き取ろうと、そのことばかり考えていて、ベクウィスが扉に近づいてきたことに気づかなかった。扉が勢いよく開いたときには、もう少しで頭から部屋の中に倒れこむところだった。

「こんばんは、ご主人さま」どこか左のほうでサマンサが言った。その声から、楽しみにしていることがありありとわかった。「遅くなりまして申しわけありませんでした。ご辛抱いただいたこと、感謝いたします」

ゲイブリエルは顔をしかめて杖の先を床につけ、なんとか体勢を直すと同時に威厳を取り戻そうとした。「真夜中の夕食になるのか、あるいは早めの朝食になるのかと思いはじめたところだ」ゲイブリエルは頭を傾けてみたが、食事どきにはおなじみの、はあはあとあえぐ息遣いが聞こえない。「サムはどうした？　まさか、あいつがリンゴをくわえて銀の皿に載って出てくるんじゃないだろうな」

「サムは今夜は使用人部屋で食事をさせます。でも、あの子のことはどうぞご心配なく。ピーターとフィリップが、椅子の下に食べ物を十分に落としてやると約束してくれましたから。あの子を追い払ってしまったことはお許しください。でも、そろそろご主人さまには、また文明の象徴に囲まれた生活に慣れていただこうと考えたんです」微笑んだらしく、声があたたかくなった。「そのために、テーブルには真っ白なリネンのテーブルクロスを掛けました。テーブルの長い辺に沿って、枝つき燭台が三つ並んでいます。それぞれの燭台には、細い蠟燭が四本ずつ灯っていて、ミセス・フィルポットが用意してくださった上等の磁器、ガラス器、銀器に、あたたかい光を投げかけています」

サマンサが説明した魅力あふれる光景を思い浮かべるのに、たいした想像力はいらなかった。問題はただひとつ。杖を手にしていてさえ、テーブルに向かって一歩を踏み出すのがこわかったのだ。よろけて、こわれものの上に倒れかかったり、服に火がついたりしはしないかと不安だった。

ゲイブリエルのためらいを見てとり、サマンサはそっと彼の肘をつかんだ。「お許しいただけましたら、お席までご案内いたします。勝手ながら、ご主人さまには、本来お座りになるべきテーブルの上座でお食事していただくことにしました」

「ということは、きみは本来いるべき使用人部屋で食事をとるわけか？」サマンサに導かれてテーブルをまわりながら、彼はきいた。

サマンサは彼の腕をぽんぽんとたたいた。「まさか。おそばを離れようなどとは、夢にも思っておりません」

彼女にうながされ、ゲイブリエルは自分の席に座った。サマンサが右隣に座った気配を耳にし、彼はおずおずと両手を膝の上で組み合わせた。食べ物をつかんでいないときには、両手をどうすればよいのだったか、忘れてしまったのだ。突然、自分の手が大きく不格好なように思えてきた。

だがありがたいことに、すぐに召使いのひとりが最初の料理を運んできてくれた。

「七面鳥の胸肉の炙《あぶ》り焼きに、マッシュルームを添えたものです」サマンサが説明し、従僕がゲイブリエルの皿に料理を取り分けた。

食欲をそそる香りがゲイブリエルの鼻のあたりにただよってくる。ああ、たまらない。彼は従僕がテーブルを離れる気配がするのを待って、皿に手を伸ばした。するとサマンサがとがめるように咳払いをした。

ゲイブリエルはしまったと思い、手を引っこめた。

「フォークが左側に置いてあります。ナイフは右側に」

ゲイブリエルはため息をつき、皿のわきのテーブルクロスをたたいて、ようやくフォークをさぐりあてた。握ってみると、その重さが手になじまず、扱いにくいように感じた。皿に向かって突き出してみたが、最初は食べ物には触れもしなかった。先端が上質の磁器にあたって耳障りな音を立て、彼はぎょっとした。そのあと三回挑戦し、マッシュルーム一個をさぐりあてることに成功した。一分ばかり、いらだたしい思いをしながらそいつをつつきまわしたあげくにようやく、フォークで突き刺して口に運ぶことができた。

そのムスクのような香りを存分に楽しみながら、彼はきいた。「きみは何を着てるんだ、ミス・ウィッカーシャム？」

「はい？」質問にめんくらい、サマンサはきき返した。

「きみはダイニングルームにあるものについては、すべて説明してくれた。きみ自身のことも話してみてはどうだ？　ひょっとしたら、きみはシュミーズとストッキングだけを着けてそこに座ってるかもしれないじゃないか」二個目のマッシュルームを突き刺し、ゲイブリエルはうつむいて、顔に浮かんだ笑みを隠そうとした。意地の悪い想像をして痛快になり、ついにやりとしてしまったのだ。

「お食事を楽しんでいただくうえで、わたしの服装は関係がないと思います」サマンサは氷のように冷たい声で答えた。「夕食の前にまず、品のある会話のレッスンをするべきだったかもしれませんわね」

ゲイブリエルとしてはむしろテーブルから皿を払い落として、彼女に品のないレッスンを施してやりたいところだった。

彼はマッシュルームをのみこみ、この危険な考えに歯止めをかけた。「ぼくの頼みを聞いてくれたっていいじゃないか。相手の女性の姿を思い浮かべることもできないのに、どうやって品のある会話をしろというんだ？」

「いいでしょう」サマンサはこわばった声で言った。「今夜わたしが着ているのは、ボンバジーンという綾織り地でこしらえた黒のディナードレスで、エリザベス女王時代風の高いひだ襟がついています。それに、風から身を守るためのウールのショールをはおっています」

彼は身震いした。「独身の中年女が葬式で着るような服だな。それも自分の葬式にね。いつもそんな陰気な色を好んで着るのか」

「いつもではありません」サマンサは静かに答えた。

「髪は？」

「どうしても知りたいとおっしゃるなら……」サマンサは声にいらだちをにじませて言った。「くるっと巻いてうなじのあたりでシニヨンにまとめ、黒いレースの網をかぶせてあります。仕事をするのにふさわしい髪形だと思います」

ゲイブリエルはしばらく考えてから、首を振った。「残念だな。それじゃ全然役に立たない」

「え？　どういうことでしょう」

「未亡人の喪服を着たきみの姿を想像するなんて、耐えられないね。食欲をなくすよ。少なくとも靴のことを聞かずにすんだのは幸いだった。きっと選びに選んだ趣味のよいものをはいているのだろうからね」

かすかに布がこすれるような音がした。サマンサがテーブルクロスを引きあげて下をのぞきこんだのかもしれないが、彼女はなんの抗弁もしなかった。

ゲイブリエルは椅子に背中をあずけ、無精ひげの生えたあごを撫でた。「きみはフランスで流行しているスキャンダラスなドレスを着ているんだと思うことにしよう。生地はクリーム色のモスリンで、ウエストの位置が高いやつだ。襟ぐりは大きくあいていて、四角い形をしている。成熟した女性の体をそっと包みこむような布地でつくってあるんだ」彼は目を細めた。「ぼくには、きみがショールをはおっているとは思えない。きみの肘の内側の、思わずキスしたくなるようなえくぼのすぐ上に、天使の翼のようにやわらかいカシミアのストールが掛かっているんだ。ドレスは、裾が足首をこする程度の丈で、一歩歩くたびに、バラ色の絹のストッキングが誘うようにちらっとのぞくんだ」

きっと怒って抗議するだろう、このけしからぬ独白をやめさせるだろうと思っていたが、サマンサは彼の声の官能的な響きに聞き惚《ほ》れているようだった。

「足にはピンクの絹の靴をはいている。ちゃちな靴で、舞踏室でひと晩中踊り明かす以外の役には立たないような代物だ。頭には、この靴と同じ生地のリボンを結んでいる。髪はわざとくしゃくしゃにしたような巻き毛だろう。ほつれ毛が頰に貼りついていて、きみはまるで浴室から出てきたばかりのように見える」

長いあいだ、何も聞こえてこなかった。やがてようやくサマンサが口を開いたときには、その声から、息を弾ませていることがわかり、ゲイブリエルは思わずにんまりとしそうになった。「あなたが想像力に欠けるからといって——あるいは、女性の服のことを驚くほどよくご存じだからといって——誰にもあなたを責められないでしょう」

ゲイブリエルは、しおらしげに片方の肩だけをすくめてみせた。「若いころ、それを脱がせることに多くの時間を費やした成果だ」

サマンサの喉がごくりと鳴る音がはっきり聞こえた。「わたしがどんな下着を着けているか、お話しになりたくなる前に、食事をすませてしまったほうがいいでしょう」

「その必要はない」彼は絹のようになめらかな口調で言った。「下には何も着けていないからだ」

サマンサが息をのむ音がし、銀のフォークが磁器にあたる音が聞こえた。これ以上、彼の無礼な物言いに耐えずにすむよう、食べ物をほおばったのだろう。

ゲイブリエルも同じようにしたいと思い、また皿に向かってフォークをおろした。どうにか肉に刺さったことはわかったが、重さから判断して、このままでは大きすぎる。叱られずに口まで運ぶのはとても無理だ。彼は歯ぎしりをし、ため息をついた。この七面鳥がまだ生きていて、かん高い声で鳴きながら翼をばたばた動かしてテーブルを駆けまわっていたとしても、これほど扱いにくくはなかっただろう。朝までに飢え死にしたくなければ、ナイフを使うほかはない。

彼は皿の右側をさがしてみたが、ナイフの柄に手が触れる前に、刃のほうで親指の腹を切ってしまった。

「くそ!」彼は悪態をつき、痛む指をくわえた。

「まあ、たいへん!」サマンサはほんとうにびっくりして叫んだ。「怪我をなさったんですか?」椅子の脚が床をこする音がして、彼女が立ちあがったのがわかった。

「来るな!」彼は鋭い声で言い、まるでサーベルでも抜き払うようにして、フォークを彼女のほうに突き出した。「きみの同情はいらない。ぼくの望みは、腹に食べ物を入れることだ。これ以上腹が減ったら、きみを食べてしまうかもしれない」

サマンサがまた椅子に座り直したのがわかった。「配慮が足りませんでした」彼女は言った。「せめてわたしにお肉を切らせていただけませんか」

「いや、けっこうだ。ぼくに死ぬまでつきまとって、肉を切り分けたりあごを拭いたりする気でいるのならべつだがね。自分でできるようになったほうがいい」

フォークを置くと、ゲイブリエルはゴブレットに手を伸ばした。こんなへまをした決まりの悪さをやわらげようと、ワインを口いっぱいにふくんで飲もうと思ったのだ。だがぎこちなく振りまわした手は、ゴブレットをひっくり返すことしかできなかった。サマンサが驚いたように息をのんだ。それを聞いただけで、目は見えなくとも、ワインが純白のテーブルクロスにこぼれ、彼女の膝にしたたり落ちたことがわかった。

彼はさっと立ちあがった。恥ずかしさと空腹といらだちに、とうとう負けてしまったのだ。

「こんなばかげたことができるか!　紳士らしくふるまえるようになる望みを持ったふりを

するくらいなら、どこかの街角で物乞いでもしたほうがましだよ！」ゲイブリエルは片手でこぶしを握り、テーブルを殴りつけた。食器がかたかたと音を立てる。「きみは知っていたか。夕食のときには、レディたちがぼくの隣の席に座る特権をめぐって争ったものだ。まるで自分たちがめずらしい特上の砂糖菓子ででもあるかのように、ぼくの気を惹こうと競いあった。いまとなってはどんな女性がぼくのそばにいたがるだろう？　将来には何も望めない。待っているのは、不機嫌な怒鳴り声と、膝にこぼれるワインだけだ。それどころか、まだ夕食が運ばれてもこないうちに、髪に火をつけられてしまう恐れだってあるんだ！」

彼は両手のこぶしでテーブルクロスを殴りつけたかと思うと、いきなりぐいっとそれを引っぱった。食器とガラス器と、サマンサの努力の成果がすべて床に落ち、大きな音を立てて砕け散った。

誰かが駆けこんできたらしく、ゲイブリエルは背中に風があたるのを感じた。

「ご心配なく、ベクウィスさん」サマンサが静かに言った。執事がためらったらしく、サマンサはうむを言わせない声で付け加えた。「わたしにまかせてください」

するとベクウィスと風が去っていき、また部屋にはふたりだけが残された。ゲイブリエルは顔をほてらせ、荒い息をつきながら、テーブルの端に立っていた。サマンサに食ってかかってほしかった。なんと野蛮なことをしたのか、と非難してもらいたかった。あなたは救いようのない人だ、望みはない、と告げてほしかった。そうすれば、がんばるのをやめられる。

闘うのをやめられる……。

だが、やがて自分の腿にサマンサの肩が触れ、彼女が足もとにひざまずいたのがわかった。「これを片づけたら……」割れたガラスや磁器のくぐもったような音といっしょに、彼女の穏やかな声が聞こえた。「新しいお皿を持ってこさせます」

落ち着き払った冷静な態度、何をされても動じまいとする態度に、ゲイブリエルはいっそう腹を立てた。彼はサマンサの手首をさぐりあてると、彼女を引っぱりあげて立たせ、波打つ自分の胸のほうへと引き寄せた。「きみは、王と国に尽くしたお人好《よ》しの大ばかものを守るときには、みごとに自分を抑えることができるようだが、自分を守ろうとはしないんだな。きみに心はあるのか」彼は嚙みつくように言った。「感情というものはないのか」

「いいえ、あります！」サマンサはすかさず言い返した。「あなたの言葉にふくまれた鋭いとげのひとつひとつを感じます。辛辣な言葉もすべて。もしわたしが感情を持たない人間だったら、あなたにお食事を楽しんでいただくために、まる一日をつぶして準備したりはしなかったでしょう。夜明けに起きて、料理人にあなたの好きな料理のことを教えてもらったりはしませんでした。午前中かけて森を歩きまわり、選《よ》りすぐりのおいしそうなマッシュルームをさがしはしなかったでしょう。午後の半分をかけて、ウースターかウェッジウッドか、どちらの食器であなたの食卓を飾ろうなどと、考えたりはしませんでした」ゲイブリエルは、感きわまった彼女のほっそりした体が震えているのを感じた。「ええ、わたしは感情を持っています。心もあります。それをあなたに引き裂かせるつもりはありません！」
サマンサが手を振りほどいたそのとき、ゲイブリエルの手に、何か熱い濡れたものがかかった。彼女の靴音がガラスの破片を踏んで遠ざかっていき、やがて扉がばたんと閉まった。完全にひとりぼっちになったことがわかった。手の甲をなめてみると、しょっぱい味がした。

どさりと椅子に座りこみ、ゲイブリエルは両手に顔を埋《う》めた。「彼女はひとつ、正しいことを言ったぞ、このばか野郎」彼は自分に向かってつぶやいた。「たしかに、品のよい会話のレッスンを受けてから、夕食のテーブルにつくべきだった」

長い時間がたち、やがてゲイブリエルは、あたたかい手が肩に置かれたのを感じた。「ご主人さま？　手をお貸ししましょうか？」ベクウィスの声はかすかに震えていた。すでに、けんもほろろに拒絶されることを覚悟していたようだった。

ゲイブリエルはゆっくりと顔をあげた。「ああ、ベクウィス」彼は言い、献身的な執事の手を軽くたたいた。「そうしてもらうのがよさそうだ」

12

いとしのセシリー
きみが積極的な男に魅力を感じるとわかって、ぼくはどれだけ安堵したかしれません……

サマンサはすねていた。

こういうことはあまり得意ではない。幼かったころでさえ、自分の意を通すのに、すねてみせる必要はなかったのだ。愛らしい笑顔を見せ、筋道を立てて話しさえすれば、父も母もたいてい願いを聞き入れてくれた。だがいまの彼女には、自分のほしいものを手に入れられる見通しはまるでない。

この三日間、サマンサは地階の使用人部屋で召使いたちと食事をとるとき以外は、ほとんど寝室を離れていない。部屋を出るときにはいつも本を携えていた。近づこうとする者がいれば、すぐに本に鼻を突っこみ、相手がこちらを横目で見てため息をつきながら去っていくまで、ずっと顔をあげなかった。

自分が子供じみたふるまいをしていることはわかっていた。職務を果たさずにいれば、ゲイブリエルがベクウィスに命じて、彼の父親にメッセージを送り、サマンサを解雇させる口実を与えることもわかっている。けれどもサマンサには、もうどうでもよかったのだ。

ゲイブリエルも同じようにこちらを徹底的に避けている。それに気づいたからといって、気分がよくなるわけではなかった。彼女とばったり顔を合わせることを考えただけでも不快だから、客間に逃げこんで、扉を閉めて鍵をかけるように命じたのだろう。サマンサはその扉の前を通るときには、ドンドンという奇妙な音が続けて聞こえても、興奮したような怒声がときおりあがっても、無視することにしていた。

ベクウィスとミセス・フィルポットも同じように、サマンサの窮地には関心がないようだった。あまり人が通らない場所で、ふたりが身を寄せあって小声で熱心に話しこんでいるのを見たことも二度あった。ふたりはサマンサを見るなり、悪いことをしているのを見つかりでもしたように、ふいに話すのをやめた。そして、スープ用の玉じゃくしを磨かなくてはとか、テーブルクロスにしっかり糊をきかせるようメグに言いつけなくてはならないとか言いわけをし、急いでその場を離れていった。きっと、サマンサをできるだけ傷つけずに、新しい仕事を見つけるよう申し渡す方法を考えていたのだろう。

心の平安と同様、睡眠も思うように得られなかった。ゲイブリエルと口論してから三日目の夜、ベッドにあおむけに寝て、しかめっ面で天井を見ていると、おなかが鳴りはじめた。

あっちへこっちへと寝返りばかりうって、すでに睡眠時間の半分を無駄にしていたので、こっそり下におりて、誰もいない厨房から、冷たくなったミートパイでもいただいてこようと思い立った。

客間の前を通ったとき、何かメロディのようなものが聞こえてきた。真夜中をとっくに過ぎたこの時間に扉が閉まっているのは妙だと思い、サマンサは、金箔張りの扉に耳を押しあてた。

錯覚ではない。彼女が耳にしたものは、たしかに音楽だった。ある種の。男がハミングをし、女がソプラノの声を震わせて、いっしょに歌っている。

歌の歌詞を聞き取ろうとしたそのとき、男が歯切れよくリズムをとりはじめた。「一、二、三、四……一、二、三、四……」

と、ものすごい衝撃音が響いた。謎の沈黙が長く続いたあと、きびきびとした靴音が扉のほうに近づいてきた。

サマンサが急いで階段下の玄関広間を横切り、アポロの等身大の大理石像の陰に隠れた直後、扉のひとつがさっと開いた。

明かりの消えた部屋からベクウィスがかすかに息を弾ませながら出てきた。残り少ない髪が、まるで女の指でかき乱されたようにくしゃくしゃになっている。そのあとからミセス・フィルポットがエプロンのしわを伸ばしつつ、ほつれた髪を耳にかけながら出てきた。サマンサはショックを受けて、あんぐりと口をあけた。

ミセス・フィルポットが貴族的な鼻をつんとあげて傾けた。「おやすみなさい、ベクウィスさん」

「ゆっくり休んでくれよ、ミセス・フィルポット」ベクウィスはそう応じて、正式なおじぎをした。

それぞれが異なる方向へ立ち去るのを待って、サマンサは石像の裏から出ていった。まだあいた口がふさがらない。もしエルシーとフィリップが顔を赤らめてくすくす笑いながら客間から出てきたなら、びっくりしなかっただろうが、あのきまじめな執事と厳格な家政婦が深夜の逢い引きにおよぶとは、思ってもみなかった。フェアチャイルド・パークの上級使用人は、恋愛に関してはわたしより幸運に恵まれているようだ。サマンサは首を振り、また足音を忍ばせて階段をあがっていった。食欲はなくなっていた。

翌日の午後には、いつまでもふさぎこんでいることにわれながらうんざりしてきた。ショールを手にとり、ゆっくりと敷地内を散歩してくることにした。流れる雲や、激しく吹きつける四月の風が頭の中からゲイブリエルを追い出してくれるだろう。

戻ってくると、彼女のベッドの上に大きな長方形の木箱が置いてあった。

近くの椅子にショールを掛け、サマンサはおそるおそる箱に近づいた。きっとベクウィスが運びこませたのだろう。サマンサが解雇されたときに、身の回り品を持って出られるように。

おそるおそるふたをあけた。サマンサは思わず息をのんだ。白檀《びゃくだん》の香りのするその中には、ドレスが入っていたのだ。生地は濃いバタークリーム色の、繊細なモスリン。サマンサは誘惑に勝てずに、ドレスを手にとり、胸にあてた。

こんなにすてきな服を見たのはずいぶん久しぶりのことだ。短いパフスリーブには、金色のレースで縁取りがしてあり、彼女のやわらかい胸の下のあたりに幅の広いサテンのリボンがついていて、布地にひだが寄せてある。スクエアカットの襟ぐりは、男の目を惹きつける深さにあいていた。透けて見えそうなほど生地が薄いので、古典的なゆるいひだをとったスカートの下には、よほど軽くて女らしい下着を着けなければならないだろう。

薄い生地におおわれた肩といい、波形カットにした裾から流れる優雅な引き裾《トレーン》といい、パリの名高い職人が仕立てたものだとすれば、これほどサマンサの体にぴったりと合っているわけがない。

〝きみはフランスで流行しているスキャンダラスなドレスを着ているんだと思うことにしよう〟

ゲイブリエルの甘いバリトンの声がよみがえり、サマンサの五感をくるみこんだそのとき、ドレスからクリーム色のカードがはらりと落ちた。

サマンサはドレスを抱きしめたまま、箱からカードを取り出した。ベクウィスの几帳面《きちょうめん》な筆跡でメッセージが書かれている。「〃シェフィールド卿が今夜八時に夕食をごいっしょしたいとご希望です〃」サマンサは小声で読んだ。

カードが指から舞いおりていき、サマンサはゆっくりとドレスをベッドの上に置いた。自分の着ている働く女性にふさわしい茶色の梳毛織物《ウーステッド》の服に比べれば、軽薄に見えるにちがいない。

ゲイブリエルの贈り物も招待も、辞退するしかない。わたしは彼のもと愛人たちとはちがうのだ。高価な贈り物や甘い言葉で機嫌を直したりしない。けれども彼女の目はまた物欲しそうに、箱に吸い寄せられてしまった。あまりにドレスに心を奪われていたので、箱の中の宝物をまだ全部見ていなかったのだ。

彼女はまた箱の中に手を突っこんだ。何かが指先に軽く触れた。

〃……きみの肘の内側の、思わずキスしたくなるようなえくぼのすぐ上に、天使の翼のようにやわらかいカシミヤのストールが掛かっているんだ〃

サマンサはさっと手を引っこめた。目の見えない人がどうしてあのえくぼのことを知っているの？　どんな女性でも持っているからだ。サマンサは冷静に、自分にそう言い聞かせた。ゲイブリエルはきっと、視力を失う前に、いくつものそうしたえくぼにキスしてきたにちがいない。

サマンサはふたをとり、さっさとこのパンドラの箱にかぶせてしまおうと思った。ぐずぐずしていたら、もっと心をそそるものが飛び出してくるかもしれない。

〝足にはピンクの絹の靴をはいている。ちゃちな靴で、舞踏室でひと晩中踊り明かす以外の役には立たないような代物だ〟

「まさか靴までは……」サマンサはつぶやき、箱のふたをつかんだ指に力をこめた。「そこまで残酷なことはしないはずよ」

ふたをベッドに置き、ストールをそっとわきへのけてみたとたん、思わず小さな声がもれた。箱の底に、ほんのり染まった女性の頬のようなやわらかいピンクの靴がしまいこまれていたのだ。なんともかわいらしく、この世のものとは思えないほどだった。人間の足より、妖精の足のほうが似合うかもしれない。

サマンサは、自分の頑丈な革の短靴に目を落とした。いらいらしながら、屋敷の敷地を歩きまわったものだから、いつもより傷だらけでほこりにまみれているように見える。彼女はまた靴に目を向け、唇を嚙んだ。ちょっとはいてみるぐらいなら、害はないはずだ。この靴が足にぴったり合うかどうかもわからないのだし。サマンサは敷物の上に腰をおろし、短靴のボタン留めをはずしはじめた。


サマンサは、頑丈な短靴で屋敷内を歩くことに慣れていた。足首に結ぶ紐のついた低いヒールの繊細な靴では、長いらせん階段の上にふわふわと浮いているような感じがする。玄関広間を抜けるときには、外套掛けの鏡をちらっと盗み見た。優雅なドレスを着て半ばむき出しになった白い肩に、薄い翼が二枚くっついていたとしても、驚きはしなかっただろう。

ふわっと広がった美しいスカートを足首のまわりに揺らして歩いていると、自分はもうゲイブリエルの分別ある看護師ではなく、希望に胸をふくらませたばかな小娘になったように思えてくる。ただしサマンサは、その希望がどれほど危険なものかをよく心得ていた。角を曲がってダイニングルームに向かいはじめると、彼女はドレスのポケットから野暮ったい眼鏡を引っぱり出し、挑むようにそれをかけた。

召使いの姿はまったく目にしていなかったが、見られているという感覚、背後でそっと扉が開閉している感覚はどうしてもぬぐい去れなかった。客間の前を通ったときには、羨望のため息がたしかに聞こえた。それから、エルシーが楽しそうにくすくす笑い、あわてて誰かに口をふさがれたらしいこともわかった。サマンサがさっと振り向くと、客間の扉があいていた。暗い部屋には誰もいないようだった。

ちょうど階段下の時計が八時を打ちはじめたころ、サマンサはダイニングルームに着いた。堂々としたマホガニーの扉は閉まっている。サマンサは一瞬、ためらった。ほんとうに歓迎してもらえるのか、わからなかったのだ。数日前の夜、ゲイブリエルは、自分の晩餐《ばんさん》を前に、彼女に呼ばれるのをここで待っていた。きっと物乞いになったような気がしたことだろう。

サマンサは勇気を奮い起こし、ストールのしわを伸ばしてから、しっかりと扉をノックした。

「どうぞ」

サマンサはハスキーな声の招きを受けて部屋に入った。テーブルの上座の位置には、肖像画に描かれていた若き貴公子《プリンス》が、輝く蠟燭の光を浴びて立っていた。

13

いとしのセシリー
ぼくに積極的になれとそそのかしたからには、きみにも相応の覚悟をしてもらわなければなりません……

細長いテーブルの端に立っている男は、ロンドンのどんな家のダイニングルームや客間にもしっくりなじんで違和感を感じさせなかっただろう。きちんとひだをとった純白のスカーフ・タイ、そこに留めたダイヤモンドのタイピン、二番目に上等のヘシアンブーツのしゃんとした革の房飾り。どんな近侍も、誇らしさに笑みを浮かべずにはいられない身だしなみだった。シャツの前立てと袖口にはフリルがあしらわれ、それを紺の燕尾服と、引き締まった腰をぴったり包む黄褐色のズボンが引き立てている。
長すぎる髪を後ろへ梳かしつけて黒いベルベットのリボンで束ねているので、あごの力強い輪郭と額や頬の美しさが強調されている。蠟燭の灯が傷痕の痛々しさをやわらげ、うつろなまなざしを隠していた。

サマンサは、感じてはならない熱い思いに、喉が締めつけられるのをおぼえた。

「長いあいだお待たせしたのでなければよいのですが……」サマンサは言い、膝を折って、彼には見えない正式なおじぎをした。「使用人部屋で食事をするつもりでした。わたしが本来いるべき場所はあそこですから」

彼の唇の右端がぴくりと引きつった。「その必要はない。今夜のきみはぼくの専属看護師ではなく客なんだから」

ゲイブリエルはそろそろと慎重に、自分の右側の椅子まで歩いていき、それを後ろに引くと、茶色がかった金色の眉の片方を、招くようにあげてみせた。サマンサはためらった。彼の手の届かない、扉に近い席のほうが安全であることはわかっている。だがゲイブリエルの少年っぽい希望に満ちた表情に引き寄せられ、いつのまにかテーブルの向こう端にたどり着いていた。彼が身をかがめ、なめらかな動作で椅子を押して腰かけさせてくれたときには、たくましい腕の力強さと、広い胸から伝わってくるぬくもりを痛いほど強く意識していた。

ゲイブリエルも自分の席についた。「ウースターの磁器でがまんしてもらいたい。ウェッジウッドは不運な事故にあったのでね」

今度はサマンサの唇が引きつった。「それは残念ですね」部屋の中を見まわしてみると、サイドボードが空っぽになっていた。リネンのクロスが掛かったテーブルには、さまざまな皿が、どれもすぐ手の届くところに並べられている。よく熟した新鮮なイチゴを盛った皿もあった。「給仕する者がいないようですけど……ほかの召使いも、今夜はお休みをいただいたんでしょうか」

「そうしてやらなければならないと思ったんだ。今週はほんとうによくがんばってくれたからね」

「わたしもそう思います。このドレスを縫うだけでも、何時間もかかったことでしょう」

「さいわい、いま流行のそのドレスは、少ししか生地を必要としないから、メグはひと晩かふた晩、徹夜をしただけで縫いあげてしまった」

「ご主人さまは？　幾晩、眠っていらっしゃらないんでしょう」

答える代わりに、ゲイブリエルはふたりのあいだに置かれていたワインの瓶に手を伸ばした。サマンサはとっさにナプキンを手にとり、最悪の事態に備えたが、彼の手は、優雅な曲線を描く瓶の首をみごとにつかんだ。サマンサが驚きにぽかんと口をあけて見ていると、彼は、まっさらのテーブルクロスに一滴もこぼすことなく、ふたりのゴブレットにルビー色の液体を注いでくれた。

「今週、よくがんばったのは召使いだけじゃなかったんですね」サマンサは静かに言い、芳《ほう》醇《じゅん》な香りの赤ワインを口にした。

「料理を取り分けてあげようか」彼は言い、銀の卓上鍋に添えられたスプーンに手を伸ばした。中には、チキンのフリカッセが入っている。

「ありがとうございます」サマンサは小声で言い、彼がきちんとひとり分の分量をそれぞれの皿に取り分けるのを、うっとりと見ていた。

ゲイブリエルは、ナイフとフォークには触れず、スプーンを手にして食べはじめた。「ドレスは気に入ってもらえたと思っていいんだろうか」

サマンサはスカートのしわを伸ばした。「実用的ではありませんけれども、とてもすてきです。メグはどうやってこんなにぴったり寸法をとったんでしょう」

「彼女はこういうことについては、目が利くんだよ。たとえばきみはぼくの末の妹、ホノーリアと同じくらいの背丈なんだそうだ」彼の唇にちらっと笑みが浮かんだ。「もちろん、ベクウィスの推測どおりの体格に合わせてつくっていたら、きみはドレスじゃなくてテントを着るはめになっていただろう」

「靴は？　やはり腕のいい鍛冶屋《かじ》さんがいたんですか」

「ロンドンの近くに住んでいると、いろいろな利点がある。ときどきベクウィスをオックスフォード・ストリートへ買い物に行かせるのは、彼の心臓にとってもいいことだ。それに、きみが下で食事をしているあいだに、ミセス・フィルポットがこっそり部屋に入ってきみの靴から足型をとってくるのは、そうむずかしいことじゃなかった」

「フェアチャイルド・パークの人はみんな、ご主人さまと同じように悪知恵が働くんですね。でも、こんなにすてきな品をいただくわけにはいきません。分不相応です」

「そんなことはない。何もかもあげたわけじゃないんだからね。下着は一枚も入っていなかっただろう?」

「それでよかったんです」サマンサはおいしいチキンをひと切れ、口に運びながら、愛らしく答えた。「だって着ていませんから」

ゲイブリエルはスプーンをテーブルに取り落とした。ワインをたっぷり口にふくんだが、それでも飲みこむのに苦労しているようだった。「ぼくは自分の欠点をこれほど後悔したことはない」ややあってようやく、彼はうわずった声でそう言うと、真顔になって咳払いをした。「きみに受け取ってほしいのは贈り物だけじゃない。謝罪の言葉も受けてほしい。先日の夜はひどいことをしてしまった」

サマンサは彼がテーブルクロスをたたいて、根気よくスプーンをさがしていることに気づいた。彼女の顔から笑みが消えた。スプーンは彼の指からほんの数インチのところにあるのに、まるで隣の部屋に置いてあるように遠く感じられる。「お許しいただかなければならないのは、わたしのほうです。食事をするといった単純なことがあなたにとってどれほどご負担になるか、気づいていなかったんですから」

彼は肩をすくめた。「ナイフとフォークは、ちょっと扱いにくいからね。食べ物を感覚でとらえることができなければ、食べ物を見つけることはできないんだよ」彼は眉間にしわを刻んで考えこんだ。「きみにも体験してもらおうか」

ゲイブリエルは椅子を後ろに引いて立ちあがると、ナプキンを持ってサマンサの背後にまわり、かがみこんできた。サマンサの胸はときめいた。彼のスカーフ・タイがうなじの毛をこする。髪を梳きあげて頭のてっぺんにばかげたシニヨンをこしらえてきたことを後悔した。抵抗するまもなく、彼の手が前にまわって、眼鏡をとってしまった。ゲイブリエルは感覚を頼りにナプキンをくるくると丸めて帯状にし、それでサマンサの目をおおってから、後頭部でゆるく結んだ。

蠟燭の明かりが絶たれてしまい、サマンサはゲイブリエルを頼るしかなくなった。彼のぬくもり、におい、そして手の感触を。ゲイブリエルの指が喉に触れ、どうしようもなく体が震えてしまった瞬間、サマンサはいかに自分が彼に対して弱い立場に立っているかに気がついた。

「わたしにチキンのフリカッセを手づかみで食べさせて、仕返しをなさるおつもりですか」サマンサは尋ねた。

「そんな意地悪はしない。目の見えない者が、目の見えない人に食べさせるんだから」皿がこすれあう音がした。彼が後ろから手を伸ばして、ひとつの皿をわきへのけ、べつの皿を引き寄せたのだ。「ほら、試してごらん」そう言って、彼女の手にフォークを持たせた。

自分がとてもばかげたことをしているような気持ちになりながら、サマンサは前の皿に向かってフォークを突き出してみた。これはなんだろう。わからない。ころころと転がってつかまらない。何度か皿の上で追いかけまわしたあげくにようやく、このとらえにくいものを突き刺すことができた。フォークを持ちあげると、新鮮なイチゴの甘い香りが鼻のあたりにただよってきた。口の中につばが出てくる。だがやっとのことでつかまえたイチゴは、唇まであと一インチというところで、フォークを離れ、ぽとんと慎みのない音を立ててテーブルに落ちてしまった。

「ああ、もう！」と口走り、サマンサは、ゲイブリエルのあざけるような笑い声が響きわたるのを待った。

だが彼はただ腕をまわしてきて、そっと彼女の手からフォークをとった。「いいかい、ミス・ウィッカーシャム、視力を失ったら、ほかの感覚に頼らざるをえないんだ。においとか……」イチゴのさわやかな香りがさっと鼻孔に流れこんだ。サマンサは、ゲイブリエルの鼻がほんのかすかに、自分の喉に触れたのを感じた。「感触とか……」彼があたたかい指でサマンサの首筋をしっかりと支え、もう一方の手にイチゴを持って、敏感になっている彼女の唇をそれでこすり、口をあけさせようとした。ゲイブリエルの声が低くなった。「味とか……」

心地よいけだるさに身をゆだね、サマンサは自然と口をあけていた。楽園でヘビがイヴに近づいて以来、女がこれほど禁断の木の実に心をそそられたことはなかっただろう。彼女の無言の誘いを受けて、ゲイブリエルはふっくらしたイチゴをサマンサの唇のあいだに滑りこませた。舌の上で甘い果肉が弾け、彼女の口から満足げな低いうめき声がもれた。

「もうひとつ、どうだい？」悪魔のように魅惑的な甘い声がサマンサの耳もとでそう尋ねた。サマンサはもっとほしかった。もっともっと。けれども彼女はかぶりを振って彼の手を押しのけた。このままでは、絶対に満たしてはならない渇望を呼び起こされてしまいそうだった。「わたしは子供じゃありません」わざと彼の真似をして言った。「だから子供みたいに食べさせていただくわけにはいきません」

「いいだろう。好きにしたまえ」ゲイブリエルがまた皿を取り換えているらしい気配がした。いちいち味見をしているらしく、彼の唇が音を立てる。「ほら」ようやく彼が言い、サマンサにフォークを握らせた。「これを試してごらん」

彼の声のやわらかさを聞いて警戒すべきだったのに、サマンサは大胆にもいきなり皿に向かってフォークを突き出した。そこに載っている一品を最初のひと刺しでとらえてみせると心に決めていた。だが次の瞬間、彼女は、はっと息をのんだ。鉢に盛られた冷たいべとべとしたものに手を突っこんで、手首まで埋まってしまったのだ。

「エティエンヌのつくるシラバブ（生クリームに酒、砂糖を加えて泡立て、冷やし固めた菓子）は天下一品だ」ゲイブリエルが耳にささやきかけてきた。「彼はクリームが理想的な固さになるまで、何時間でも泡立てるらしい」

「ずるいですよ！」サマンサはべとべとするお菓子から手を引き抜いた。「わざとなさったんでしょう」

ナプキンをさがしていると、ゲイブリエルに手首をつかまれた。「ぼくにまかせろ」彼はそう言い、彼女の手を自分の口もとへ持っていった。

そしていきなり、サマンサの人差し指を唇にくわえた。あまりに唐突だったので、サマンサはすっかり動転してしまった。シラバスの冷たさとは対照的に、彼の口は湿ってあたたかかい。ゲイブリエルは彼女の指についた濃いクリームをなめ、そして吸いとった。官能をくすぐる放縦な舌の動きに、サマンサの守りは一気に崩れ去った。ほかのもっと敏感な場所をこんなふうに愛撫されているところを想像してしまった。

サマンサはあわてて手を引っこめた。目隠しの下の頬が燃えるように熱くなっている。

「夕食にお招きいただいたときには、まさか自分がメインディッシュになるとは思ってもみませんでした」

「メインディッシュなんかじゃないさ、ミス・ウィッカーシャム。きみなら、もっとおいしいデザートになるだろう」

「何ごとにつけ、甘いからですか？」辛辣な口調できかずにはいられなかった。

彼は大きな声をあげて笑った。そんなことはめったにないので、どうしても彼の顔を見たくなり、サマンサは目隠しを引っぱってはずした。ゲイブリエルはくつろいだ姿勢で椅子の背にもたれかかり、唇を少しゆがめて笑っている。目のまわりの魅力的なしわが深くなっていた。

そのあとの彼は、理想的な話し相手となって夕食をともにし、多くの女性をとりこにしてきたという伝説の魅力の一端をかいま見せてくれた。最後に、指ではなくスプーンを使って、残りのシラバブを食べてしまうと、彼は立ちあがって、サマンサに手をさしのべた。

サマンサはナプキンで口もとを拭いた。このまま、どこまでも彼についていってしまいそうな気がして、こわくなった。「もう遅いです。そろそろ失礼しませんと……」

「まだ行かないでくれ。きみに見せたいものがあるんだ」

こんなに熱心に頼まれてはことわるわけにいかず、サマンサは立ちあがって彼の手をとった。不安がさらに大きくなる。彼はサマンサを連れてダイニングルームを出ると、杖を頼りに、薄暗い長い廊下を歩いて、金箔を張った二枚の扉の前まで案内していった。こんな部屋があるとは、いままで気づかなかった。

ゲイブリエルは真鍮の取っ手をさぐりあてると、二枚の扉を一度にあけ放った。

「まあ！」サマンサはまったく思いもかけなかったものを目にして、小さな声をあげた。

そこは、サマンサがはじめてこの屋敷を探索したときに見つけていた舞踏室だった。だが回廊から見おろしたあのときとちがって、いまはそのみごとな部屋の真ん中に立っている。真鍮のシャンデリアの蠟燭はすべてともされていて、青い縞《しま》模様のヴェネチアンタイルの床に、またたく光を投げかけている。壁にずらりと並んだフランス扉の上部には、ガラスのはまった優雅な扇形の明かり窓が取りつけられていた。扉の向こうには、月光を浴びた庭園が見える。

ゲイブリエルは、杖を壁に立てかけた。ここでは、それは必要ないだろう。家具につまずいて転ぶことも、小さな陶像を落として割ることもないからだ。

「このダンスをごいっしょいただけますか」彼がきき、腕をさしだした。

「練習していらしたんですね」サマンサは、昨夜、客間から聞こえてきた謎めいた音楽と正体不明の音を思い出し、とがめるような口調で言った。「わたしはてっきり、ベクウィスさんとミセス・フィルポットが真夜中の逢い引きを楽しんでらっしゃるんだと思っていました」

ゲイブリエルは笑って、輝く床の真ん中へと彼女を導いた。「そんな元気は残っていなかっただろうと思うよ。何度、ベクウィスと頭をぶつけあったかわからないからね。それに、ぼくが靴下ばきだったからよかったものの、もしブーツをはいていたら、ミセス・フィルポットの爪先の骨がめちゃめちゃに折れていたことだろう。すぐに、ぼくにはメヌエットもカントリーダンス（男女が二列に並んで向かいあって踊る）もとうてい無理だってことがわかった」

「パートナーに触れることができなければ……」サマンサは、さっき彼の言った〝感触〟という言葉を思い出して言いかけた。

「……ぼくには相手がどこにいるのか、わからない。だからゆうべは夜通しベクウィスとワルツを踊っていたんだ」彼はため息をついた。「残念ながらミセス・フィルポットがワルツを踊ってくれないのでね」

「ワルツを？」サマンサはショックを隠せずにきき返した。「当然でしょう。大主教さまが公の場で、あれは風紀を乱す踊りだと非難なさったんですから！」

ゲイブリエルの目が明るく輝いた。「ぼくが執事とワルツを踊っているところを大主教がご覧になったら、どう思われるだろう」

「皇太子殿下でさえ、男性が女性をぴったり抱いて踊るのはまったくもって不謹慎だとおっしゃっています。あんなふうに体を近づけることは、あやまちのもとだって」

「そうなのか？」ゲイブリエルは、驚いたというよりは、興味をそそられたようにつぶやいた。彼はサマンサの指に自分の指を絡め、彼女を引き寄せた。

サマンサは、まるでターンを何度かくり返したあとのような息苦しさをおぼえた。「そんな進歩的なダンスは、ウィーンかパリでなら許されるでしょう。でもロンドンの舞踏室で踊ることは禁じられているんです」

「ここはロンドンじゃない」ゲイブリエルはそう言って、サマンサを腕に抱きとった。

それから、回廊のほうに向かってうなずいた。どこか見えないところで使用人がハープシコードを弾きはじめた。ゲイブリエルはサマンサの腰のくびれた部分に片方の手をあてて指を広げると、民謡『バーバラ・アレン』のやさしいメロディに乗って踊りはじめた。失われた時と愛の物語を歌った物悲しいバラードで、サマンサの好きな曲のひとつだった。これがワルツとして演奏されるのを聴いたのははじめてだが、このダンスの流れるようなリズムにはぴったり合っていた。

ゲイブリエルは、魅惑的なリズムにたちまち体がなじんで、本来の洗練された動きが戻ってくるのを感じた。目を閉じ、もっと刺激的な感覚が戻ってくるのも感じていた。女性のあたたかい体を抱く興奮、揺れるスカートのやわらかいささやき、パートナーが自分のリードに寄せてくれる信頼感。トラファルガーの海戦以来はじめて、失明したことを悔やむ気持ちが失せていた。サマンサを抱いて誰もいない舞踏室をまわりながら、久々に充実感に浸っていた。

彼は頭をのけぞらせて快活に笑い、サマンサをリードして、渦を描くようにしてターンをくり返していった。

『バーバラ・アレン』の曲が終わるころには、ふたりとも笑いすぎて息を切らしていた。ハープシコードがワルツよりカントリーダンスに向いた陽気な曲、『ともに暮らそう』を演奏しはじめると、ふたりは徐々にステップをゆるめて、立ちどまった。ゲイブリエルはサマンサを抱いたままでいた。彼女を、そしてこのひとときも、手放したくなかったのだ。

「節度をわきまえた紳士であることを証明しようとなさったのなら、みごとに失敗なさいましたよ」サマンサは言った。

「どんなに洗練されたマナーやりっぱな絹の服を身に着けていても、結局ぼくらはみんな野獣なんだ」彼はサマンサの手を口もとへ持っていき、てのひらの真ん中にキスをすると、絹のようにやわらかい肌にしばらく唇を押しあてていた。「きみもだよ、清く正しいミス・ウィッカーシャム」

彼女は、かすれて震えているのがはっきりとわかるような声で言った。「もしわたしがもっとひねくれた性格なら、こんなことをなさったのはお詫びのためじゃなくて、わたしを誘惑するためだと思ったことでしょう」

「きみはどっちがいいんだ?」ゲイブリエルはついに自分を抑えきれなくなり、直接、彼女の唇から答えを聞こうとして、顔を近づけた。

サマンサは目を閉じた。そうすれば、自分はこれから起ころうとしていることに責任がない、と言えるような気がした。けれども、ゲイブリエルの唇が彼女の唇に触れ、そっとこすったその瞬間、せつなさに全身が震えてしまった。それは図書室で交わしたくちづけとはまるでちがっていた。あのときは、一時の情熱によって感覚を侵されたようなものだった。でもこれは恋人のキスだ。彼が与えることのできる歓びの、ほんの一例が示されたにすぎない。サマンサの孤独な心にとってもっと魅力的な、もっと危険な歓びの……。

彼の唇がサマンサのふっくらした唇の輪郭をなぞっている。彼女はそれに誘われて唇を開き、彼の舌の甘い説得を受け入れた。なめらかな舌が彼女の口の中をかっと熱くし、何度も奥へ奥へと攻撃をくり返す。サマンサは、最後の抵抗が崩れ去り、自分がとろけて彼とひとつになろうとしているのを感じた。いまや彼女は突如祝宴に招かれた物乞いのようなものだった。これまで口にすることのできなかった官能というごちそうにありつこうとしているのだ。心ゆくまで味わいたい、彼のキスが与えてくれる大きな歓びで、ありとあらゆる欲望を満たしたいと思っていた。

やがて彼女の舌もこの刺激的なダンスに加わって、甘いワインの味がする彼の舌をまさぐりはじめ、ゲイブリエルは喉の奥で低くうめいた。目は見えなくとも、彼女の服の中に手をすべりこませることはできたし、絹のシュミーズの上から、やわらかい乳房をさぐりあて、硬くふくらんだ乳首を親指で軽く弾くことはできた。サマンサは禁断の激しい快感に、思わず声をもらした。

それを聞いて、ゲイブリエルはわれに返った。貪欲なこの指が次に何をするやらわかったものではない。そう思い、彼はサマンサから手も唇も離した。

耳障りな荒い息遣いを抑えようと、彼は自分の額をサマンサの額に押しあてた。「きみはぼくに嘘をついていただろう、ミス・ウィッカーシャム」

「なぜそんなことをおっしゃるんです?」

彼女の声に動揺が感じられたのは、自分のせいだと思ったゲイブリエルは、彼女の肌を鼻先でなぞっていき、やわらかい耳に唇をつけると、そっとささやいた。「だって、きみはちゃんと下着を着けてるじゃないか。残念なことに……」

その瞬間、演奏が終わって、ふいにあたりが静かになり、ふたりは、回廊に人がいることを思い出した。

「もう一曲、お弾きしましょうか」ベクウィスの屈託のなさそうな声が金箔張りの手すりの奥から聞こえてきた。彼はまだ、舞踏室の床でどんなドラマが繰り広げられたか、気づいていないのだ。

きっぱり抱擁を解いたのも、大きな声で返事をしたのもサマンサだった。「いいえ、けっこうです、ベクウィスさん。伯爵はもうお休みにならないといけません。あしたの二時きっかりに、レッスンを再開します」ゲイブリエルに向き直ったあとも、やはり同じようにはきはきと挨拶をした。「今夜はごちそうさまでした、ご主人さま」

ゲイブリエルは、彼女がさっと堅物の看護師に戻ったのをおもしろく思いながら、正式なおじぎをした。「こちらこそありがとう、ミス・ウィッカーシャム……ダンスにつきあってくれて……」

逃げるように去っていく彼女の靴音を聞きながら、彼は首を傾け、また考えこんでいた。あの看護師はほかにどんな秘密を隠しているのだろう、と。

ベクウィスが使用人部屋に戻ってくると、ミセス・フィルポットが暖炉の前にひとりでぽつんと座り、あたたかい紅茶を飲んでいた。

「どうだったの、今夜の首尾は」彼女はきいた。

「大成功だったよ。ふたりが望んでいたとおりの結果になった。だがわれわれは、思いどおりに秘密裏に事を運べなかったようだよ。ゆうべ客間にいたのをミス・ウィッカーシャムに勘づかれていたんだ」彼はくすくすと笑った。「わたしたちが真夜中の逢い引きとしゃれこんでいたと思ったらしい」

「まあ、なんてことを」ミセス・フィルポットはティーカップを口もとへ持っていき、笑みを隠した。

ベクウィスは首を振った。「誰にも想像できんだろう。気むずかしい中年の執事とくそまじめな未亡人が、恋わずらいにかかった若者のようにいちゃついてたなんてな」

「ええ、誰にもね」ミセス・フィルポットはティーカップを炉棚の上に置くと、髪からピンを一本一本抜き取りはじめた。

絹のような黒髪がほどけて肩にすべり落ちると、ベクウィスは手を伸ばし、指でその髪を梳いた。「わたしは昔からきみの髪が好きだった」

ミセス・フィルポットは彼のぽっちゃりした手をとると、それを頬に押しあてた。「わたしはずっとあなたを愛してきたわ。とくにあなたが勇気を振り絞って、若い未亡人だったわたしを〝ミセス・フィルポット〟ではなく、〝ラヴィニア〟と呼ぶようになってからはね」

「あれからもう二十年近くたつ」

「ついきのうのような気がするわね。おふたりのために演奏したのは、どんな曲？」

「『バーバラ・アレン』ときみの好きな『ともに暮らそう』だ」

「〝ともに暮らそう、いとしい妻になっておくれ〟」彼女は時代を超えて多くの人に愛されてきたクリストファー・マーロウの詩（十六世紀に発表された *Passionate Shepherd to His Love*）の一節を口ずさんだ。

「〝そして誰よりしあわせになってみせよう〟」ベクウィスがあとを続けながら、彼女を立たせて引き寄せた。

ミセス・フィルポットは乙女のように瞳を輝かせて彼を見あげた。「ご主人さまにこのことが知れたら、わたしたちはおひまを出されると思う？」

ベクウィスは首を横に振ってから、やさしく彼女にキスをした。「今夜のようすから判断すれば、きっとわれわれをうらやまれることだろう」

14

いとしのセシリー
ぼくの家族が、きみとの結婚では身分がちがいすぎると考えるだろうって？なぜそんなふうに思うのです？　きみはぼくの月であり、星なのです。ぼくはきみの華奢な足に踏まれる塵《ちり》にすぎません……

翌日の午後二時きっかりに、サマンサは頑丈な短靴で玄関広間をつかつかと歩いてやってきた。決意を秘めた険しい表情に、ほかの使用人たちはあわててこそこそと道をあけた。いつもはレモンの香りをただよわせている彼女だが、いまはレモンの果肉でもなめたように、唇をすぼめている。髪はきつくひっつめて、うなじの上で小さなシニヨンにまとめてあった。濃い灰色のドレスはなんの変哲もない形の普段着で、引き締まった足首や均整のとれた体の曲線をすっかりおおい隠している。
サマンサはゲイブリエルを待って客間の中を行ったり来たりしていた。時代遅れのペティコートが、まるで洗濯糊に浸してあったかのようにさらさらと音を立てる。どんなに威厳のある女性に見せかけようとしても、ゲイブリエルにはわかりっこない。そう思ってみても、いっこうに気持ちは落ち着かない。彼はどう思っているか知らないが、ストッキングと絹のシュミーズのほかに何も着けずに彼を待っていても同じことなのだ。でも、もしわたしがそんな格好をしていたら、彼はどうするだろう。めまいがするような空想が次々に湧いてきて、サマンサはあわてて手で顔をあおいだ。

二時半になってようやく、ゲイブリエルが杖で手際よく前方に弧を描きながら、ゆっくりした足取りで客間に入ってきた。サムがすぐあとから、傷だらけのブーツをくわえてついてくる。

サマンサは足でとんとんと床をたたき、炉棚の上の時計をにらみつけた。「何分遅刻なさったのか、おわかりになっていないようですね」

「まったくわからないね。時計が見えないんだから」彼はやんわりと答えた。

「……」サマンサは一瞬、たじろいだ。「じゃあ、はじめましょうか」彼の手に触れるのはためらわれたので、シャツの袖をつかんで、彼女のこしらえた迷路の入り口まで引っぱっていった。

ゲイブリエルはうめいた。「もう家具は勘弁してくれ。百回くらいやっただろう」

「では、あと百回練習して、杖が体の一部になるまでがんばりましょう」

「ダンスの練習のほうがいい」彼は言った。声がやわらかくなったのがわかった。

「それはすでにおじょうずなんですから、練習の必要はないでしょう」サマンサは反撃し、ふかふかのソファのほうへ彼を軽く押しやった。

ミノタウルスがどうの褒美がどうのとつぶやきながら、ゲイブリエルが迷路の端までたどり着くと、杖の先が空を切った。

彼は眉をひそめ、杖を大きく振ってみた。「書き物机はどこへやった？　二、三日前にはここにあったはずだ」

答える代わりに、サマンサは彼の前にまわり、天井までの高さのフランス扉をあけ放ってテラスに出られるようにした。サムがかん高い声でひと吠えしてブーツを落とし、ふたりのそばをすり抜けて前に出ると、ウサギでも見つけたように、弾丸のごとく飛び出した。そよ風が部屋に吹きこみ、ライラックの香りを運んできた。

「客間と舞踏室については習得なさったようですので」と、サマンサは説明した。「きょうの午後はお庭を歩いてみようと思ったんです」

「せっかくだが、やめておく」彼はにべもなくことわった。

サマンサはめんくらった。「なぜです？　客間には飽きてしまったとおっしゃったじゃありませんか。だから、何か気晴らしになるような新しいことをして、新鮮な空気を吸ってみたいとお思いなのかと考えたんです」

「家の中でも、必要なだけの空気は吸えるよ」

サマンサは当惑して視線を下に向けた。彼はこれが自分の命綱だとでもいうように、杖をしっかりと、指の関節が白くなるほど強く握りしめている。いつもは表情豊かな顔がこわばり、ぎゅっと結んだ唇の左端が下向きに引っぱられていた。ゆうべのおおらかで魅力的な表情とはうってかわり、いまはかたくなな険しい表情だけが浮かんでいる。

ふいに、ゲイブリエルが怒っているわけではないと気づき、サマンサははっとした。こわがっているのだ。そう言えば、彼女がフェアチャイルド・パークにやってきて以来、彼が太陽の光を浴びようとする姿をただの一度も見たことがない。

サマンサは手を下におろし、そっと彼の手から杖をとって壁に立てかけた。それから、思いきって、彼のこわばった前腕に手を置いた。「ご主人さまには必要ないかもしれませんが、わたしの肺には新鮮な空気が必要なんです。こんなに気持ちのよい春の午後に、女性が殿方のエスコートもなしに散歩に出かけるなんて、考えられないことじゃありません？」

ゲイブリエルがもはや持ちあわせない紳士としての誇りに訴えるのは、賭けだ。それはサマンサにもよくわかっていた。けれども驚いたことに、彼はしぶしぶ彼女の手に自分の手を重ね、会釈に似たしぐさをした。「ゲイブリエル・フェアチャイルドがレディのご依頼をことわったとは、誰にも言わせない」

彼は一歩前に進み、さらに一歩を踏み出した。陽光が、溶けた黄金のように彼の顔に降り注ぐ。家の外に出たとたん、彼はサマンサを引きとめて立ちどまった。そのままあとずさるかと思ったが、ゲイブリエルはただ、胸いっぱいに息を吸いこみたくて足をとめたようだった。サマンサも同じようにし、鋤が入ったばかりの土のにおいや、近くの蔓棚《つるだな》に咲き乱れるフジの、うっとりするような香りを楽しんだ。

ゲイブリエルがゆっくりまぶたを閉じるのを見て、サマンサも目をつぶりたくなった。あんなふうにして感覚を研ぎすまし、太陽にあたためられた風を浴びつつ、サンザシの木の枝で巣づくりをはじめたつがいのコマドリがたがいに呼び交わす声をじっと聞いていたかった。でも、もしそうしていれば、ゲイブリエルの顔をよぎった表情を見逃していただろう。彼がこうしてありとあらゆる感覚を楽しんでいることを知らずじまいだっただろう。

サマンサは気をよくして、ゲイブリエルをうながし、エメラルドグリーンの芝地のほうへと案内していった。芝地は斜面になっており、そこを下っていくと、広い森のはずれに建つ、崩れかけの〝フォリー〟と呼ばれる石造りの建物にたどり着く。この庭園では、とがった岩から、くねくねと流れる小川にいたるまで、何もかもが、たえまなく変化する自然を巧みに摸《も》したつくりになっている。

ゲイブリエルは彼女の手に自分の手を軽く重ねたまま、楽々と一定の速さで歩いていた。長い脚で一歩進むごとに自信を得て、歩き方が優雅になっていくようだった。「屋敷からあまり離れないほうがいい。村人にぼくの姿を見られたくないからな。小さな子供がこわがってベッドにもぐりこむようなことになるのはいやなんだ」

淡々とした口調だったが、サマンサには、わざと冗談めかして言ったことがわかっていた。

「子供がこわがるのは、知らない人だけですよ。いつまでもフェアチャイルド・パークから外に出ない生活を続けていらっしゃれば、それだけこわい評判が立ってしまうでしょう」

「たしかに、暗闇をうろつく醜い怪物のように思われては困るな」

サマンサはちらっと彼の顔を見たが、彼女をからかったのか、自嘲の言葉だったのかはわからなかった。彼の目は視力を失ったかもしれないが、快活な輝きは失っていない。金色のまつげに縁取られたその瞳は、どこまでも深く、海のように澄んだきらめきをたたえている。太陽の下ではいっそうすてきに見えた。降り注ぐ光を浴びた彼の髪も、真新しいギニー金貨のような色に輝いている。

「こんなに美しいお庭をお持ちなのですから、おうちのなかに閉じこもっていらっしゃる必要はないと思います。以前はとても活動的でいらしたのでしょう？　きっと何か戸外で楽しめることが見つかるはずです」

「アーチェリーとか？」ひねくれた返事が返ってきた。と、サムが森の中から飛び出してきて、ふたりの足もとを駆けまわりはじめ、歩調をゆるめざるをえなくなった。「あるいは、狩猟もいいな。少なくとも、ぼくがこいつをキツネとまちがえて撃っても、とがめられる心配がない」

「そんなことをおっしゃって、恥ずかしいとはお思いにならないんですか」サマンサはたしなめた。「いつかサムに助けられる日が来るかもしれませんよ。頭のいい子ですから」

自分の名前が出たのを聞いて、サムは草の上にあおむけに寝転がると、白目をむき、舌をだらりと出して身をよじらせた。サマンサはスカートをつまみ、ゲイブリエルが気づかないことを祈りながら、犬の上をまたいだ。

ゲイブリエルはほかのことに気をとられているようだった。「きみの言うとおりかもしれないよ、ミス・ウィッカーシャム」サマンサは、彼があっさり降参したことに驚いて彼を見あげた。「ぼくにもまだ、戸外で楽しめることが何かあるだろう。いわば五分と五分で勝負できるようなものがね」

目隠し鬼では、ゲイブリエルの全戦全勝だった。

誰も彼には勝てなかった。どんなに機敏な召使いでも、ゲイブリエルの手の届かないところへ逃れる前につかまってしまい、髪や服のにおいをちょっと嗅いだだけで名前を言いあてられてしまう。反射神経もすばらしく、誰が鬼になったときも、追跡をかわすことができた。鬼の手が伸びてきて、指先が触れた瞬間、さっと身をひるがえして逃げてしまう。

サマンサが使用人たちにゲームに加わってもらおうとして、みんなを呼び集めたときには、外へ出てきた彼らが主人の姿を見て仰天した。ゲイブリエルは、日当たりのよい丘の斜面に片肘をついて横たわっていたのだ。ベルベットの結び紐からほつれた髪を風になびかせ、口には細長い葉っぱをくわえていた。サマンサがこれから何をしてほしいかを説明すると、使用人たちはさらにびっくりした。みんなはまるで身分の高い訪問客でも迎えるようにして、きちんと列をつくって並んだが、ベクウィスは舌打ちをして不快感を示し、ミセス・フィルポットは、こんなみっともない光景は見たことがありませんと言い放った。

最初に列を崩したのは、ピーターとフィリップだった。ふたりとも、気持ちのよい春の日にしばし仕事から解放されたことがうれしくてならず、取っ組みあいをしたり、そばかすの浮き出たこぶしを突き出しあったりして、ふざけはじめたのだ。フィリップは、大声をあげる弟を押さえつけてまたがっては、はにかんだようにエルシーのほうへ目をやり、この若くて美しいメイドが自分を見ていることを確かめた。

さわやかな風と主人の上機嫌に誘われて、ほかの召使いたちも少しずつ、緊張がほぐれてきた。やがてスコットランド人のたくましい猟番、ウィリーが鬼になって目隠しをする番が来た。彼は節くれ立った手を伸ばしてかぎ爪のように指を曲げ、洗濯係のメグを追いまわした。メグは女学生のようにきゃーきゃーと声をあげ、スカートをつまんで全速力で斜面を駆けおりた。彼女の太い脚が風車のように回転し、サムがそれを追って走っていく。しばらくしてメグは右へよけるかと見せて左へよけた。だがウィリーはそのまま前に突進し、何かにつまずいてひっくり返り、ぐるぐると坂を転がっていって小川に落ちてしまった。

「ウィリーがメグをつかまえられなかったから、またご主人さまの番ですよ！」ハンナが大声で言い、わくわくしながら、両手を打ちあわせた。

全身から水をしたたらせ、悪態をついている猟番を、メグが耳をつまんで小川から引っぱってくると、ベクウィスはゲイブリエルを丘のてっぺんへと連れていった。ミセス・フィルポットでさえ、いまはゲームに引きこまれている。彼女は頼まれもしないのに、前に進み出て、主人の体を三度回転させ、それから、優雅にすばやくゲイブリエルの手の届かないところまで、腰に下げた鍵をじゃらじゃら鳴らしながら、踊るようにして走っていった。

ゲイブリエルが自分の位置を確かめるあいだ、使用人たちは、日当たりのよい斜面に身じろぎもせずに突っ立っていた。ゲイブリエルが手を触れられるほど近くに来るまでは、一インチたりとも動くことは許されない。そばに来てはじめて、逃げてもよいことになっている。サマンサはゲイブリエルが鬼のときには、わざと輪のいちばん外側に立つことにしていた。彼には、自分の体に触れる口実をいっさい与えないつもりだった。

ゲイブリエルは引き締まった腰に両手をあてて、ゆっくりとその場でまわった。と、そのとき、風がサマンサの髪を乱して、シニヨンのほつれ毛をもてあそんだ。彼女は、ゲイブリエルよりも風上に立つという失敗を犯したことに気がついた。ゲイブリエルが鼻をふくらませた。そしてサマンサがよく知っている表情を浮かべ、目を細めた。

彼はくるっと振り向き、まっすぐサマンサのほうに向かってくる。しっかりした足取りで、ふたりのあいだの距離をぐんぐん縮めていく。歩をゆるめずにエルシーとハンナのすぐそばを通りすぎたときには、彼女たちが必死で笑いをこらえていた。

サマンサは地面に根を張ったように、その場を動かなかった。ゲイブリエルが自分を餌食《えじき》にしようと突進してくるけだものであっても、逃げられなかっただろう。ほかの使用人たちが息を詰めて見守っているのはよくわかっていた。胸の谷間を汗が流れ落ち、血管の中で、血が蜂蜜のように濃くなったような気がした。

いつものように、ゲイブリエルはほんの一瞬だけ立ちどまり、それから飛びかかってきた。彼の手がサマンサの服の袖に触れ、ピーターとフィリップが低くうめいた。彼女が抵抗しなかったのをもどかしく思ったのだろう。もう手遅れだ、逃げられない。あとは彼女の名前を呼ぶだけだ。それでこの勝負はおしまい。

「名前を！　名前を！」娘たちが声を合わせてはやし立てる。

ゲイブリエルは、静かに、というように、あいているほうの手をあげた。ほかの使用人をつかまえたときには、燻煙《くんえん》や石けんの香りを嗅いだだけで名前を言いあてた。だが、ゲイブリエルには、囚われ人に手を触れて確かめることも許されていたのだ。

彼の唇の端が持ちあがって、かすかな笑みが浮かんだ。サマンサはその場でじっと立っていた。彼の手が近づいてきても、もうとめることはできない。ほかの人がすべて姿を消し、風の吹く丘にふたりきりで向きあっているような錯覚をおぼえた。

サマンサはまつげを震わせて目を閉じた。ゲイブリエルの指が髪を撫で、そっと顔に触れてくる。眼鏡の周囲をやさしく探索したあと、彼女の顔立ちを記憶しておこうとするかのように、すべてのふくらみ、すべてのくぼみをなぞっていった。彼の指が官能のさざ波を引き起こし、あたたかい午後だというのに、サマンサの肌には鳥肌が立った。こんなにごつごつとしてたくましい彼の手が、なぜこんなにやさしくもなれるのだろう。指先でやわらかい唇を撫でられた瞬間、彼女の不安は一気に溶け去り、何かほかのものが——もっと危険なものが——取って代わった。サマンサは、自分が彼のほうに身を寄せたくなっていることに気がついた。頭をのけぞらせ、甘いいけにえを捧げたい……そしてただ、彼を歓ばせたい……。みだらな願望で頭がいっぱいになり、くらくらしてきた。だから彼が触れるのをやめたことに気づくまで、少し時間がかかってしまった。

サマンサはぱっと目を見開いた。ゲイブリエルはうつむいていたが、胸の動きから、呼吸が乱れていることがわかった。この短い接触で、彼もまた平静ではいられなくなったのだ。

「確信はないが」彼は丘全体に響きわたるような声で言った。「肌のやわらかさと香水のにおいから判断して、ぼくがつかまえたのは……」彼は間を置き、わざと期待を高めた。「馬屋番のウォートンだろう！」

使用人たちがどっと笑った。馬丁のひとりが、早口で何かしゃべっているウォートン少年の肩をつかんだ。

「あと二回、答えられますよ、ご主人さま！」ミリーが言った。

ゲイブリエルは人差し指で下唇をとんとんとたたいた。「ウォートンじゃないとすれば……」彼は声をやわらげ、ゆっくりと言った。「きっと……忠実にして……献身的な……わが親愛なる……」

彼は胸に片手をあてて、またメイドたちの笑いを誘った。サマンサは息を詰めた。なんと言うつもりなのだろう。

「……ミス・ウィッカーシャムにちがいない！」

使用人たちがいっせいに、あたたかい拍手を送った。ゲイブリエルはサマンサのほうに片腕をさしのべてから、優雅におじぎをした。

彼女は微笑み、膝を折っておじぎを返してから、食いしばった歯のあいだからこう言った。「少なくともわたしは、馬車馬とはまちがわれなかったわけですね」

「ばかを言え」彼はささやいた。「きみのたてがみのほうがずっとやわらかいよ」

ベクウィスが満面の笑みを浮かべてゲイブリエルの肩をたたき、リネンのハンカチを彼の手に載せた。「さあ、目隠しを、ご主人さま」

ゲイブリエルがサマンサのほうに向き直り、いたずらっぽく片方の眉をあげてみせた。

「まあ、やめてください、困ります！」サマンサがあとずさり、ゲイブリエルは脅すように目隠しをきりきりとねじりながら前に進んだ。「あなたのばかげたゲームはもうたくさん。どれもこれもですよ」最後のひとことは強調するために付け加えた。なんのことを指しているのか、彼にはわかったはずだ。

「四の五の言うんじゃない。ほら、ミス・ウィッカーシャム」彼がやさしく叱るように言う。「まさか、目の不自由な男にあとを追わせるつもりじゃないだろう？」

「さあ、どうでしょう」サマンサはさっとスカートをつかむと、一目散に丘を駆けおりはじめた。ほどなく、ゲイブリエルの足音がすぐ後ろに迫ってきた。サマンサはとうとうたまらず、悲鳴をあげて笑いだした。


のろのろと進む、ソーンウッド侯爵シオドア・フェアチャイルドの大型四輪馬車の中には、重苦しい憂鬱《ゆううつ》な空気が満ちていた。十七歳になるホノーリアだけがわずかに希望の色を見せ、背筋をしゃんと起こして、窓の外を通りすぎる生け垣を眺めている。馬車はがたごとと揺れながら広い道を通り、フェアチャイルド・パークをめざしていた。

彼女のふたりの姉たちは、ある程度の年ごろの、ある程度美しくて教養のある若いレディにはなくてはならない、洗練された倦怠感《けんたいかん》をただよわせている。十八歳のユージーニアはサテンの小さなハンドバッグから手鏡を出し、楽しそうにそれをのぞきこんでいたが、十九歳のヴァレリーは、馬車が跳ねたり揺れたりするたび、不快そうな長いため息をついていた。ヴァレリーは、昨年の暮れにさる公爵の末息子と婚約して以来、鼻持ちならない娘になってしまった。どんなふうに会話が進んでいるときでも、口を開けば必ず、「アンソニーとわたしが結婚したら……」と切り出すのだ。

向かい側には、娘たちの父親が座り、レースの縁取りがついたハンカチで赤らんだ額をしきりとぬぐっていた。

その赤い顔を見て、彼の妻がつぶやいた。「ほんとうにこれがいちばんよい方法だとお思いなの、テディ？ わたしたちが訪ねていくことを前もって知らせておいたほうがよかったんじゃ……」

「知らせていれば、あの子は召使いに命じて、われわれを門前払いにしていたことだろう」

シオドア・フェアチャイルドがこんなふうに妻に対してきついものの言い方をするのはめずらしいことだった。彼は妻のショックをやわらげようと、手袋をはめた彼女の手をやさしくたたいた。

「わたしは、追い返されるほうがよかったわ」ユージーニアがしぶしぶ、鏡から目を離して言った。「少なくともお兄さまは、まるで狂犬病にかかった犬みたいに、わたしたちに向かって吠えたりうなったりせずにすむでしょう」

ヴァレリーがうなずいた。「この前訪ねたときの、あのけだものみたいなふるまいを見れば、誰もが、視力だけじゃなく正常な判断力も失ったんだと思ったでしょうね。アンソニーと結婚する前でよかったわ。だってお兄さまがわたしに、あんなひどい口のきき方をするって彼に知れたら――」

「ふたりとも、恥ずかしいと思わないの？　お兄さまのことをそんなふうに言うなんて」ホノーリアが窓からくるっと振り向いて、姉たちをにらみつけた。ボンネットのつば縁の下で、シェリー酒を思わせる澄んだ茶色の瞳が熱く燃え立っている。

ヴァレリーとユージーニアは、驚いて目を見交わした。気だてのよい妹から、こんな厳しい言葉を投げつけられるとは思ってもみなかったのだ。

馬車は凝った意匠の鉄の門をくぐり、馬車道へと通じる丘の急斜面をのぼりはじめた。ホノーリアはさらに続けた。「ねえユージーニア、あなたがティルマンの池に落ちたとき、凍えるように冷たい水から引きあげてくれたのは誰？　氷が薄いからスケートは無理だと言われたのに、あなたは聞かなかったのよね？　それから、ヴァレリー、レディ・マーベス主催のパーティーで、あのいやったらしい男の子に、あなたがキスを許したって言われたとき、誰があなたの名誉を守ってくれたの？　ゲイブリエルはいつだって、どんな女の子もうらやましがる、すばらしい兄だった。それなのにあなたたちはここに座って、お兄さまをばかにしたり、侮辱したりしているのよ。恩知らずにもほどがあるわ！」

ヴァレリーは明るい緑の瞳を涙で濡らし、ユージーニアの手を握った。「あんまりだわ、ホノーリア。わたしたちだって、お兄さまのことをたいせつに思っているのよ。でも、前にここに来たとき、わたしたちをさんざんに罵倒したあの癇癪持ちは、わたしたちの兄なんかじゃない。わたしたちは、もとのお兄さまに帰ってきてもらいたいのよ！」

「よさないか、おまえたち」父親が小声で言った。「ただでさえやっかいな状況を、言い争いなどして、さらにむずかしくする必要はない」ホノーリアがすねたように窓に目を戻し、侯爵は、いつもの彼らしい陽気な笑みをわずかでも浮かべようとした。「われわれの土産を見れば、おまえたちの兄さんも態度をやわらげることだろう」

「でも、そこが問題よ」レディ・ソーンウッドが口をはさんだ。「あなたの信頼するお医者さまたちのご意見では、あの子にはもう何も見えないのでしょう？　きょうもあしたも、永遠に」ふっくらした顔がくしゃくしゃになり、おしろいの上を涙が流れて、いくつもの筋を描いた。侯爵がハンカチをさしだすと、彼女はそれを受け取って、濡れた目にあてた。「きっとヴァレリーとユージーニアの言うとおりよ。そもそも、来るべきじゃなかったんです。愛する息子が、まるでけだもののように暗い家に閉じこめられているなんて……そんな姿、見たくありません」

「お母さま？」ホノーリアが模様入りの窓ガラスをこすりながら言った。さっきの剣幕はどこへやら、驚きのあまり、声の調子がやわらかくなっている。

「そっとしておいてさしあげなさい」ユージーニアがぴしゃりと言った。「取り乱していらっしゃるのがわからないの？」

ヴァレリーはハンドバッグから気つけ薬の小瓶を取り出し、それを母にさしだした。「ほら、お母さま。ご気分が悪くなりかけたら、これをお使いになるといいわ」

レディ・ソーンウッドは手を振ってことわった。それより、末娘の顔に浮かんだぼうっとした表情のほうが気になったのだ。「なんなの、ホノーリア？　幽霊でも見たような顔をして……」

「たぶん、幽霊を見ているのよ。お母さまもごらんになったほうがいいわ」

ホノーリアが窓をあけると、レディ・ソーンウッドは夫の膝の上に身を乗り出し、夫の爪先をいやというほど踏んづけながら、娘といっしょに外を見た。ヴァレリーもユージーニアも好奇心に駆られ、その後ろからのぞきこんだ。

何か遊技がおこなわれているらしい。屋敷を見おろす丘の、草におおわれた斜面に参加者たちが散らばっている。その笑い声や叫び声が音楽のようにあたりに響きわたっていた。誰もが熱中していて、近づいてくる馬車には、気づきもしない。

侯爵も首を伸ばして、ボンネットがこしらえた壁の向こうを眺め、とたんにあんぐりと口をあけた。「あれは召使いたちじゃないか！　何をしてるんだ？　働きもせずに、こんなくだらん遊びにうつつを抜かしおって！　いったい、きょうをなんの日だと思っているんだ。クリスマスじゃないんだぞ。全員クビだ！　ベクウィスに言いつけて、そうしよう」

「それよりもまず、ベクウィスをつかまえなきゃ」ヴァレリーの指さす先を見ると、ベクウィスが斜面を突進し、悲鳴をあげて逃げるミセス・フィルポットを追いかけている。

ユージーニアは不謹慎にも笑いだしそうになり、あわてて口に手をあてた。「あれを見て、ヴァレリー！　あのむっつり屋にあんな元気があったとはね！」

侯爵夫人は、振り返って、はしたない言葉を口にした娘を叱りつけようとした。だがその拍子に、浮かれ騒ぐ輪の外側をまわっていく男の姿が目にとまった。たちまち夫人の顔から血の気が引いた。やはり気つけ薬が必要だったのかもしれない。

男は丘のてっぺんで立ちどまった。息子が戻ってきたのだと思い、一気に喜びがこみあげてきた。瞬間、夫人は胸に手をあてた。抜けるような青空を背にした、その堂々たる姿を見た彼は背筋を伸ばし、胸を張ってすっくと立っている。茶色がかった金色の髪が陽光を受けてきらきら輝いていた。

だがやがて彼がこちらを向き、美しい容貌を台無しにしているぎざぎざの傷痕が目に飛びこんできた。その瞬間、侯爵夫人は、自分が知っていた――そして愛していた――ゲイブリエルがもう二度と戻ってこないことをまたもや思い知らされたのだった。

サマンサは、ゲイブリエルからは逃げられないとわかっていた。でも、こうして愉快な追いかけっこに誘いこんで、ほかの召使いの後ろにまわれば、またゲームを再開できると思ったのだ。ゲイブリエルは視力こそ失ったが、足はヤマネコのようにしっかりしている。だから彼が茂みにつまずいて石のように転がったときには、びっくりした。

「ゲ、ゲ、ゲ、ゲイブリエル！」サマンサは思わず、ファーストネームで呼んだ。

スカートをつまみ、全速力で彼のもとへ駆けていった。彼のかたわらの草に膝をついたときには、すでに最悪の事態を覚悟していた。足首の骨でも折れていたらどうしよう。岩に頭をぶつけていたらどうしよう。

寝室の床に血まみれで倒れていたときの姿が脳裏によみがえった。サマンサは彼の頭を膝に乗せ、額にかかった髪をやさしく撫でた。「聞こえますか、ゲイブリエル？　だいじょうぶ？」

「ああ、だいじょうぶだ」サマンサがその甘い声に反応するより早く、彼はいきなりサマンサの腰に両腕をまわし、彼女を草の中に転がした。弾みで眼鏡がずれてしまった。

彼がこんな大胆な行動をとるとは思ってもみなかった。まるで羊飼いの少年が乳搾《ちちしぼ》りの娘を手込めにしようとするみたいに、召使いたちと神の見ている前でこんなことをするなんて……。でも、ゲイブリエルはほんとうにサマンサを押し倒したのだ。彼女のスカートが彼の脚にからまった。ふたりは息が苦しくなるほど笑った。

サマンサはあおむけに転がり、ゲイブリエルの大きなあたたかい体が上からおおいかぶさった。と、ふいに彼が手をゆるめ、ふたりは笑うのをやめた。

サマンサは遅まきながら、みんなも黙りこんでしまったことに気がついた。

彼女はゲイブリエルの肩の向こうを見て、ゆがんだ眼鏡の奥で目をしばたたいた。見知らぬ人がそばに立っている。恰幅がよくて胸板の厚い男性だ。金色と緑の縞の靴下をはき、少々時代遅れの膝丈のズボンをはいている。白いもののまじる金色の髪には、軽く髪粉がはたかれ、年齢がわかりにくい。太い手首は、最高級のヴァレンシエンヌレースのカフスに包まれていた。その男性はサマンサのほうに手をさしのべた。中指にはめてある大きなルビーの印章つきの指輪が、陽光を受けて血のしずくのようにきらっと光った。

「だ、だ、だんなさま……」ベクウィスが口ごもりながら言った。目隠しがずれて斜めに垂れ下がり、片方の目だけが隠れている。その姿は、青い顔をした小太りの海賊のようだった。

「何もご連絡をいただいておりませんでしたので……お見えになるとは存じませず……」

「それくらい、わかっている」男性は叱りつけるように言った。このように威圧的な口調でものを言うのはどんな身分の人か、サマンサはよく知っていた。

そこで彼女は、はたと気づいた。いま自分が見あげているこの厳格な顔つきの男性こそ、彼女の雇い主、ソーンウッド侯爵シオドア・フェアチャイルドなのだ、と。

15

いとしのセシリー
ぼくの家族も、きっとぼくと同じくらい、きみを好きになると思います……

侯爵がさしのべた手を無視して、サマンサはゲイブリエルを押しのけ、さっと立ちあがった。ゲイブリエルもすぐに立ちあがった。肩を怒らせ、顔には警戒するような表情を浮かべている。ほかの召使いたちも、居心地が悪そうにまわりを囲んで立っていた。こんなところにいるより、おまるの中身を始末しにいくか、馬小屋の掃除でもしにいきたい、と思っているようだった。

サマンサは眼鏡をもとどおりの位置に直し、膝を深く折っておじぎをした。「はじめてお目にかかります。ご子息の看護師、サマンサ・ウィッカーシャムでございます」

「この前訪ねたときに比べて、息子が大きな進歩を遂げた理由がよくわかった」声はしわがれていたが、瞳は輝いていて、彼がこの状況をおもしろがっていることがありありとわかった。

自分がどんなにみっともない格好をしているかは、サマンサとしては想像するほかはなかった。スカートはくしゃくしゃで、草の汁がついて汚れている。頬は真っ赤で、髪はほどけて背中の中ほどあたりまで垂れている。侯爵が息子の世話役として雇うような品行方正な女性には見えないだろう。村の売春婦と思われてもしかたがない。

侯爵の後方、丘の斜面には、優雅な服装の女性が四人、固まって立っていた。凝った装飾のボンネットの下では、巻き毛のひとつひとつがきちんとしかるべき位置におさまり、ボウもリボンもレースのひだ飾りも、すべて完璧に糊をきかせてある。サマンサは自分の唇がこわばるのを感じた。彼女たちがどういう人なのかは、知りすぎるほどよく知っていたからだ。

彼女たちのせいで、よけいに自分がはねっ返りのように感じられたが、サマンサは萎縮《いしゅく》すまいとして、しっかりとあごをあげた。ゲイブリエルの家族が彼に対する責任を放棄していなければ、わたしを雇う必要はなかったのだ。それに、わたしを解雇すれば、彼の世話をする者がいなくなってしまう。

「わたしの治療法は、少々風変わりだとお思いかもしれません――」サマンサは言った。「けれども、このように日光をたくさん浴びて新鮮な空気に触れることは、心身の健康増進にたいそう役立つのです」

「たしかにぼくの場合は、心にも体にも改善の余地がおおいにあるからね」ゲイブリエルがつぶやいた。

侯爵は息子のほうを向いた。たちまち、横柄な態度が霧のように消えてしまった。どうしても、息子の顔をまっすぐ見ることができないようだ。「久しぶりだな。元気そうで何よりだ」

「父上」ゲイブリエルは硬い声で言った。「同じ言葉を返せたらどんなによいかと思います」

女性のひとりが、サテンのペティコートをさらさらと揺らしながら、草地を突っ切ってきた。彼女の肌は古風なレースのように白くて張りがなかったが、歳をとっても、ふくよかな美しさはほとんど失われていなかった。

その女性が爪先立ってゲイブリエルの無傷の頬に軽くキスをしたときも、彼は警戒を解かずに、身を硬くして突っ立っていた。「こんなふうに突然訪ねてきてしまって、ごめんなさいね。あんまりお天気がよかったものだから――馬車でのんびり郊外へ出かけてみたいと思ったのよ」

「何をばかな……。母上がキリスト教徒としての義務以上のことをなさるとは、とても思えませんよ。それより、家に帰る途中で、どこかの施設に立ち寄って恵まれない人々を励まされてはどうです?」

サマンサはどきりとしたが、ゲイブリエルの母親は、息子からこのような手ひどい歓迎を受けることを知っていたかのように、ただため息をついただけだった。「あなたたちもこっちにいらっしゃい」彼女は手袋をはめた人差し指を曲げて、娘たちを呼んだ。「お兄さまにちゃんとご挨拶をしなさい」

ヤナギのようにすらりとしたふたりの金髪の娘は、ゲイブリエルが嚙みつきはしないかと恐れているように尻込みをしていたが、見るからに健康そうな末っ子らしい茶色の髪の娘は、すぐに駆け寄り、兄の首に両腕をまわして抱きついた。ゲイブリエルはあやうくよろけそうになった。「ああ、お兄さま、会いたかったわ！　どんなにさびしかったことか！」

ゲイブリエルは、はじめて心がなごんだような表情を見せ、妹の肩をぎこちなくたたいた。

「久しぶりだな、おちびちゃん。いや、レディ・ホノーリアと呼ばなきゃいけないのかな。ヴァレリーのかかとの高い靴を借りてきたのでなければ、最後に会ったときから、二インチは背が伸びただろう」

「ねえ、聞いて、信じられる？　わたし、二週間後に宮中で国王陛下の拝謁《はいえつ》を賜《たまわ》るのよ。お兄さまと約束したこともちゃんと覚えてるわよ」ホノーリアは兄が逃げ出すとでも思っているように、ゲイブリエルの腕に自分の腕を絡め、サマンサのほうを振り返って微笑んだ。前歯が一本、わずかにゆがんでいるが、それが人を惹きつけずにはおかない彼女の魅力を引き立てている。「まだほんの子供のころから、お兄さまと約束していたの。わたしのお披露目舞踏会では、最初のダンスをいっしょに踊るって」

「なんておやさしいんでしょう」サマンサは静かな声で言った。一瞬、ゲイブリエルの顔が苦痛に引きつったのがわかった。

侯爵は咳払いをした。「ゲイブリエルをひとりじめしちゃいけないぞ、ホノーリア。すばらしい土産を持ってきたのを忘れたのか」

ホノーリアがしぶしぶ兄を放して姉たちのそばへ戻ると、侯爵は馬車道のほうを振り返り、堂々たる四輪馬車についていたお仕着せ姿の従僕たちに手招きをした。彼らは台から飛びおり、布をかぶせて馬車にくくりつけてあった大きな荷物の縄をほどきはじめた。

ふたりの従僕は、苦労して、その重くてかさばる荷物を運んで丘をあがってきた。侯爵は期待をこめた表情で、両方の手をこすりあわせている。やがて従僕たちがゲイブリエルの前の草地にそれをおろしたころには、サマンサもほかの使用人たちも好奇心でいっぱいになっていた。

「われわれは、これを見た瞬間、ひらめいたんだ」侯爵は妻を振り返って微笑むと、前に進み出て、おごそかに布をさっと取り払った。

サマンサは目を細め、その見慣れないものをよく見ようとした。ようやく、その正体がわかったときには、見なければよかったと思った。

「あれはなんなの？」エルシーがフィリップにささやきかけるのが聞こえた。「拷問《ごうもん》の道具？」

ミセス・フィルポットは目をそらして遠くを見つめ、ベクウィスはそっと彼女のそばに身を寄せてから、急に自分の靴の爪先に興味を惹かれたかのように、さっと目を伏せた。

使用人たちが気まずそうに黙りこんだのを察し、ゲイブリエルが鋭い声できいた。「いったいなんだ、それは?」

誰も答えないので、ゲイブリエルは片方の膝をつき、両手でそろそろとそれを撫でて確かめはじめた。やがて指が鉄の車輪の輪郭をなぞりだすと、徐々に彼の表情が変わっていった。ついに理解したのだ。

彼は不自然なほどにぎこちない動作で立ちあがった。「病人用の車椅子か。ぼくのために車椅子を持ってきたのか」危険な響きのする低い声だった。サマンサはそれを聞いてうなじの毛が逆立つのを感じた。

侯爵はまだ笑みを浮かべている。「いい考えだろう。これを使えば、おまえはもう転んだり、何かにぶつかったりする心配をせずにすむ。ただここに座って膝に毛布を掛ければ、どこへでも行きたいところへ誰かが押していってくれる。ベクウィスか、あるいはここにいるミス・ウィッカーシャムがな」

サマンサは緊張し、身構えた。まちがいなくゲイブリエルは激怒するだろう。だがややあってようやく彼が口を開いたときには、みごとに感情を抑え、どんな怒声で非難するより相手の心に深く突き刺さる、静かな声で語りかけた。「父上はお忘れのようですが、ぼくにはまだ、丈夫でりっぱな二本の脚があるんです。では失礼して、さっそくそれを使おうと思います」

短い会釈をすると、ゲイブリエルはくるりと背を向けて、屋敷とは反対側の方向へと歩きだした。杖さえ持っていなかったが、サマンサは、自分がついていったり、召使いを付き添わせたりする気にはなれなかった。そんなことをすれば、さらに彼を傷つけることになる。サムでさえ、あとを追おうとせずにサマンサのそばに座り、暗い目をして、森の中へと消えていくゲイブリエルを見送っていた。

いつかベクウィスが教えてくれたように、男はときに、たったひとりで歩まなければならない道に出くわすものなのだ。

サマンサは、はじめてベクウィスの面接を受けた小さな朝食室に座り、暖炉の上に置かれたフランス製の金時計が刻々と時を刻む音に聴き入っていた。ゲイブリエルが姿を消してしまったので、サマンサが代わりに彼の家族をもてなすしかなくなった。彼女は少しのあいだ失礼することにして部屋に引っこみ、髪を直して新しいドレスに着替えてきた。綾織り地の地味な焦げ茶の服で、硬い印象をやわらげるフリルもひだ飾りもついていないものだ。

侯爵夫人は、ウィングチェアに浅く腰かけ、手袋をはめた手を組み合わせて膝に置き、浮かない顔で唇をとがらせている。侯爵はぐったりと背中をあずけて座りこんでいる。ペイズリー織りのチョッキのボタンが、突き出た腹に押しあげられ、いまにも弾け飛びそうになっていた。ヴァレリーとユージーニアは、サマンサが見ていてかわいそうなほど、しょんぼりと肩を落とし、ギリシア風のソファに並んで腰かけている。ホノーリアはふたりの足もとの足乗せ台に座り、十七歳というより七歳の少女のように、膝をかかえている。大きな車椅子は部屋の隅に置かれ、そのまがまがしい影がみんなを非難していた。

黄金の陽光がゆっくりと消えていく。ときおり、誰かがもらすため息と、ティーカップの立てる小さな音のほかには、重苦しい沈黙を破るものは何もなかった。

サマンサは自分のカップを口もとへ運び、とうにお茶が冷めていることに気づいて、顔をしかめた。

カップを置こうとしたとき、侯爵夫人が誰の目もはばからずに、こちらをにらんでいることに気がついた。「いったいあなたはどういう料簡《りようけん》なの、ミス・ウィッカーシャム？　あんなふうにゲイブリエルが行ってしまったのに、召使いひとりつけてやらないなんて。あの子が谷底に落ちて首の骨でも折ったらどうするの？」

サマンサは、同じ不安を感じていることを悟られないよう気をつけながら、カップを受け皿に置いた。「ご心配にはおよびません。ゲイブリエルさまは、奥さまが思っていらっしゃる以上に自立していらっしゃいますから」

「でも、もう三時間近くたつわよ。なぜあの子は戻ってこないの？」

「われわれがまだここにいるからだよ」侯爵がむっつりとそう言うと、夫人は今度は彼に鋭い目を向けた。彼はさらに深く椅子に身を沈めた。

「じゃあ、帰りましょうよ」ヴァレリーとユージーニアがほぼ同時に提案した。

「ねえ、お願い、お父さま」ヴァレリーがすがるように言う。「退屈しちゃったわ！」

ユージーニアはレースのハンカチをくしゃくしゃにして丸めた。希望を見いだしたような顔をしている。「ヴァレリーの言うとおりよ、お母さま。わたしたちがここにいるのをお兄さまがいやがってるのなら、その気持ちを尊重して、おいとましましょうよ。ミス・ウィッカーシャムがここにいて、お世話をしてくれるんだし」

「わたしは、なぜ看護師さんが必要なのかわからない」ホノーリアがふいに言い、申しわけなさそうにサマンサを見た。「わたしをここに置いていって。そうしたら、わたしがお兄さまのお世話をするわ」

「拝謁式はどうするんだ？」侯爵がやさしくたしなめた。「お披露目舞踏会は？」

とたんにホノーリアがうつむき、やわらかい栗色《くりいろ》の巻き毛が垂れて、悲しげな横顔をおおい隠した。ふたりの姉より深く兄を愛しているとはいえ、なんといってもまだ十七歳なのだ。

「お兄さまにはわたしが必要なの。お披露目舞踏会が何よ」

「ホノーリアさまなら、きっと行き届いたお世話がおできになるでしょう」サマンサは慎重に言葉を選びながら言った。「でも、社交界にデビューなさって、お兄さまと同じようにあなたを愛してくださるだんなさまを見つけられたほうが、ゲイブリエルさまはずっとお喜びになると思います」

ホノーリアは感謝をこめてサマンサを見たが、ゲイブリエルの母親は立ちあがり、フランス扉のところまで歩いていった。風通しのよくない部屋の空気を入れ換えるため、扉がほんの少しあけてあった。

侯爵夫人はしばらくそこに立ち、深まりゆく夕闇を見ていた。その目は暗く翳《かげ》っている。「あの子、よくこんな暮らしに耐えられるわね。ときどき、思うのよ。いっそあのとき――」

「クラリッサ！」侯爵が吠えるように言い、背中をしゃんと起こして、杖でどんと床を突いた。

夫人はさっと振り向き、怒りに声を高くして言った。「なぜ言ってはいけないの、テディ？　わたしたちはみんな同じことを思っている。あの子を見るたびにね！」

サマンサが立ちあがった。「何を思っていらっしゃるんです？」

侯爵夫人はすさまじい形相でサマンサと向きあった。「息子はあの船の甲板で死んだほうが幸せだった、ということよ。その場ですぐ息を引き取っていたほうがね。そうすれば、あの子は苦しみつづけなくてすんだの。こんなふうに――半人前の人間として、みじめな半生を送らずにすんだのよ！」

「それは奥さまにとってはさぞ好都合だったことでしょう！」サマンサの唇に苦い笑みが浮かんだ。「ご子息は英雄として亡くなられたでしょうから。もしそうしておられたら、みなさまは、この美しい春の午後を、こんな不機嫌な赤の他人と顔を突き合わせて過ごさずにすんだでしょう。馬車でここへ来て、納骨堂にお花を捧げることもできたでしょう。品よく涙を流し、悲壮な最期を遂げたゲイブリエルさまを偲《しの》ぶこともできたでしょう。それでも、次の社交シーズンの最初の舞踏会が開かれるころには、悲しみも癒《い》えている。教えてください、レディ・ソーンウッド。終わらせたいとお望みなのは、ゲイブリエルさまの苦しみですか。それともご自身のお苦しみですか」

侯爵夫人は、まるでサマンサに頬を平手打ちにされたように、真っ青になった。「よくもわたしにそんなことが言えたものね。生意気にもほどがあるわ！」

サマンサはひるまなかった。「奥さまはご子息のお顔さえまともにごらんになれなかった。ちがいますか？　なぜなら、もうご子息は、奥さまが愛しておられた黄金の少年ではないからです。ゲイブリエルさまは、お母さまのお望みどおりの完璧な息子を演じることができなくなりました。だから奥さまは、彼の人生を無理やり終わらせようとなさっている。なぜあのかたがいま、ここにいらっしゃらないのだとお思いですか」彼女は非難するような目で部屋中を見わたし、それからまた夫人を見た。「みなさまがあのかたをごらんになるたびに何をお考えになるか、すべてお見通しだからです。奥さま、ゲイブリエルさまは目が見えないかもしれません。でも、ばかではないのです」

サマンサは震える手でこぶしを握って、しばらく突っ立っていたが、やがてヴァレリーとユージーニアが恐怖の表情を浮かべて、ぽかんと口をあけていることに気がついた。ホノーリアは、下唇を震わせている。もうひとこと、辛辣な言葉を浴びせられたら、泣きだしてしまいそうだった。

ふいにサマンサは自分が恥ずかしくなった。それでも、言ったことを後悔する気はない。ただ、そのために失うものができたことだけは悔やまれた。

サマンサは侯爵のほうを向き、あごをあげてまっすぐに彼の目を見た。「無礼をお許しください。すぐに荷物をまとめて、あすの朝にはここを出ていきます」

出入り口のほうへ向かおうとすると、侯爵が席を離れ、行く手に立ちはだかった。険しい表情を浮かべ、ぎゅっと寄せられたふさふさの眉が一本の線になって見えた。「ちょっと待ちなさい。まだ解雇を申し渡してはおらんのだから」

サマンサは頭を下げ、主人の妻に失礼な口をきいた罰として叱責《しっせき》を受けるものと覚悟した。

「それに、申し渡すつもりもない」侯爵はそう言った。「いまのほれぼれするような怒りっぷりから判断するに、きみはあの石頭のせがれにとっては、願ってもない人材のようだ」侯爵は杖を手にすると、びっくりして口もきけずにいるサマンサのそばを通り、出入り口へと向かった。「さあ、おいで、クラリッサ、娘たち。帰るぞ」

レディ・ソーンウッドは息をのんだ。「ゲイブリエルをここに残して帰るわけにはいきません」彼女はサマンサを憎々しげににらみつけた。「こんな人とふたりきりにして」

「娘たちの言うとおりだ。ゲイブリエルは、われわれがここにいるあいだは帰ってきやせん」侯爵は唇をゆがめて微笑んだ。そのしぐさがあまりにゲイブリエルに似ていたので、サマンサはどきりとした。「あの子を責めることはできんさ。命がけでがんばっているというのに、ハゲタカに頭上をぐるぐる飛ばれて喜ぶ者がどこにいる？　おいで、娘たち。急げば、日付が変わる前にベッドに入れるかもしれんぞ」

ヴァレリーとユージーニアはいそいそと父に従い、ハンドバッグと扇とショールとボンネットを手にとって出ていった。侯爵夫人は最後にもう一度だけサマンサのほうを向き、あなたの無礼は忘れない——あるいは許さない——というようににらみつけてから、豊かな胸を戦艦の舳先《へさき》のように突き出して、つかつかと彼女のそばを歩いていった。ホノーリアは出入り口で少しためらい、名残惜しそうに、サマンサに向かって小さく手を振った。

ほどなく、四輪馬車が車輪をきしませて馬車道を遠ざかっていき、部屋にはサマンサと車椅子だけが取り残された。サマンサは、この憎らしい器具をにらみつけた。素手でクッションを引き裂いて、中に詰めてある馬の毛を引き出してやりたいくらいだった。

けれどもそんなことはせずにランプを灯して、それを窓辺のテーブルに置き、しばらくそばにたたずんで、気遣わしげに夕闇を見透かしていた。だがすぐに自分のしていることの愚かしさに気がついた。ゲイブリエルには、このランプの明かりを目印にして戻ってくることなどできないのだ。

侯爵夫人の言うとおりかもしれない。誰かをやってゲイブリエルをさがさせるべきなのだろう。けれども、つまらないことに反抗して家出した子供ではないのだから、召使いをやって無理やり連れ戻したのでは、彼に対して失礼だ。

見つかりたくないのかもしれない。誰も彼もが期待を押しつけてくることに、ほとほと嫌気がさしてしまったのかもしれない。家族は、はっきり態度で示してきた。彼らが取り戻したいのは、自分たちの記憶にあるゲイブリエルだけだということを。揺るがぬ自信を胸に、堂々と人生を歩み、会う人すべてを魅了していたあの彼だけだということを。

わたしはあの人たちを猛烈に非難したけれど、ほんとうは自分もあの人たちとそう変わりないのではないだろうか。わたしはただ、彼を助けたいだけだと思ってここに来た。でも、いまはその動機を疑いはじめている。献身的な仕事ぶりの陰に、とんでもない利己心を隠しているのかもしれない。

サマンサはランプの炎を見おろした。このまたたく光には、ゲイブリエルを家に導くことはできない。

でも、わたしにはできる。

サマンサはランプを手にとると、フランス扉をあけて、そっと夜気の中へと出ていった。

サマンサは、ゲイブリエルが姿を消した森へと向かった。ランプは家の中ではとても明るく見えたが、いまは彼女のまわりにぼうっと白い光を投げかけ、どうにか影を寄せつけずにおく程度にしか役立っていない。夜空には月がなく、森の中に入ると、黒いベルベットのような闇と頭上で絡みあう木の枝のせいで、ランプの炎がうんと小さく見えた。昼も夜も、こんな暗闇に包まれて暮らすのは、どんなものなのだろう。サマンサには想像もつかなかった。

やがて頭上をおおう枝の天蓋が厚くなって、空がすっかり隠れてしまい、サマンサの足取りは重くなった。日が暮れたあとのフェアチャイルド・パークは、もはや趣向を凝らした美しい庭園ではなくなり、恐怖と危険をはらんだ未知の森と化していた。サマンサは、倒木の幹を越え、がさがさという謎の音や、目に見えない夜行動物の不気味な鳴き声におびえながら歩いていった。いろいろな意味で、大きくてたくましいゲイブリエルがそばにいてくれたら、と思えてきた。

「ゲイブリエル?」屋敷にいる使用人たちに聞かれたくなかったので、小さな声で呼んでみた。

だが返事はなく、どこか背後の茂みから、またがさがさという音が聞こえてきた。サマンサは足をとめた。すると、その音もとまった。おそるおそる一歩前に出て、また一歩足を踏み出す。するとまた、音がした。糊のきいたペティコートの音であることを願い、祈り、裾が草をこすらないようスカートごとつまみあげて、また一歩進んだ。音はさらに大きくなった。サマンサは立ちどまった。ランプの吊り手を握りしめた指が氷のように冷たくなった。がさがさという音がやみ、代わって、はあはあという荒い息遣いが耳に届いた。すぐ近くだ。

姿の見えない捕食動物の、熱い吐息がうなじにかかったような気さえする。

まちがいない。

誰かが……あるいは何かが……わたしのあとをつけているのだ。

サマンサは、ありったけの勇気をふりしぼってさっと振り向くと、ランプを目の前で大きく振った。「出てきなさい！」

影の中から、一対のうるんだ茶色の瞳がのぞいたかと思うと、しきりに動く胴体と尻尾が飛び出してきた。

「サム！」サマンサはささやき、その場に膝をついた。「なんてことするのよ、悪い子ね！」叱ったくせに、サムをかかえあげ、激しく動悸を打つ胸に抱きしめる。「叱っちゃいけないわね」サマンサは背筋を伸ばし、彼のやわらかい耳を撫でた。「あなたも彼をさがそうとしてるんだもの」

心が慰められるサムのあたたかさをずっと感じていたかったので、サマンサは犬を抱いたまま、ゲイブリエルの名を呼びながら、さらに森の奥へと分け入った。どのくらい歩いただろうか、ふと気がつくと、もと来た道がわからなくなっていた。今度はゲイブリエルのほうが召使いをやって、彼女をさがすはめになるだろう。そう思ったとき、暗闇の中に大きな建物がぼうっと浮かびあがった。木材と石でできている。納屋か馬小屋だったらしく、もう長いこと使われておらず、忘れられているようだった。

きっとゲイブリエルも、森で遊んだ子供のころ、ここを知っていたにちがいない。偶然見つけて、隠れ家にしていたかもしれない。

ランプの吊り手を握りしめ、犬をしっかりかかえて、蝶番からはずれかけている扉をそっとあけた。キーッという耳障りな音がして、サマンサはぎくりとした。

ランプを高く掲げると、弱々しい光の輪が、オーク材の古びた梁《はり》や、半分崩れた干し草の山、腐りかけの馬勒《ばろく》、裂けた木の掛け具からぶらさがる錆《さ》びた馬銜《はみ》を照らし出した。

サムがしきりと身をよじるのを無視できなくなってきたので、サマンサは、彼があたりを走ったり、目に入るものにおいを嗅いだりできるよう、下におろしてやった。干し草の中をごそごそ動きまわっているネズミをのぞけば、そこにいる生き物は、サマンサとサムだけのようだ。

「ゲイブリエル?」サマンサは呼んだ。不自然な静けさを破るのは気が進まなかった。「ここにいらっしゃるんですか?」

サマンサはさらに奥へと歩を進めた。馬小屋の中央のあたりに、危なっかしい木の梯子《はしご》が立てかけてあった。上のほうは闇の中へとのみこまれている。

サマンサはため息をついた。転落して首の骨を折ることを覚悟してまで、腐りかけの屋根裏部屋にあがりたくはなかったが、ありとあらゆる場合を考えて調べなかったら、こんな遠くまでやってきた甲斐《かい》がない。ゲイブリエルはここにはいないかもしれないけれど、ひょっとしたら、彼がここに来たことを示す形跡が見つかるかもしれない。

長いスカートを片方の腕に巻きつけて、もう一方の手で慎重にランプをかざしながら、サマンサは長い梯子をそろそろとのぼりはじめた。おそろしげな影が踊っては、明滅するランプの光から逃れていく。ようやくてっぺんにたどり着いて、ほこりだらけの床板にあがったときには、ほっとしてため息が出た。

ほかの場所と同様、屋根裏部屋にも誰もいないようだった。過去二十年ほどのあいだに、誰かがここに隠れた形跡もない。四角い天窓が開いていて、そこから夜空が見えた。月は出ていないが、まったく光がないわけではない。一面の闇のそこかしこで、星が乳色の輝きを放っている。

サマンサは後ろを向き、目を細めて、梁の下の影を見透かした。何か動いたような気がするけれど、それは錯覚だろうか。やっぱりゲイブリエルはここに隠れたのだろうか。怪我をしていて、呼びかけに応《こた》えられないのだとしたら、どうしよう？　サマンサはさらに奥へと進んだ。厚いヴェールのような蜘蛛《くも》の巣が頭をかすめ、彼女はぶるっと身を震わせた。

「どなたか、いらっしゃいますか」小声で言い、ランプを前に突き出して左右に振った。

と、影がいくつも弾けて、ぱっと散り、サマンサは後方へよろけて、尻もちをついた。とたんに、硬い翼とかん高い鳴き声が猛烈な勢いでぐるぐると旋回し、サマンサを取り囲んだ。驚いたコウモリの群れがいっせいにねぐらを捨てて、天窓に向かって矢のように飛んでいく。

サマンサは思わず両腕をあげ、すさまじい羽ばたきから髪と目を守った。

と、ランプが手を離れ、屋根裏部屋の端から階下の地面に落ちて、ガラスの割れる音がした。その瞬間、最後のコウモリが夜空に吸いこまれていった。驚いたサムの吠え声とランプの油が燃えるにおいに、サマンサはわれに返って、梯子に駆け寄った。火を消すことしか思い浮かばなかった。干し草に引火して、この小屋全体が燃えてしまったらたいへんだ。

だが、梯子を上から三分の一ほどおりたところで、腐った横桟を踏み抜き、彼女はバランスを崩した。永遠とも思えるほど長いあいだ、梯子からぶらさがったまま、絶望と希望の狭《はざ》間《ま》でがんばっていたが、やがてとうとう手が離れ、彼女の体は宙に放り出された。

頭が鈍い音を立てて床を打った。サムがクーンと鳴いて、サマンサの頰をなめ、濡れた冷たい鼻を耳に押しつけてくる。パチパチという音が聞こえ、炎がむさぼるように干し草をなめはじめたのがわかった。

「ゲイブリエル?」サマンサはささやいた。彼が陽光を浴びて微笑みながら、彼女を見おろしている姿が脳裏に浮かんだ。そのとたん、何もかもが溶けて闇になった。

16

いとしのセシリー

きみは、ぼくのことを根気強くて説得力のある人だと言ってくれますが、いっこうにぼくを受け入れようとはしないのですね……

ゲイブリエルは、庭の石造りの建物の中に座り、小川を流れる水が岩を洗う音に耳をすましていた。この屋根のない建造物は、どこかの古城の崩れかけの小塔を摸してつくられている。子供のころ、幾度となくここへ来ては、妹たちにそっくりな姿をした蛮族からこの城を守って木の剣を振りまわし、心躍る時間を過ごしたものだった。

ゲイブリエルは壁に背中を向けて石のベンチに腰かけ、長い両脚を前に投げ出していた。夜風が髪を乱していく。革紐で縛っていた髪の半分がほどけて顔にかかり、ぎざぎざの傷痕を隠している。この日に彼が遭遇した災難を示す証拠は、乱れた髪だけではない。ブーツには傷がつき、シャツの袖はイバラのとげに引っかかってずたずたになっている。手の甲には真新しいすり傷ができているし、片方の膝にはあざができて腫れあがっている。

だが何より、母とサマンサとのやりとりを立ち聞きして、心に負った傷がいちばん深い。

森に入り、枝を杖代わりにして、あてどもなく何時間も森をさまよったあげく、彼はそろそろと歩いて屋敷に戻ったのだ。誰にも知られずにこっそりと入ろうと思い、壁をつたって歩くうち、あいたままのフランス扉に行き当たった。だがその奥から、母の声が聞こえてきて、中に入ることはできなくなった。

〝息子はあの船の甲板で死んだほうが幸せだった、ということよ。その場ですぐ息を引き取っていたほうがね。そうすれば、あの子は苦しみつづけなくてすんだの。こんなふうに――半人前の人間として、みじめな半生を送らずにすんだのよ！〟

ゲイブリエルはぐったりと壁にもたれかかり、首を振った。母の言葉には、彼を傷つける力はない。ただ、長いあいだそうではないかと思っていたことが確認できただけだ。

〝それは奥さまにとってはさぞ好都合だったことでしょう！〟

扉から離れようとしたとき、サマンサの声が大きく響きわたり、彼はぎくりとして、その場に棒立ちになった。彼女の言葉にこめられた怒りと情熱に惹かれて頭をかしげた。そのときの母の顔を見るためなら、どんなことでもしただろう。彼の知るかぎりでは、ソーンウッド侯爵夫人クラリッサ・フェアチャイルドに向かって、こんな生意気な口をきいた者はひとりもいない。

〝みなさまがあのかたをごらんになるたびに何をお考えになるか、すべてお見通しだからです。奥さま、ゲイブリエルさまは目が見えないかもしれません。でもばかではないのです〟

サマンサがそう言い終えたあとは、自分を抑えるので精いっぱいだった。できるものなら、部屋に飛びこんで、ブラヴォー！　と叫び、彼女に心からの拍手を送りたかった。

「さすがはぼくのサマンサだ」つぶやいたとたん、ほんとうに、ぼくのサマンサだと思っていることに気がついた。

それは、心臓を揺さぶられたような衝撃だった。彼はよろよろと家から離れ、このひんやりとした建物に逃げこんだのだった。

ゲイブリエルは、見えない空に顔を向けた。小川の楽しげなせせらぎが彼をあざ笑っているようだ。彼は、青春の日々の大半を、美という祭壇に礼拝を捧げることに費やした。なのに結局は、この目で見たこともない女性を愛するようになったのだ。

サマンサの容貌を気にもしていないことに気づき、彼は愕然とした。彼女の美しさは、なめらかな白い肌とも、えくぼのできる肘とも、濃い蜂蜜色のたっぷりとした髪とも関係がない。小鬼のように不細工な女かもしれないが、サマンサには彼を惹きつけずにはおかない魅力がある。彼女の美しさは、内面から輝き出ているものだ。知性、情熱、そして、彼に思いもよらぬ変容を遂げさせたあの頑固なまでの粘り強さ。

いまの彼にとってサマンサは最高の女性だった。かつて愛したあのセシリーでさえ、もはや美しい夢でしかない。それすら、夜明けのまぶしい陽光を受けて色褪せてしまった。サマンサの姿を見ることはできないが、手を伸ばせばすぐそこにいる。彼は心の中でそのことを知っていた。

ゲイブリエルは間に合わせの杖を手さぐりでさがした。そろそろ屋敷に戻って、お叱りを受けたほうがよさそうだ。彼が立ち聞きしたと知ったら、サマンサはまちがいなく、礼節を欠いた行為と見なすだろう。けれども、彼女を命よりだいじに思っていると告白すれば、機嫌を直してくれるはずだ。立ちあがると、彼の唇にふっと笑みが浮かんだ。住みこみの看護師と結婚するつもりだ、固く心に決めていると母に告げたら、どんな顔をするだろう。それが見られたらどんなにいいだろう。

屋敷までの道のりを中ほどまで歩いたころ、森の方角から、聞き覚えのある吠え声が聞こえてきた。

「いったい、どうした――?」と、言いかけたところで、何か小さくてずしりとしたものが突進してきて彼の脚にぶつかり、あやうく倒れそうになった。

サムの不器用な愛情表現も、彼の上機嫌を損ないはしなかった。「そのうち、おまえのおかげで笑い死にさせられそうだな」彼はそう言ってたしなめ、枝を地面について、体勢を整えた。

また屋敷のほうへ歩きだすと、サムが激しく吠えながらまわりを跳びはね、足を踏み出すのがあぶなくなった。「何がしたいんだ、サム？　死者をよみがえらせる気か」

それに応じるように、サムは枝の先端をくわえて引っぱった。ゲイブリエルの手からもぎ離そうという勢いだ。彼は引っぱり返したが、サムはあきらめない。さらに強く枝に歯を立て、喉の奥で低くうなりつづけている。

ゲイブリエルは腹を立てて悪態をつき、露に濡れた草地に膝をついた。きっと腕の中に飛びこんでくると思ったのに、サムはそうはせず、うなったりクーンと鳴いたりしながら、すでにぼろぼろになっているゲイブリエルの袖を歯にくわえて引っぱりはじめた。

「おいおい、なんの真似だ？」抱きあげようとしたが、サムは野生の小動物のように身を震わせたりよじったりしてもがき、逃げようとする。

ゲイブリエルは眉をひそめた。この小さなコリー犬は、夜は外に出されるのをいやがる。いつもなら、もうゲイブリエルの枕の上で丸くなって満足げに寝息を立てているころだ。なぜ突然、こんなふうにして森へ行こうとするのだろう。

こいつは絶対にそんなことはしない。

ゲイブリエルの頭の中で、静かな声がささやき、まぎれもない真実を告げた。サムは誰かといっしょでなければ、夜に森に行ったりはしない。誰かゲイブリエルをさがしにいくような者といっしょでなければ。たとえば、サマンサのような。

サムが必死に身をよじっているのを無視して、ゲイブリエルは彼の毛のにおいを嗅いだ。思ったとおりだ。まちがいない。絹のような毛に、レモンバーベナの香りがしみついていた。

だが、そのすっきりとした甘い香りにおおいかぶさるようにして、ほかのにおいも香ってくる。つんと鼻をつく、焦げ臭いにおいが……。

煙だ！

ゲイブリエルはふいに立ちあがり、空気のにおいを嗅いだ。ふつうの人なら、灰のにおいをかすかに嗅げば、煙突から立ちのぼる燻煙だと思ったことだろう。だがそのにおいは、暗い不安の霧のように、ゲイブリエルの肺に広がった。

サムが彼の腕をすり抜けた。なおも激しく吠えながら、少し森のほうへ走ったかと思うと、またゲイブリエルの足もとへ戻ってくる。まるでついてこいと言っているようだ。

ゲイブリエルはその場に突っ立ったまま、屋敷に帰るべきか、森に向かうべきか、迷っていた。助けが必要だが、サマンサは彼を必要としている。それに、サムが伝えようとしたことを理解するのに、どれほど時間がかかったかわからない。

ついに彼は、屋敷の方角と思われるほうを向いて、声をかぎりに叫んだ。「火事だ！　火事だぞ！」扉があき、女性が驚いたような声をあげるのが聞こえたようだった。ほぼそう確信したが、ここでぐずぐずして確かめているひまはない。

「彼女のところへ連れていってくれ、サム！　行け！」彼はそう命じると、キャンキャンと吠えるサムの声についていった。

それ以上うながす必要はなく、サムは森に飛びこんだ。ゲイブリエルは木の枝を剣のように振りながら、しっかりした足取りでそのあとを追っていった。

イバラのとげに刺されても、枝にぴしりと顔を打たれても、ゲイブリエルはかまうことなく、けもののように森の中を突き進んだ。腐りかけた倒木や、地面に露出した根につまずいて何度も転んだが、そのつど起きあがって歩きだした。数歩行っては足をとめ、耳をすましてサムの声を確かめつつ、先へ先へと進んでいった。

あまりに後れると、ゲイブリエルがちゃんとついてきているかを確かめるように、サムが駆け戻ってくる。一歩進むごとに煙のにおいは強くなった。

やがて藪の中に突っこみ、四苦八苦してそこを抜けると、空き地のようなところに出た。頭をかしげて耳をすましたが、穏やかな夜の森の音しか聞こえない。不安と闘いながら、さらに集中すると、ようやくサムの吠え声をとらえることができた。遠いが、まだ聞こえる。ゲイブリエルはその方向をめざして歩きだした。またサムが戻ってくる前に、なんとしてもサマンサのもとへ行こうと決意していた。

煙はもはやにおいだけではなく、はっきりと存在が感じられるようになった。濃くて、息が詰まりそうだ。ゲイブリエルがやみくもにその中を進んでいくと、手にしていた枝が何か動かないものに突き当たり、まっぷたつに折れてしまった。彼は枝を投げ捨てた。ツタのカーテンを爪ではがし、てのひらを粗削りの石壁に押しあててみた。そして、あまりの熱さに、その手を引っこめた。

ここはフェアチャイルド家の敷地の端にある、古い馬小屋にちがいない。彼が生まれるよりはるか前から、使われていなかった建物だ。

「サマンサ！」彼は叫び、必死で壁を手で撫でて、入り口らしきものをさがした。サムは激しく興奮して、喉が破れんばかりに吠え立てている。その声を追っていくと、扉のあいた入り口に行き当たった。サムが馬小屋の中に飛びこんだ。もうついていくしかない。屋敷から誰かがやってきて、見つけてくれるのを待つわけにはいかない。自分はサマンサにとって唯一の頼みの綱なのだ。

ゲイブリエルは深く息を吸いこむと、サムのあとから飛びこんだ。炎がぱちぱちと音を立て、頭上の古い梁をなめているのがわかった。渦巻く煙が肺にもぐりこんで空気を押し出そうとする。

「サマンサ！」かすれた声で叫び、まだ彼女がこの呼びかけを聞き取れる状態であることを祈った。

ほんの二、三歩進んだところで、めりめりっと大きな音がした。手をあげて防ぐひまもなく、何か重いものが彼のこめかみを強打した。

倒れた瞬間、彼は大きく上下する戦艦ヴィクトリーの甲板に戻っていた。榴散弾《りゅうさんだん》がヒューッと頭上を飛び、砲弾が炸裂《さくれつ》し、火薬のにおいが鼻孔を焼く。血が顔をつたい、目や口に入った。痛む頭をあげると、ネルソン提督がゆっくりと甲板にくずおれるのが見えた。その顔には、当惑したような表情が浮かんでいた。

ゲイブリエルはこぶしを固めた。ネルソン提督は、自分の目の前で死んでしまった。サマンサは死なせない。

彼は気力をふりしぼってよろよろと立ちあがり、屋根裏部屋から雨のように降り注ぐ燃えさしを手で防いで、顔をかばった。いまやサムは、泣き叫ぶような高い声で鳴いている。それはどこか不気味なほど、人の声に似ていた。

ゲイブリエルはその声のほうへと、必死で床を這っていった。と、ブーツの下で何かがぐしゃっとつぶれた。手を伸ばしてさぐってみると、それは眼鏡だった。サマンサのだ！　心臓がとまりそうになった。

だがすぐに何かあたたかくてやわらかいものが手に触れた。サマンサがぐったりと横たわっていた。その体を引き寄せて抱きあげると、頰に彼女の息がかかり、たちまち体が震えるほどの安堵感に満たされた。

「しっかりつかまれ」彼はささやき、彼女の額に熱い唇を押しあてた。「ぼくにつかまるんだ。もうだいじょうぶ」

子供を抱くようにして彼女をかかえ、ゲイブリエルはいま来た方角へと駆けだした。きっとサムもついてくるだろう。外へ出ると同時に、背後でゴーッと火が燃えあがり、馬小屋が崩れ落ちた。強烈な熱気に打たれ、彼はあやうく倒れそうになった。

速度をゆるめることなく、大またで走りつづけ、もうもうとわきあがる煙と灰に呼吸をさまたげられない場所まで逃げた。ようやくサマンサが澄んだ夜気を吸いこみ、咳きこみはじめた。苦しそうな、かすれた音が胸の奥から吐き出されてくる。ゲイブリエルはサマンサを抱いたまま、湿った草地に膝をつき、ゆっくりと揺すってやった。彼女の頬に手を触れてみると、あたたかいことはわかったが、色は確かめられない。彼女がつらそうに息をするたび、胸がつぶれそうな思いを味わいながら、苦しげな発作がおさまるのを待った。

やがて、何か冷たく濡れたものが腕をつついた。手を伸ばすと、サムの毛が触れた。激しく震えている。彼はサムの体をやさしくさすって、興奮を鎮めてやろうとした。「おまえは世界一の名犬だよ、サム」彼もまた、歯がかたかたと鳴るのを抑えられなかった。「屋敷に帰ったら、ぼくのブーツを全部おまえにやるよ。いや、ほしけりゃ、おまえのブーツを買ってやろう」


サマンサがまぶたを震わせて目をあけると、ゲイブリエルがかがみこんでいた。不安そうに張りつめた顔をしている。傷痕があって煤だらけだったが、生まれてこのかた、こんなに美しいものを見たことはないと思った。

「あなたが見えました」かすれた声で言い、彼の頬にこびりついた煤を指でやさしくぬぐった。「太陽の下でにこにこしながらわたしを見ていらしたの。そうしたら、とたんに目の前が真っ暗になって……」

彼は微笑もうとしたが、べつの感情がこみあげてきて、口もとがゆがんだ。彼はサマンサの髪に顔を埋め、二度と離すまいとするようにひしと彼女を抱きしめた。サマンサは安堵感に浸り、小さくうめいた。また彼の腕の中に戻れたのだ。

「怪我はないか」ゲイブリエルはまた膝の上に彼女を寝かせると、気遣わしげに彼女の腕や脚に手を這わせた。「骨は折らなかったか。やけどは？」

「ええ、だいじょうぶ」サマンサは首を振った。だがその拍子に、首筋を鋭い痛みが駆け下った。「でも頭が痛い」

「ぼくもだ」彼はそう認めて、哀れな声で笑った。

サマンサははじめて、彼の左のこめかみから血が流れていることに気がついた。「まあ！」サマンサは声をあげた。もう少しで彼を失うところだったのだと気づき、熱い涙があふれてきた。「あなたをさがしにきたんですけど、コウモリにびっくりして……それでランプを取り落としました。わたしがいけなかったの」

ところどころに影のさす彼の顔から、輝く瞳がサマンサを見おろしている。「じゃあ馬小屋を新築する費用を、きみの給料から払ってもらわきゃならないな。全額弁償するには数年かかるだろう」

「どうやってわたしを見つけてくださったの？」サマンサはきいた。息をするのもしゃべるのも楽になってきた。

「ちょっとした助けがあったのでね」

サマンサは頭をあげ、彼があごで示した先を見た。二、三フィート離れたところで、サムが落ち葉の中にうずくまり、不安げに空気のにおいを嗅いでいる。毛は煤で汚れ、ところどころ焦げて黒くなっていた。

「きみは、いつかこいつに助けられる日が来るって言ってたな。そのとおりになったよ」

「あの子のせいで命を落とされたかもしれない……」サマンサはこぶしを固めて、弱々しく彼の肩をたたいた。「誰にも教わらなかったんですか。目の不自由な人は燃えている建物の中に飛びこんじゃいけないって」

「ぼくがばかだと言って、叱ろうとしてるんだな」

サマンサは激しくかぶりを振った。また痛みが来たが、かまわなかった。「ばかじゃありません。英雄です」涙がこぼれ、サマンサは手を伸ばしてゲイブリエルの頬に触れ、傷痕を撫でた。「わ、わ、わたしの英雄」

ゲイブリエルはごくりと喉を鳴らし、サマンサの手をとると、その指先を唇に押しあてた。

「ああ、だが英雄はきみだよ。もしネルソン提督のもとに、きみの半分ほども勇猛な大佐がいれば、ナポレオンはパリへ追い返されていただろう」

「そんなわけ、ないでしょう。わたしは腐った梯子とコウモリの巣にしてやられたんですよ」

「ぼくはもっと手強い敵の話をしてるんだ。母のことを」

サマンサは目をしばたたいて彼を見あげた。徐々に事情がのみこめてきた。「聞いていらしたの？」

「ひとこと残らず全部聞いた。じつにみごとだった。アンコールと叫びたいところだったよ」

サマンサはそのとき彼の表情を見て、新たな驚きに打たれ、息をのんだ。これまで、サマンサが何かするたび、からかったり、皮肉ったり、いらだったり、おもしろがったりするのは見てきたけれど、彼がこんなに……なんというか……毅然《きぜん》とした表情を浮かべているのを見たのは、はじめてだ。

「扉の外で立ち聞きするのはお行儀がよくないわ」サマンサは指摘した。「たとえ目の不自由なかたでも」

彼は首を振った。「きっとそんなふうに叱られるだろうと思ってたよ。ぼくがきみをとても高く評価していることは話したかな、ミス・ウィッカーシャム？」

サマンサの口から、ぎこちない笑いがもれた。「いいえ。それに、そんなこと、聞かせていただかなくてもいいんです。評価されたいなんて、これっぽっちも思っていませんから」

彼の手がサマンサの髪を撫でた。「愛されるのはどうだい？　愛されたいとは思わないのか」

サマンサの胸の内で心臓が雷鳴のように轟きはじめた。もう少し待ってからしゃべればよかった。きっとわたしは、致命的な重傷を負っているにちがいない。「とんでもない！　そういう関心を惹きたがるのは、空っぽの頭でロマンチックなことばかり空想している頭の悪い娘だけです」

「じゃあ、きみは何がほしいんだ……サマンサ？」彼女をファーストネームで呼んだことを非難するより早く、彼のあたたかいてのひらがサマンサの頰の丸みをさぐりあてた。「きみがいちばんほしいものはなんだ？」彼の親指がサマンサのふっくらした唇を撫でた。彼のキスがほしくて疼いている唇を。

「あなたよ……」とうとうたまらなくなって、そうささやき、サマンサは彼のうなじに手をあてて引き寄せ、唇を合わせた。

煤と涙の味がまじっていたが、サマンサはこんなに甘いキスをしたのははじめてだった。ゲイブリエルはいささかもためらうことなく、彼女を抱きすくめ、舌をさし入れて、いま逃れたばかりの火よりもさらに熱い火をつけた。その炎を味わえるなら、サマンサはこの身が焼かれて灰になってもかまわないと思った。

ゲイブリエルは木の葉の褥《しとね》に彼女を寝かせると、夢に出てくる影のようにおおいかぶさってきた。サマンサは目を閉じた。彼といっしょにこの闇に溶けてしまいたいと思った。

彼は唇を離すと、サマンサの敏感な喉に鼻を押しつけ、キスをくり返していった。そして、レモンと煙のにおいしかしないはずなのに、まるで香水の香りでも嗅ぐようにして、深く息を吸いこんだ。「きみを失うところだったなんて、信じられない」彼はかすれた声で言い、サマンサの喉のわきの脈打つ肌に、開いた唇を押しあてた。

サマンサは快感の海にただよいつつ、彼の広い肩にしがみついた。「ベクウィスさんがまた新しい看護師を雇ったことでしょう。ミセス・ホーキンズを説得して、またあなたのお世話を頼むことだってできたはずよ」

ゲイブリエルがぶるっと震えたが、笑ったせいなのか、ぞっとしたせいなのかはわからなかった。「黙ってろ」彼は顔をあげた。その目がいたずらっぽい輝きを宿している。「いや、それより、ぼくが黙らせてやろう」

彼がまた唇を重ねてくると、サマンサは大胆にも、彼にすべてをゆだねた。ゲイブリエルはひとつ、またひとつと、彼女の唇から蜂蜜のように甘いキスを引き出していった。やがてサマンサはさらに彼を求めて息を弾ませ、彼も欲望にあえぎはじめた。サマンサは、彼の腰が自分の腰に押しつけられ、舞踏室で踊ったときよりはるかに刺激的なダンスをしはじめたことに気がついた。

けれども、自分の下半身からさざ波のように広がる快感は無視できなかった。両脚の合わせ目の小さなふくらみに彼が体をすりつけてくると、サマンサは彼の口の中に向かって吐息をもらした。ズボンの外側からくっきりと輪郭の見えるあの部分が彼女に触れ、何をしたがっているのかを知らせてきたのだ。それは衝撃的であると同時に、こわくもあった。

スカートの下でサマンサの膝がゆるんだ。彼の手が腿のあいだに割りこみ、ウールとリネンの厚い層を通して、奥へ奥へと進もうとする。

激しい愛撫に、サマンサはうめき、身をよじった。なんてわたしははしたない真似をしているんだろう。彼の指を素肌に感じたくて、体中が疼き、ほてっている。やがて彼が手を引っこめ、サマンサは失望のあまり泣きだしたくなった。けれども、その手はすぐにスカートの下にすべりこんできた。彼の指はウールのストッキングの上へと伸びて、ガーターを越え、やわらかい内腿へともぐりこむ。そのやさしく性急な動きには、抵抗できなかった。

ほどなく彼の指先が腿のあいだの巻き毛に触れ、サマンサは恥ずかしさに耐えられなくなって、彼の喉に顔を埋めた。

さっきの強引さはどこかへ消え、彼はこのうえもなくやさしく触れてくる。その指がまるで生きた炎のように、ふっくらした素肌をなめると、たちまち熱い蜜があふれ、サマンサの不安は一気に溶け去ってしまった。

ゲイブリエルは低い声をもらした。「この慎み深いスカートの下に手が届きさえすれば、きみが氷でできているわけじゃないことを証明できると思っていた。ぼくのために溶けてくれ」彼はささやき、彼女の耳に舌を入れながら、蜜におおわれたやわらかい部分にぐいっと中指をすべりこませた。

サマンサは小さく声をあげ、なすすべもなく体を震わせていた。彼の指が、手に負えないみだらな意図をもって探索をはじめている。彼が恋の手管に長《た》けていることは、かなり前から評判を聞いて知っていたが、彼女自身よりもこの体のことをよく知っているとは思いもよらなかった。彼が自分の快楽はさておき、女を歓ばせることだけに集中できるのも意外だった。

彼が自分を抑えていることは、息の荒さと彼女の腿に押しつけた高まりの硬さに、はっきり表われていた。

彼は指をもう一本使い、そっと彼女を押し広げつつ、濡れた巻き毛に守られた硬い蕾を、親指の腹でからかうようにくり返し撫ではじめた。

巧みな指は彼女に歓びを与えつづけた。サマンサは、自分にこんな欲望があったことにとまどいつつ、声をあげて身もだえしはじめた。頭の中に暗い興奮の波がわきあがる。それが砕けた瞬間、体中が大きな幸福に満たされ、いくつもの波紋を広げていった。ゲイブリエルが激しいキスをして、サマンサのかすれた叫び声を唇でふさいだ。

彼のキスは、彼女の体を襲った快感の余波をなだめるかのように、少しずつ穏やかになっていった。

「ご、ごめんなさい！」ようやく口がきけるようになると、サマンサははっとして息をのんだ。

ゲイブリエルは、汗で彼女の額に貼りついた髪をそっとかきあげた。「どうして？」

「こんなに自分勝手なことをするつもりはなかったの」

彼はくすくす笑った。「ばかを言え。ぼくも同じくらい、楽しませてもらったよ」

「ほんとうに？」

彼はうなずいた。

ゲイブリエルの告白に勇気を得て、サマンサはふたりの体のあいだに手をさし入れ、バター色の鹿革ズボンの上から、まだ屹立《きつりつ》している彼の欲望のあかしをさすりはじめた。「では、こうしてあげれば、もっと楽しんでいただけるのかしら」

ゲイブリエルが鋭い音を立てて息を吸いこんだ。「それはまちがいない」一語一語を、歯を食いしばりながら言う。「だがそれはあとにしよう」

「なぜ？」

サマンサの不服そうな唇にやさしくキスをすると、彼はこう言った。「招かれざる客がやってきそうだからさ」

快感に半ばぼうっとしたまま、サマンサは彼の腕に抱かれて起きあがった。すぐに何か大きくて不格好なものが茂みのあいだを突進してくる音が聞こえた。

ゲイブリエルが彼女のスカートを引きおろした直後、ベクウィスが森から飛び出してきた。そのあとからピーターとフィリップも姿を見せた。

「ああ、よかった。ご無事でしたか、ご主人さま！」ベクウィスは叫び、ふたりの頭上でランタンを振りまわした。「馬小屋が崩れ落ちたときには、最悪の事態を覚悟しましたよ」

「おいおい、ベクウィス！」ゲイブリエルは片手をさっとあげて顔をそむけた。「そんなに顔を照らされたんじゃ、まぶしくてしようがない。目があけられないじゃないか！」

突然、空き地全体に沈黙がおりた。ゲイブリエルもふくめて全員が、いま彼が口にした言葉に愕然としたのだった。

17

いとしのセシリー
きみを誘惑することを許してくださらないのなら、ぼくにはもうほかの選択肢はありません……

「この人に同席してもらう必要があるの？」ソーンウッド侯爵夫人は、サマンサを威圧するようににらみ据え、そう尋ねた。

サマンサは、みんなが集まっているこの書斎から逃げ出したくてたまらなかった。落ち着き払った表情を浮かべて、背もたれのまっすぐな椅子の端に座っているのは拷問に等しかった。心は、希望と絶望のあいだでまっぷたつに引き裂かれていたからだ。

立ちあがって小声で失礼しますと言うつもりだったが、その前にゲイブリエルがきっぱりと言った。「当然です。彼女はぼくの看護師ですから」ゲイブリエルはサマンサのほうに顔を向けるわけにはいかなかったが、その声にこもるあたたかさが、きみはぼくにとって看護師以上の存在なのだと告げていた。

彼はリチャード・ギルビー医師が持ってきた鉄製の器具を頭にくくりつけ、羅紗《らしゃ》を張ったカードテーブルの前に座っている。ギルビーは、わずかながら視力を取り戻せる可能性があると言ってくれた唯一の医師だ。やさしそうな目をした小柄な男性で、頬ひげをきれいに刈りこんでいる。真夜中にソーンウッド侯爵にたたき起こされたというのに、ひとことも文句を言わなかったという。その侯爵自身も、ベクウィスに起こされて、しどろもどろの報告を受けたのだ。ギルビー医師は、治療器具というより中世の拷問器具のように見える装置を用意し、ゲイブリエルの家族とともに、フェアチャイルド・パークにやってきた。

朝日がのぼってからすでに数時間たっていたが、ユージーニアとヴァレリーは錦織張りのソファの両端に座ってまだ居眠りをしている。ホノーリアはギルビー医師の後ろに立ち、彼が鞄から取り出す器具のひとつひとつを、目を輝かせて見ていた。侯爵は杖を片手に暖炉の前を行ったり来たりしており、夫人はそのそばに置かれた大きなウィングチェアに女王のように座り、落ち着かないようすで、手にしたハンカチをもう一方の手でしきりに引っぱっていた。

サマンサは、不快そうにこちらを見ている夫人と、どうしても目を合わせることができなかった。手や顔や髪についた煤は洗い落とし、ドレスは着替えたものの、ゲイブリエルの手の感触と、全身が粉々になるほどの快感はまだ記憶に残っていて、とうていぬぐい去れそうにない。

「ああ！」ギルビー医師が吠えるように言い、みんなをびっくりさせた。

みんなは、彼がわかったようにうなずいたり、意味のわからない不満げな咳払いをしたりすることにいらだちはじめていたが、ゲイブリエルだけは、医師が診察を終えるまで、質問をさしひかえることはいっこうかまわないようだった。いつもとようすがちがうことをあまり気にかけていないのはサムだけだ。彼は暖炉の前の敷物の上に寝そべり、ぴかぴかの乗馬靴をかじっている。

侯爵は杖でどんと床をたたいた。血色のよいその顔は汗でてかてか光っている。「なんだね、先生？　何かわかったのかね？」

ギルビー医師はそれには答えず、くるっと振り向くと、窓のほうに向かって指を鳴らした。

「もう一度カーテンを閉めてください。いますぐ」

ベクウィスとミセス・フィルポットがたがいの足につまずいて転びそうになりながら、言われたとおりにしようと、窓辺に急いだ。ほかの使用人たちは部屋への立ち入りを禁じられていたが、この一時間のあいだに、縦仕切り《マリオン》のついた窓の外を、ピーターとフィリップの頭がひょこひょこと通りすぎるのを、サマンサは何度か見ていた。

カーテンが閉まって部屋が暗くなると、サマンサはほっとした。少なくともそのあいだは、目に思いがこもらないように気をつけずに、ゲイブリエルを見つめることができる。眼鏡がなくなってしまったので、自分の感情がすべて目から読み取られてしまうような気がしてならなかった。

ギルビー医師は、鉄兜《てつかぶと》の前に巨大な拡大鏡を取りつけた。それから、その前に蠟燭の火を掲げた。ホノーリアが爪先立って、医師の肩ごしにのぞきこんだ。

「何が見えますか」彼はゲイブリエルにきいた。

「動く影？　何かの形かな」ゲイブリエルは首を振り、目を細めて、集中した。「じつを言えば、あまりよく見えない」

「よろしい」ギルビー医師はそう告げて、ホノーリアに蠟燭を渡した。

彼はかたわらにあった灯油ランプから笠《かさ》をとりはずし、いきなりランプをゲイブリエルの顔に近づけた。ゲイブリエルがびくっとしたのが、誰にもよくわかった。

「今度はどうです？」

ゲイブリエルはランプを直視するまいとして顔をそむけた。「火の玉です。まぶしくて見ていられません」

ギルビー医師は大きくため息をついたが、満足したせいか、がっかりしたせいかはわからなかった。医師はゲイブリエルの頭から器具を外し、それから窓のほうを向いて、たったいまオーケストラの演奏を終えた名指揮者のように腕を振った。「カーテンをあけてください」

ベクウィスとミセス・フィルポットが分厚いカーテンをあけると、たちまち客間に陽光が流れこんだ。サマンサはゲイブリエルを見るのがこわくて、目を伏せ、組み合わせた自分の手を見つめた。

侯爵が妻の震える手をとり、強く握りしめた。ユージーニアとヴァレリーでさえ身じろぎをし、兄にそっくりな緑の瞳に希望をこめて医師を見つめた。

だが張りつめた沈黙を破ったのは、ゲイブリエルだった。「なぜこのような急激な変化が起きたのでしょうか、先生。昨夜までは、光と影を見分けることさえまったくできなかったのに」

鉄製の器具を鞄にしまいながら、ギルビー医師は首を横に振った。「それはわかりません。もし血腫《けっしゅ》がとれたのだとすれば、頭を強打されたことが原因でしょう。ふつう、自然に吸収されるまで何カ月もかかるのですがね」

ゲイブリエルはそっとこめかみの傷に指を触れた。「もっと早く執事に命じて、杖で頭を殴らせればよかったんですね」

サマンサは彼のそばに行きたかった。彼を抱きしめ、自分のせいで負わせてしまった傷にやさしくキスをしたかった。

ゲイブリエルに触れる権利はないけれど、誰もが知りたがっていることを質問することはできる。みんな、こわくてきけずにいるのだ。

「また目が見えるようになりますか」

医師は青い瞳を輝かせて、ゲイブリエルの肩をたたいた。「影や形以上のものを見分けられるようになるには、数日から数週間かかるでしょうが、わたしは、視力は完全に回復するとみています。そう信じるに足る根拠があるのですよ」

サマンサは思わず泣きだしそうになり、あわてて手で口をふさいだ。

ホノーリアが喜びの声をあげ、ゲイブリエルの首に抱きついた。ほかの家族も集まってきた。ユージーニアとヴァレリー、それに彼の母親が、香水のにおいをぷんぷんまき散らしながらかわるがわるゲイブリエルを抱きしめ、侯爵も心からうれしそうに息子の背中をたたいていた。サムまでがこの騒ぎに加わり、かん高い声で吠え立てて、みんなと喜びをともにした。

そのときふと、ミセス・フィルポットがベクウィスに抱かれ、感きわまって細い背中を震わせている姿が目に入った。彼女の肩ごしにこちらを見ているベクウィスと目が合い、サマンサは一瞬、そこに同情の色をたしかに見てとった。

サマンサは立ちあがって部屋を抜け出した。もうここには自分の居場所がないとわかっていたからだ。ほかの召使いが見ているといけないので、あごを高くあげて、背筋をぴんと伸ばし、階段をのぼって二階に行った。ようやく自分の寝室に逃げこむと、扉を閉めてかんぬきをおろした。

口に手をあてて嗚咽《おえつ》をこらえ、扉に背中をあてたまま、ずるずると座りこんだ。喜びと悲しみが入りまじり、体をふたつに折りたいほど、胸が痛い。手の甲をつたってあとからあとから涙が流れたが、泣いているのはゲイブリエルのためなのか、自分のためなのか、サマンサにはわからなかった。

サマンサはネグリジェを着てベッドのへりに腰かけ、ていねいに髪を編んでいた。その日の朝、寝室に閉じこもりはじめてから、ずっとそうしている。ただ淡々と手を動かして生きているだけだった。ミセス・フィルポットがエルシーに言いつけて夕食のお盆を届けてくれたときには、窓から捨ててしまいたいと思いつつも栄養たっぷりの野菜スープをあまさず飲んだ。いまこの一瞬一瞬を生きることだけを考えていれば、未来に直面せずにすむだろう。

ゲイブリエルのいない未来に。

指がとまった。半分まで編んだ髪が手から落ちた。もう真実を否定することはできない。わたしのここでの仕事は終わったのだ。ゲイブリエルはもうわたしを必要としていない。彼は本来いるべき場所へ――家族のあたたかい腕の中へ――戻ったのだ。

サマンサはベッドからおりて衣装ダンスのところへ行くと、古ぼけた革の旅行鞄を引っぱり出した。ベッドのわきで鞄の口をあけておいて、トランクのふたの留め金をはずした。

トランクには、フェアチャイルド・パークに来て以来、ずっと身に着けてきた地味な綾織り地の服や平凡なウールのストッキングが入っている。こんなものに愛着が湧くとは思ってもみなかったが、ふいに彼女は、その中に顔を埋めて泣きたくなってしまった。そっとそれをわきに寄せて、洗濯ずみのシュミーズとペティコートを取り出すと、マーロウの薄い詩集といっしょに旅行鞄に移した。トランクのふたを閉じようとしたとき、クリーム色の便箋の角が目についた。

ゲイブリエルの手紙だ。

表に出てこないよう、できるだけ奥にしまいこんだのに、またこうして出てきてしまった。そして、これを受け取った日と同じように、わたしはいやおうなく惹きつけられてしまう……。

サマンサがリボンを掛けたその束を引っぱり出すと、トランクのふたがひとりでに閉まった。ベッドのへりに腰かけ、手紙にそっと指先を走らせる。何度も読まれたせいで、紙は触れただけでぼろぼろになってしまいそうだった。ゲイブリエルがひとつひとつの言葉を黄金のように感じながら、あの力強い手で上質のリネン紙を撫でている姿が目に浮かぶようだ。

のちに自己嫌悪に陥ることはわかっていたが、サマンサはリボンをほどかずにはいられなかった。最初の手紙を広げ、ベッドわきのテーブルに置かれた獣脂蠟燭の光で読もうとしたとき、扉にノックがあった。

サマンサは、悪いことをしているところを見つかったように、ぎくりとして立ちあがった。あわてて部屋を見まわし、旅行鞄をベッドの下に蹴り入れた。出入り口へ向かいかけたが、途中で手紙を手にしていることを思い出した。

またノックがあった。いらだたしげな鋭い音だ。

「ちょっと待ってください！」大声で叫んでから、ベッドへ戻り、手紙をマットレスの下に突っこんだ。

扉をあけると、そこには、あざやかな緑の絹のガウンだけをまとったゲイブリエルが立っていた。サマンサがまだ何も言えないうちに、彼の手が伸びてきた。ゲイブリエルは両手でサマンサの顔をはさむと、いきなり舌を入れて、このうえもなくやさしいキスをした。サマンサは息もできなくなった。彼が唇を離したときには、欲望に火をつけられ、頭がしびれたようになっていた。

「こんばんは、ご主人さま」まだふらふらしながら、彼女はささやいた。

ゲイブリエルは彼女をわきに押しのけて部屋に入ると、扉を閉め、それに背中をぴたりとつけた。

「どうなさったんです？」サマンサは不安を感じて扉のほうに目をやった。「まるで蛮族に追われているようなお顔をなさってますけど」

「もっとひどい。家族だ」彼はすでにくしゃくしゃの髪を手でかきあげた。「連中がハトの群れみたいにこの屋敷に居座ってるんだ。もう逃げられないかと思った。見えない相手のそばをすり抜けるのがどんなにむずかしいか、わかるか」

彼には、サマンサの泣き腫らした目や、頬に残る涙の跡も見えないのだ。それをありがたく思いながら、彼女は明るく言った。「ギルビー先生のお話では、そのお悩みももうすぐなくなるのでしょう?」

彼はまだその幸運がよく理解できないかのように首を振った。「驚いたよな。だが、もっとすごいことは何か、わかるか?」ゲイブリエルはまた手を伸ばし、サマンサの細い手首をさぐりあててつかんだ。「ギルビー医師に、完全に回復するだろうと言われたとき、ぼくは、何よりもいちばんに見たいのは、かわいいきみの顔だってことに気がついた」

サマンサはその顔をそむけた。「がっかりなさるんじゃないかと思います」

「それはありえない」冗談めかした口調がかき消え、彼は奇妙なまでにきまじめな声で言った。「がっかりするなんてことは絶対にない」

サマンサは唇を嚙み、つかまれていた手首を引っこめると、彼の手が届かないところまで下がった。また彼がキスをしはじめることよりも、キスをされた自分が何をするかわからなくて、こわかったのだ。「こんなふうにお訪ねいただくのは、異例のことですね。わたしはどうすればいいのでしょう」

ゲイブリエルは扉にもたれて腕組みをし、官能をくすぐらずにおかない目で彼女を見た。サマンサは背筋がぞくぞくとするのを感じた。「ぼくの前で無邪気なふりをするのはやめたまえ、ミス・ウィッカーシャム。魅力的な使用人の寝室に忍びこんだ荘園領主は、ぼくがはじめてじゃない」

「女の使用人を力ずくでものにする趣味はない、とおっしゃったじゃありませんか」

ゲイブリエルは扉から背を離すと、豹《ひょう》のように優雅な身ごなしで彼女の声のするほうへと歩いてきた。「なぜ力を使う必要がある？　誘惑したほうがずっとうまくいくとわかっているのに。それに、そのほうが——ずっと楽しいんだ」と、この言葉を唇で愛撫するように言った。

サマンサはあとずさりをはじめた。こんなふうにふざけているゲイブリエルのほうが、彼女の心にとっては危険なのだ。けれども、サマンサもまた、このゲームに参加せずにはいられなかった。「もうおわかりのはずでしょう。わたしは、高価な宝石や耳をくすぐる甘い言葉や、熱に浮かされて口にしたような突拍子もない約束では、誘惑できない女なんです。わたしの体も心も、そう簡単には手に入りませんよ」

ゲイブリエルの影がサマンサをおおい、その瞬間、彼女の膝の裏がベッドにあたった。ゲイブリエルがサマンサの胸に片手をあて、彼女はベッドに倒れこんだ。抵抗する間もなく、彼がおおいかぶさってきて、その大きな手で彼女の頬をやさしく包んだ。「ぼくはいま、宝石などひとつも持っていない。だが、もしきみをぼくの妻にして、生涯愛を捧げると誓ったら、きみはどうする？」

18

いとしのセシリー
きみの返事を待っているあいだは、一分一分が永遠にも思えます……

「どうかなさってます！」サマンサがゲイブリエルの胸を力まかせに押し、彼はベッドから床に転がり落ちてしまった。

ゲイブリエルは当惑したように、床の上に起きあがった。「うかつだった。手紙で求婚したほうがずっと安全だったとはね」

サマンサはベッドから飛びおり、せまい部屋の中を歩きまわりはじめた。せかせかとした足取りに、心の動揺が表われている。「頭を打ったことで影響を受けたのは視覚だけじゃなかったようですね。記憶力もおかしくなってしまわれたんでしょう。ご自分が伯爵で――この国の貴族で――わたしがただの使用人だってこと、お忘れになったようですから」

「きみはね、サマンサ――」

彼女はさっと振り返って彼の真ん前に立った。「ミス・ウィッカーシャムです！」

きれいな形をした彼の唇にかすかな笑みがただよい、サマンサをよけいに怒らせた。「きみはね、ミス・ウィッカーシャム、ぼくが愛し、妻にしようと思っている女性なんだよ」

サマンサはあきれた、というように両手をあげた。「じゃあ、救いようがありませんね。せっかく視力を取り戻そうとしていらっしゃるのに、そのために正常な判断力が働かなくなってしまうなんて」

「わからないのかい？　きみはもう、ぼくと結婚するしかないんだよ」

「なぜそんなことをおっしゃるんです？」

「ぼくがきみの名誉を傷つけてしまったからだ。忘れたのか」

ゲイブリエルがぎゅっと唇を引き結び、挑んできた。忘れられるはずはないだろう、と。彼の愛撫を受けて彼女の体が恥ずかしげもなく濡れたこと、芯まで揺すぶられて、歓びに震えたことを。だがサマンサはその記憶を墓まで持っていくつもりだった。

「義務があるなんて、お考えにならないでください。一生、償っていく必要なんかないんです……たった一度のあやまちを……」

彼は茶色がかった金色の眉を片方だけ吊りあげた。「きみにとって、ゆうべのことはそれだけでしかないのか。あやまちだったのか？」

否定したかったが、適当な言葉が見つからなかったので、サマンサはまた歩きはじめた。

「お母さまは、あなたがあの准男爵のお嬢さまに求婚なさったことを知らされただけでも、ぞっとなさるでしょう。ご子息から、看護師と結婚するつもりだなんて聞かされたら、なんとおっしゃるかしら」

ゲイブリエルは、前を通り過ぎようとしたサマンサのネグリジェを引っぱり、彼女を膝の上に座らせてしまった。そして力強い腕で彼女を抱きしめ、逃げることを考えられないようにしてしまった。「これからいっしょに行って、確かめてみよう」

サマンサがもがけばもがくほど、彼の胸に深く沈むことになった。「そんなお気の毒な……。きっと卒倒してしまわれます！　いえ、その場で死んでしまわれるわ！　いいえ、わたしが殺されるかもしれない！」脅すように付け加えた。

彼は声をあげて笑った。「あの人は、厳格な母親を演じているが、ほんとうはそんな女性じゃない。それどころか、はじめてきみと会ったときには、はっきりした共通点があると思ったくらいだ。きみの――」

サマンサは彼の口を手でふさいだ。「言ってはだめ！　絶対に言わないで！」

ゲイブリエルはなおも笑いながら、自分の唇からサマンサの手を離した。「いつかきみも母を好きになるさ」サマンサの手を握った彼の手から力が抜け、声もやわらかくなった。瞳のいたずらっぽいきらめきも消えて、やさしい光が輝いていた。「いずれは、きみの子供のおばあさんになるんだからね」

ゲイブリエルのその言葉は、ナイフのようにサマンサの心を刺し、ふたりがけっしてともにできない未来をかいま見せた。サマンサはまばたきをして、こみあげてくる涙をこらえた。わたしにあしたはないのだ。でも、今夜のこのひとときはわたしのもの……。

「わたしがまちがっていました」サマンサはささやいた。

彼が眉をひそめる。「どこが？」

「わたしは、甘い言葉やとても果たせそうにない約束で誘惑されてしまう女です」片手を彼の頬にあて、サマンサは顔をあげた。

唇を合わせ、ゲイブリエルは彼女のやわらかい唇が開くのを感じて、心のどこかに光がさしたような気持ちになった。彼女の腰の下に腕をまわして抱きあげ、幅のせまい鉄製のベッドの、しわになったシーツの上にあおむけに寝かせた。

結婚するまで待つべきであることはわかっていた。だが長いあいだ、このときが来るのを待っていたのだ。生まれてからずっと待っていたような気さえする。

「待って」サマンサが言い、ゲイブリエルは心臓がとまりそうな思いを味わった。「蠟燭を消したいんです」

彼女が腕の中に戻ってくると、彼は小声で言った。「どのみちぼくには蠟燭など必要ない。必要なのはきみだけだ」

ネグリジェの裾をさぐりあてると、ゲイブリエルはそれを頭までそっと引きあげて脱がせた。その瞬間、彼は花婿になったような気がした。サマンサが裸で横たわっていることはわかっている。これからひと晩中、その体に秘められたすばらしい宝物を探索することができるのだ。そう考えると、口の中がからからになり、期待に手が震えてきた。

この腕に裸の女を抱くのは何年ぶりのことだろう。トラファルガーの海戦の前でさえ、彼はセシリーのために、何カ月ものあいだ禁欲を守った。戦艦ヴィクトリーに乗り組んだあとも、ほかの者は陸にあがるたび、港の売春婦を相手に欲望を処理していたが、彼は船にとどまり、セシリーの手紙を何度も読み返していた。体は解放されたがっていたが、彼はセシリーとの再会の日を夢見ながら、欲望の火をくすぶらせるだけで満足していた。その日が二度と来ないとわかっていたとしても、喜んでこの瞬間を待ったことだろう。サマンサのために。

ゲイブリエルはガウンの紐をほどき、肩をすくめて脱ぎ捨てた。一刻も早く、肌と肌を合わせて、ひとつになりたかった。これが最後と思っているようなキスをくり返しながら、彼は絹の布のようにそっと体を重ねていった。やがてふっくらとしたやわらかい乳房が胸に触れ、高まった彼の分身が彼女の脚のあいだの綿毛のような茂みをこすると、彼は低いうめきをもらした。すぐにでも彼女の中に身を沈め、この長い孤独な数カ月間、許されなかった歓びを味わいたいところだった。

だがサマンサは港の売春婦ではない。荒々しい行為を強いるべきではない。ゲイブリエルは唇を離し、彼女のわきに体をおろした。するとサマンサが彼の肩にしがみつき、抗議の声をあげた。小さなベッドでは、並んで横たわるのがやっとだったが、ゲイブリエルはかまわなかった。この狭苦しさは心地よく、それだけ楽に彼女の腿に片脚を乗せることができたし、喉に顔をすりつけて愛撫しながら、片手で乳房をつかむこともできた。すでに乳首は熟れた果実のようにふくらんで、口にふくんでくれとせがんでいる。

ゲイブリエルは、その求めに応じて、唇と舌と歯で軽く引っぱり、吸い、そしてなだめた。やがてサマンサは彼の髪をつかんで体を弓なりにそらしはじめた。おなじみの興奮に、彼の脈が速くなる。視覚などは必要なかった。暗がりで女を抱くのは、彼にとっては呼吸と同じくらい自然なことだったのだ。

「か、感じる……」サマンサがあえぎながら、当惑したような、驚いたような声でささやいた。

「そうでなきゃ困る」彼は答え、しぶしぶ彼女の胸から顔をあげた。「きみに無駄な時間を過ごさせたくないからね」

「いえ、そうじゃなくて……」

もしいま彼女の顔を見ることができたなら、きっとかわいらしい赤に染まっているにちがいない。ゲイブリエルはそんな気がした。

「……下のほうで……」

彼は首を振り、思わず笑ってしまった。「約束するよ。終わるまでにもっともっと感じさせてあげる。下のほうでね」

約束をきちんと果たそうとするように、ゲイブリエルはサマンサのサテンのようになめらかな下腹へと手をすべらせた。サマンサは期待に身を震わせたが、彼はかすかにふくらんだ腹部や、腰骨のすぐ上のくびれた敏感な部分を刺激し、快感と責め苦を与える時間を引き延ばしてゆっくりと楽しんだ。

その指が下のやわらかい巻き毛に届いたころには、彼がほんのわずかに腿でうながしただけで、サマンサは脚を開き、そのあいだへの侵入を許した。

「みだらな女になったみたい……あなたのせい……」快感に息をあえがせながら、サマンサは告白した。「あなたのためなら……あなたといっしょなら……なんでも……するわ……」

ゲイブリエルは自分がこんなに興奮するとは思ってもみなかったが、くらくらするようなエロチックな幻影が次々と脳裏に浮かび、それがまちがっていたことに気がついた。「一生かけてそれを証明してもらえればうれしいな」

「一生だなんて、そんな長い時間がなかったら、どうすればいいの？」サマンサは彼の体に腕を巻きつけ、驚くほど強い力で抱きしめた。「いまこのひとときしかないとしたら？」

「じゃあ、一瞬たりとも無駄にしないで、こうしよう」彼は唇を求め、胸が疼くほどにやさしいキスをした。「それからこうする」唇を胸に下げていき、つんと立った乳首のまわりに舌先を転がした。「それから、こうだ」サマンサの声が低くなってうめきに変わる。ゲイブリエルは彼女の巻き毛の中に指をさし入れ、その奥のなめらかな肌をそっと撫でた。

サマンサは小さく声をあげた。そこはすでに濡れて、太陽のキスを受けて開く花のように、彼を迎える準備ができている。ゲイブリエルはその甘い露を、ベルベットのような花びらに守られた秘密の場所に塗りつけた。彼女に激しく求めてもらいたかった。彼を深く受け入れ、自分のものにする瞬間を待ち焦がれてほしかった。

「お願い、ゲイブリエル……」サマンサが背中をそらして彼の手に肌を押しつけ、かすれた声で、彼の耳にささやいた。「もう……待てない……」

腿を開き、サマンサは手を伸ばして、彼のずきずきする分身を愛撫した。こんな誘いに抵抗できる男はいない。

彼女の指がベルベットのリボンのように彼をくるみ、ゲイブリエルは激しい快感に身を震わせて、歯を食いしばった。「そんなにかわいらしく頼まれたんじゃ、ことわれないな」

彼はサマンサの上におおいかぶさった。彼の高まりが、湿り気を帯びた巻き毛をつつき、天国の門のすぐ手前で身構えた。

「ゲイブリエル、ひとつ言わなきゃならないことがあるの」サマンサは彼の背中を抱きしめた。まちがいなく動揺していることがわかるような声だった。

ゲイブリエルの指先が彼女の唇をさがしあて、それをやさしく撫でて黙らせた。「いいんだよ、サマンサ。ぼくにはもう知りたいことはない。きみが率直に何もかも話してくれていないことはわかっている。過去から逃げてきたのでなければ、きみのような女性がこんな仕事につきたがるはずがないからね。だがぼくはかまわない。過去に男がいたとしてもいいんだ。ぼくにとってたいせつなのは、いまここで、この瞬間、きみがぼくの腕の中にいることだけだ」

その言葉に嘘がないことを証明するため、ゲイブリエルは腰を引き、それから思いきり深く彼女の中に突き入れた。恍惚《こうこつ》のもやに包まれた瞬間、サマンサの悲鳴が聞こえた。そして、彼の強引な要求の前に、何かもろくて取り戻すことのできないものが屈伏するのを感じた。

彼は根元まで彼女の中に埋もれたまま、じっとしていた。動くことも息をすることもためらわれたのだ。「サマンサ?」

「はい?」彼女はかん高いかすれた声で応えた。

サマンサの体が万力のように彼を締めつけ、このうえもない快感を伝えてきたが、それでもゲイブリエルは必死で動くまいとしていた。「きみは何を言おうとしてたんだ?」

サマンサが息を吸いこむ音が聞こえた。「はじめてだって……」

ゲイブリエルは口に出かかった悪態をのみこみ、彼女の喉に顔を埋めた。「やめてほしいかい?」と言ってみたが、そんなことができる自信はなかった。

サマンサは激しくかぶりを振り、「いいえ」と言うと、彼の髪に指をさし入れ、顔を引き寄せて唇を合わせた。「やめないで」

ふたりの舌が絡みあって激しくたがいを求めあい、サマンサは体を弓なりにそらした。その単純な動きが、彼にはこのうえもなくうれしかった。ゲイブリエルはいつもすべてにおいて洗練されていることが自慢だった。それなのにいま彼は、自分が彼女にとって最初の――そしてただひとりの――男なのだと知って、勝利の喜びに胸をたたいて叫びたくなっていた。自分の中にまだそんな素朴な一面があったとは意外だった。ゲイブリエルは動きはじめた。彼女の苦痛の声が少しずつ歓びのうめきへと変わっていくよう気を配りながら、一回一回、ゆっくりと、深く、腰を動かした。

サマンサとともにしているこの暗闇は、もはや敵ではなく恋人だった。ここには、感触と感覚、摩擦、そして対比しかなかった。彼女はやわらかく、彼は硬かった。彼女はなめらかで、彼はごつごつしている。彼女は与え、彼は奪う。

痛みを与えたぶん、サマンサには大きな歓びを感じてもらいたい、それだけの価値があったと思ってもらいたい。ゲイブリエルはそう考えて、ふたりの体のあいだへと手を伸ばした。舌の動きも下半身の動きもとめずに、指でやさしくそこを愛撫する。やがて彼をおさめたまま、彼女がぴくぴくと痙攣《けいれん》しはじめ、サマンサの口から感きわまったようなかすれ声がもれた。彼はあやうく、こらえきれなくなるところだった。

ゲイブリエルは彼女の両腕をあげさせて、指と指を絡ませた。てのひら同士をぴたりとつけ、胸と胸を合わせ、荒い息をつきながらささやいた。「離すな。絶対に」

サマンサは従い、細い両脚を彼の体に絡めてきた。そのあと彼はもう自分を抑えようとはしなかった。血管の中で脈打つ太鼓のようなリズムにさからわず、激しく、速く、深く彼女を責め立てた。やがて頭の中が真っ白になるほどの快感に包まれたかと思うと、また彼女の体の奥から暗い甘美なさざ波が送り出されてきた。

彼の全身を歓喜が駆けめぐり、熱い奔流がほとばしった。ゲイブリエルは唇をぶつけるようにしてサマンサにキスをした。ふたりの声が屋敷中のみんなを起こしてしまうのではないかと思ったのだ。


サマンサはゲイブリエルの腕の中で目を覚ました。ベッドがせまいので、彼の胸に背中をくっつけ、引き出しにしまわれた二本のスプーンのように並んで寝るしかなかったのだ。

窓のほうを見ると、さいわい空はまだ真っ暗で、夜明けを告げるピンクの筋は一本も出ていない。できるものならいつまでも、こうして横たわっていたかった。ゲイブリエルのたくましい腕に腰を抱かれ、むき出しのお尻を彼の肌にぴたりとつけ、彼の吐息に髪をくすぐられながら……。背中に感じる彼の心臓の鼓動は、子守歌のように心地よかった。

寝室の中で男女がすることについては、以前から、おおよそのところは知っていた。けれども、どんな予備知識を仕入れたところで、こういうことだったとは理解できなかっただろう。なぜあんなに単純な行為を一度しただけで、女がすすんで身の破滅を求め、男が何もかもを危険にさらしたがるようになるのかが、はじめてわかった。なぜソネットが書かれ、なぜ決闘がおこなわれて、命が失われるのかがわかった。すべてはこの魔力のせいだ。男と女が結ばれ、夜の闇の中でひとつになる行為が、こんな魔力を産み出すのだ。

サマンサの腿のあいだには、これまで知らなかった痛みがある。胸の痛みに匹敵する新しい痛み。けれども、それは甘い痛みだった。自分の中にゲイブリエルを深く受け入れるという奇跡のために払った小さな犠牲だ。

彼女の考えていることがわかったかのように、ゲイブリエルが身じろぎをした。腰にまわした腕に力がこもり、彼女の体をさらに引き寄せ、彼の体に沿わせようとする。

お尻のやわらかい部分を何かがつついている。硬いものが執拗に。サマンサはお尻をもぞもぞと動かしてみずにはいられなかった。

ゲイブリエルが眠たそうな声をもらし、「竜に餌をやっちゃいけない。生きたまま食われても知らないぞ」とつぶやいた。そして彼女の髪をわきにのけると、そっと唇でうなじを撫でた。サマンサはたまらず、ぶるっと身を震わせた。「あんなに荒っぽく貪欲《どんよく》にきみを求めるべきじゃなかった。きみには回復する時間が必要だ」

時間というのは、サマンサが唯一、手にすることのできない贅沢だ。彼女は背中を丸めて彼と肌をぴたりと合わせ、重たげな彼のその部分にやわらかいお尻を押しつけた。「わたしがほしいのはあなただけ」

耳もとでゲイブリエルがうめいた。「ずるいぞ。そう来られたらだめとは言えないじゃないか」

彼は自分を抑えて、サマンサを歓ばせることに専念した。親指と人差し指で乳首をはさんでそっと転がしながら、もう一方の手を彼女の両脚のあいだにすべりこませ、腫れあがったその部分をさぐりあてて、やさしく、やさしく愛撫した。ほどなくサマンサは息もできないほどの快感に、全身がとろけてしまいそうになった。大きな声をあげないよう、枕を噛んでこらえるのが精いっぱいだった。

そこでようやく、彼がその手でふっくらとした乳房をくるみこみ、後ろから深々と彼女を貫いた。サマンサはじっとしていられなかった。彼に動いてくれるよう、うながしたかったが、ゲイブリエルは彼女を押さえこんだまま、まったく動かない。やがて彼をおさめた部分がぴくぴくと脈打ちはじめた。彼女の胸の鼓動に合わせるかのように、執拗に同じリズムをくり返す。

「お願い……」サマンサは気絶しそうになりながらつぶやいた。「ああ、ゲイブリエル、お願いだから……」

彼はその求めに応じてくれた。自分がこんなにやさしく、そして完璧に陵辱されるなんて、夢にも思ったことがなかった。彼が果てるころには、どこまでが自分の体でどこからが彼の体かわからなくなっていた。心臓が破れそうになっていることと、頬が涙で濡れていることしか感じられなかった。

「泣いてるのか」そっと彼女をあおむけにしながら、彼がとがめるように言った。

サマンサは泣くまいとした。「いいえ」

彼は指先をサマンサの頬にあててから、自分の唇に持っていき、彼女が嘘をついていることを確かめた。「思っていたとおりだ」彼はきっぱりと言った。「もうほんとうのことを隠さなくてもいいんだよ」

サマンサは息を震わせながら吸いこみ、まばたきをして彼を見あげた。

ゲイブリエルは、轟くようにどきどきと打っているサマンサの胸に片手をあてた。「その分別くさい仮面の下には、情に厚いほんもののロマンチストの心臓が鼓動していることをね。心配するな、ミス・ウィッカーシャム。きみの秘密は誰にも明かさない」サマンサを横目で見て、女心をくすぐるような笑みを浮かべたが、傷痕のせいで、どちらかといえば放蕩者のように見えた。「もちろん、それに見合うだけのことをしてもらうよ」

「ええ、必ず……」サマンサは彼を引き寄せ、誓いのしるしに熱いキスで彼の唇を封じた。

サマンサはたっぷりした髪をうなじのところできちんとまとめ、最後のピンを刺した。はじめてフェアチャイルド・パークにやってきたときと同じ、茶色のスカートと旅行用の上着を身に着けている。観察眼のない人なら、まったく同じ女だと思っただろう。そういう人は、彼女の頬がほのかにバラ色に染まっていることや、喉にひげでこすられた跡がついて赤くなっていること、恋人のキスのせいでまだ唇が腫れぼったいことには気づかなかっただろう。

彼女は麦わらのボンネットをかぶり、ベッドのほうを向いた。

ゲイブリエルは、夜明けの真珠のような光を浴びて、うつぶせに寝ている。その大きな体はマットレスの大半を占領していた。腕を枕代わりにし、広げた右脚の膝を曲げて、引き締まった腰からは、シーツがずり落ちそうになっている。顔は、滝のように垂れかかる金色の髪に隠れていた。

わたしの黄金の巨人。

最後にもう一度だけ、彼に手を触れたかったが、起こしてしまうかもしれないと思った。そんな危険を冒すわけにはいかない。少しでも誘惑に抵抗しようと思い、無駄と知りつつ、黒い手袋をはめた。

トランクは置いていくしかない。荷造りをしかけていた旅行鞄はすでにベッドの下から引き出してある。やり残した仕事はあとひとつだけだ。

サマンサはベッドに近づいた。足を踏み出すたび、これが最後の一歩になるかもしれないと思いつつ、慎重に歩いていった。彼の顔からほんの数インチのところまで行って膝をつくと、ゲイブリエルがもぞもぞと身動きをして、何かつぶやいた。サマンサははっと息を詰めた。一瞬、彼が目をあけてしまうかと思った。そしてわたしの心を見抜くどころか、魂の奥底まで見通してしまうのではないか、と。

だが彼は深く息をつき、寝返りをうって向こうを向くと、何かをさがすように、くしゃくしゃのシーツをたたいた。

サマンサはそっとマットレスの下に手を入れ、昨晩、とっさにそこへ押しこんだ手紙の束を引き抜いた。リボンも結び直さず、それを旅行鞄に突っこみ、ふたを閉めて留め金を掛けた。

そしてスカートのポケットから、折りたたんだ紙切れを取り出すと、かすかに震える手で、それを枕の上の、ゲイブリエルの頭のすぐそばに置いた。

気がつくと、いつのまにか鞄を提《さ》げて扉のそばに立っていた。

最後にもうひと目だけ、ゲイブリエルを見た。自分の犯した罪を償うためにここへ来たつもりだったが、結局は罪を重ね、もっと許しがたい罪を犯してしまった。けれども、何より重い罪は、こんなにも深く彼を愛してしまったことなのだろう。

サマンサは、ベッドから視線を引きはがして部屋を抜け出し、そっと扉を閉めた。

19

いとしのセシリー
ぼくはきみの手紙と、未来への希望のすべてを肌身離さず、たずさえていきます……

「ベクウィス！」

フェアチャイルド・パークの廊下におなじみの怒鳴り声が響きわたり、屋敷の使用人たちはぎょっとして、目をまるくした。次の瞬間、ものすごい衝撃音がして、みんなはさっと天井を見た。そのあとには、壁板の金箔が溶けるかと思うほどの熱い怒声がひとしきり続いた。やがて荒々しく階段をおりてくる足音がしたかと思うと、キャンというかん高い声があがり、また悪態が聞こえてきた。「尻尾を踏まれたくなければ、足もとにまとわりつくな！」

サムは大理石の床に爪の音を響かせながら、賢明にも、急いで退却していった。

ベクウィスは不安そうにミセス・フィルポットと目を見交わしてから、大声で呼びかけた。

「わたしはダイニングルームにおります、ご主人さま」

ガウン姿のゲイブリエルが、すさまじい形相で飛びこんできた。杖を武器のように振りまわしている。「サマンサを見なかったか。けさ目覚めたら、いなくなってたんだ」

　誰かがショックを受けたように息をのむ音がした。ゲイブリエルはゆっくりと振り向いた。遅まきながら、ベクウィスとふたりきりではなかったことに気づいたようだ。

　彼は鼻をふくらませて空気のにおいを嗅いだ。「ベーコンと淹《い》れたてのコーヒーのにおいしかわからない。ほかに誰がいる?」

「ああ、いや、ほ、ほかにといっても、そ、それほどたくさんいるわけでは……」ベクウィスは口ごもった。「ただミセス・フィルポットと……エルシーと……奥さまに、だんなさま。それから……」と、ぎこちなく咳払いをする。「お妹さまたちです」

「なんだって? 猟番のウィリーは? どうかしたのか。猟を休んでみんなといっしょに朝食をとる時間もないのか」彼は首を振った。「いや、そっちはいい。ぼくが気にかけているのはサマンサだけだ。彼女を見なかったか」

　ベクウィスは眉をひそめた。「そういえば、お見かけしておりません。めずらしいことです、もう十時になろうかというのに。ミス・ウィッカーシャムはいつも非常にまじめで仕事熱心なかたですから」

　櫛《くし》を入れていない髪から、はだしの足まで、息子の姿をしげしげと見た侯爵は、喉の奥でくっくっと笑った。「どうやらそのようだな」

ユージーニアとヴァレリーとホノーリアもくすくすと笑いだした。

「これ、あなたたち！」侯爵夫人はぴしゃりと言って、娘たちをにらみつけた。「お部屋へ下がりなさい。すぐによ！」

娘たちがうなだれて席を離れようとすると、ゲイブリエルが言った。「その必要はないでしょう。もう子供じゃないんだから。そろそろ、家庭内で何か問題が起こるたびにこの子たちを子供部屋へ追い払うのはやめたらどうです？」

「ほらね？」ホノーリアはヴァレリーのわき腹をつついて、また椅子に座った。「世界一の兄だって言ったでしょう？」

「ご主人さま、ミス・ウィッカーシャムをさがしてまいります」ミセス・フィルポットが言った。「誰かほかの召使いが姿を見かけたかもしれません」

「ありがとう」ゲイブリエルは答えた。

ミセス・フィルポットが部屋を出ていくと、侯爵は椅子に背中をあずけて、でっぷりした腹の上で両手を組み合わせ、沈んだため息をもらした。「わたしがゲイブリエルよりほんの二、三歳若かったころ、ここであったできごとを思い出すよ。二階付きメイドの中に、魅力的な子がいてな――」

「シオドア！」公爵夫人が魔女のような目で彼をにらんだ。

侯爵は腕を伸ばして、妻の手をぽんぽんとたたいた。「きみと会う何年も前のことだよ、ダーリン。きみを見そめてから、この目がよそを向いたことはけっしてない。わたしが言いたいのは、こういうことは品行方正な男にでも起こるということだ。使用人と火遊びをするのは、恥でもなんでもない」

ゲイブリエルは父親に食ってかかった。「ぼくはサマンサと火遊びなどしていません！愛してるんです。彼女を妻にしようと固く決めています」

侯爵夫妻は揃って、はっと息をのんだ。

「気つけ薬を持ってきましょうか」ユージーニアがささやいた。「お母さまが気絶しそうなお顔をしていらっしゃるわ」

「平民と？」ヴァレリーの声が恐怖に震えていた。「お兄さまはふつうの人と結婚なさるおつもりなの？」

「言っておくが、ミス・ウィッカーシャムは非凡な女性だ」ゲイブリエルが言った。

「こんなにロマンチックなお話を聞いたのははじめてよ！」ホノーリアが茶色の瞳を輝かせて、叫んだ。「お兄さまが白い馬に乗って現われて、あの人を救い出すのね。育ちがよくて教養もあるのに貧乏暮らしをしているあの人を！」

ゲイブリエルは鼻を鳴らした。「このあたりで誰かを救うことができた者がいるとすれば、それは彼女だけだ」

「せがれや」侯爵が言った。「決断を急いだり焦ったりする必要はないんだぞ。おまえはゆうべ、視力が回復する見込みがあることを知ったばかりだ。感情の高ぶりに負けてしまったのはよくわかる。つい、あの腕の中に飛びこんでしまったのだろうな、あの……」

「なんです？」ゲイブリエルはゆっくりときいた。誰の目にも、彼がこんなに危険に見えたことはなかった。

「魅力的な女性のな」侯爵は明るい声で言い終えた。「しかしだからといって、将来性のない結婚に突っ走ることはないぞ。また目が見えるようになってロンドンに戻ったあかつきには、もしおまえが望むのなら、タウンハウスの近くにこぢんまりした部屋を見つけて、そこに住まわせてやればいい。愛人としてな」

ゲイブリエルは顔を曇らせ、言葉を返そうとしたが、そこへミセス・フィルポットが駆けこんできた。「申しわけありません、ご主人さま。ミス・ウィッカーシャムのお姿がどこにも見あたらないのです。見たという者もいません。ですが、ミス・ウィッカーシャムのお部屋にこんな手紙が置いてありました」声から徐々に力が失せて、ささやきに近くなった。誰もが、ほかにも何か見つけたのだろうかと思った。「枕の上に」

「読んでくれ」ゲイブリエルはそう命じると、いちばん近くにある空っぽの椅子を手さぐりでさがした。

彼が座ると、ミセス・フィルポットは手紙をベクウィスに渡した。

ベクウィスはしぶしぶ、なんの変哲もない紙を広げた。ずんぐりした手がわずかに震えている。「〝親愛なるシェフィールド卿へ〟」彼は読みはじめた。「〝わたしはいつも、あなたがいずれわたしを必要としなくなる日が来ると申しあげておりました。あなたが信義を重んずるかたであることは承知しておりますが、わたしは、あなたが情熱に……〟」ベクウィスは口ごもり、苦しげな目でゲイブリエルの家族を見た。

「続けろ」ゲイブリエルは、感情のうかがえない暗い目をして言った。

「〝わたしは、あなたが情熱にまかせて口走られた約束を守っていただこうとは、けっして思っておりません。あのような炎は、まぶしいほどに明るく燃えて、誰もが正常な判断力を狂わされてしまうものです。あなたはもうすぐ視力を――そしてご自分の人生を――取り戻されます。わたしの居場所など、望めるはずもない人生を。ひどい女だと思わないでください。きっといつか心の隅で、わたしのことをなつかしく思い出してくださる日が来るでしょう。わたしは永遠にあなたのサマンサなのですから〟」

ベクウィスが手紙を折りたたむと、ミセス・フィルポットがそばににじり寄り、震える手で彼の上着の袖をつかんだ。ホノーリアの頬には涙がとめどなく流れ、ユージーニアでさえ、ナプキンで鼻のてっぺんをそっとぬぐっていた。

「あなたの言うとおりね」侯爵夫人が小声で言い、ティーカップをテーブルに戻した。「たしかに非凡な女性だわ」

侯爵はため息をついた。「気の毒だがな、ゲイブリエル、おまえもわかっているはずだ。

これがいちばん妥当な解決策なんだよ」

ゲイブリエルは何も言わずに席を立ち、杖で前を払いながら、大またで扉のほうへ歩いていく。

「どこへ行く?」侯爵はとまどいを隠さず、そうきいた。

ゲイブリエルはさっと振り返り、家族と向きあった。こわばった顔に、決意の固さが見てとれた。「彼女をさがします。ぼくの行くところはそこしかない」

侯爵は困ったように妻と顔を見合わせてから、みんなの心に真っ先に浮かんだ疑問を口にした。「だが彼女が見つかりたくないと思っていたらどうするんだね?」


サマンサはチューダー様式の大きなコテージの屋根裏にあがり、そこにある寝室に入って、扉も閉めずにいた。広い部屋はかび臭くて影におおわれていたが、カーテンをあけて窓を開く気にはなれなかった。朝の日差しに目が痛くなるだけだと思ったから。

疲労に肩を落とし、ベッドの上に旅行鞄を置く。これを提げて、混みあった乗合馬車を何度も乗り換えてきたので、いまはまるで中に石が詰まっているように感じられる。ほんとうは少しの下着と古い手紙の束と、薄い詩集が一冊しまってあるだけなのに。手紙が入っていなければ、けさ村から歩いて出てくる途中で、近くの溝に投げ捨てたくなっていたかもしれない。道の両側の生け垣では、巣をかけた小鳥たちが陽気にさえずっていたが、その声も、ただ彼女をあざけっているようにしか聞こえなかった。

三日前の夜明けにフェアチャイルド・パークを出たときと同じ、地味な茶色のドレスをまだ着ている。スカートの裾はほこりだらけで、ブラウスには、ミルクのしみがこびりついている。ホーンジーからサウスミムズに向かう途中、とりわけ馬車の揺れ方が激しかったところで、女性客の抱いていた赤ん坊に吐きかけられてしまったのだ。

こんなひどい目にあったのだから、怒るべきだとはわかっていたが、さいわい、彼女の心はもう何も感じなくなっていた。もう二度と感情がよみがえる日は来ないような気がする。けれども、ベッドで眠るゲイブリエルを置いて部屋を出たときの、胸をえぐられるような悲しみを思えば、感覚が麻痺《まひ》していたほうがずっといい。

サマンサは化粧台の前のスツールに腰をおろした。この部屋を出ていったときには、まだ若い娘だったが、暗い鏡から見返してきたのは、ひとりの成熟した女だった。この沈んだ表情からは、誰もその瞳が幸福に輝くさまを想像することはできないだろう。かつては、からかうように微笑むと頬にえくぼができたものだが、それを想像できる者はいないだろう。

疲れて痛む両腕をあげ、髪から一本ずつ、ピンを引き抜いていった。やがて肩のまわりにばさっと髪が垂れかかった。生気のない目をしばたたいて、鏡を見る。夏空の下の海の色をした目を。

階段に足音が聞こえた。母だ。以前と変わらぬ、きびきびとしたその音を聞いたとたん、思いがけず、なつかしさがこみあげてきた。どんなに心を痛めることがあっても、母がしっかり抱きしめて、あたたかい紅茶を飲ませてくれれば、つらさがやわらいだものだ。

「ふつうはね」母が階段を駆けあがりながら、歌うように言う。「お金持ちのお友だちと外国へ旅行することをお母さんに許してもらったら、せめて感謝のしるしに、はがき一枚くらいは送るものじゃない？　まだ生きてるってこと、フランスのどこかで薄汚い地下牢《ろう》に閉じこめられてはいないってこと、知らせてほしかったわ。それから、ただいまって挨拶もせずに、泥棒みたいにこっそり家に忍びこんだりしてほしくなかった。あなたが帰ってること、知らずにいるところだったわよ。もしも――」

サマンサはスツールに座ったまま振り返った。

母は部屋の入り口に立っていた。そして次の瞬間、驚愕の色を浮かべて、胸を押さえた。

「まあ、セシリー！　あなた、あのきれいな髪をどうしちゃったの？」

20

親愛なるシェフィールド卿へ
あなたは、わたしの華奢な足に踏まれる塵《ちり》にすぎないとおっしゃいました。でも、わたしにとってのあなたは、遠い夜空に輝く星なのです。永遠にわたしの夢の中にいて、けっして手の届かないところにいらっしゃるのです……

「霧のように消えてしまったなんてことがあるはずがない。ありえない！」

「誰もそうは思わないでしょう、ご主人さま。しかしまさにそのように思えるのですよ。あの日の午後、乗合馬車でロンドンに着かれたところまではわかりましたが、そのあとはぷっつり消息を絶たれてしまったのです。もう二カ月ものあいだ、人を使って捜索を続けてきましたが、何ひとつ手がかりがつかめません。まるで最初からそんな人はこの世に存在しなかったかのように」

「何を言う。たしかに彼女は存在したさ」ゲイブリエルはしばらく目をつぶり、腕に抱いたサマンサのあたたかさ、やわらかさを思い出した。それは、これまで手を触れたことのあるどんなものより、現実味があった。

一生だなんて、そんな長い時間がなかったら、どうすればいいの？　いまこのひとときしかないとしたら？

彼女をこの腕から――そしてベッドから――逃がしてしまって以来、あの謎の問いかけが彼を苦しめていた。

ゲイブリエルは目をあけて、机の向かい側に座った身なりのよい小柄な男を観察した。目にかかっている霧が日に日に晴れていく。そのうち、外出して通りを歩き、自分でサマンサをさがせるようになるだろう。それまではこの男を信頼して、すべてをまかせるほかはない。ダンヴィル・スティアフォースは、長年の実績を誇るロンドンのボウ街警察隊の警吏だった。明るい青の上着に派手な赤いチョッキといういでたちで活躍する警吏たちは、有能な仕事ぶりと、口の硬さで定評があった。

スティアフォースは、ゲイブリエルの傷痕を見ても、まったく動じなかった。仕事柄、もっとひどい傷をいくつも見てきたのだろう。

「チェルシーの町では一軒一軒をあたり、しらみつぶしに捜索しましたが、まったく収穫がありませんでした」スティアフォースは、キャラメル色の口ひげをひねりながら、ゲイブリエルに報告した。「ほんとうに、その女性の出身地や、身を寄せそうな場所の手がかりはないのですか」

真鍮の柄のついたペーパーナイフに親指を滑らせながら、ゲイブリエルは首を横に振った。「彼女が部屋に置いていったトランクを隅から隅まで、何度も調べたのです。だが、これといった特徴のない服が数着と、レモンバーベナの瓶がひとつ見つかったきりでした」

衣装ダンスをあけたとき、彼からの贈り物が残されていたことは言わなかった。ゲイブリエルはそのときはじめて、自分の目でそれを見たのだった。薄いモスリンのドレス、カシミヤのストール、ダンスにしか適さないピンクの華奢な靴。順に手を触れていくうち、哀愁を帯びた『バーバラ・アレン』のメロディが記憶によみがえってきた。彼女が愛用していた香水のにおいを嗅いだとたん、胸が痛くなり、部屋からよろよろと出ていった。だがそのこともスティアフォースには話さず、ただ淡々と報告をすませた。

「紹介状はどうですか。見つかりましたか」

「いいえ。彼女の採用が決まった日に、執事が本人に返してしまったようです」

スティアフォースはため息をついた。「それは残念。名前がひとつわかっただけでも、捜索の手がかりになるのですが」

ゲイブリエルは懸命に記憶をさぐった。何かが心の底に引っかかっている。とても細かいことで、どうしても思い出せない。「はじめて食事をともにしたとき、彼女がどこかのご家庭で仕事をしていたことがあると言ったのです。カルーサーズ家？　いや、カーマイケルだったかな」彼はぱちんと指を鳴らした。「カーステアズだ！　まちがいない！　彼女は、カーステアズ卿ご夫妻の家で二年間家庭教師をしていたと言っていました」

　スティアフォースは立ちあがり、彼に笑みを投げた。「すばらしい！　すぐにそのご夫妻にお願いして、お話をうかがうことにしましょう」

「待ってください」ゲイブリエルは言い、杖と帽子を手にとった。日に日に視力が回復してきたいまは、ただ屋敷にいて、他人にサマンサをさがさせることなど、とても考えられなかったのだ。「ぼくがみずから出向くのがいちばんだと思います」

　スティアフォースは、自分の仕事を取りあげられてがっかりしたかもしれない。だが、仮にそうだとしても、その気持ちはおくびにも出さなかった。「お好きなように。捜査の手がかりになるようなことが見つかりましたら、すぐにご連絡ください」

「もちろんです」ゲイブリエルは請け合った。

　スティアフォースは扉の前でためらい、手にしたフェルト帽をひっくり返した。「シェフィールド卿、さしでがましいようですが……なぜそこまでして、さがそうとなさるのですか。その女性がこちらでお世話になっているあいだに、何かを盗んだのですか。何かかけがえのないものを？」

「ええ、盗みました」ゲイブリエルは、口もとに悲しげな笑みを浮かべると、同情をこめて見つめているスティアフォースの目を見あげた。「ぼくの心をね」

セシリー・サマンサ・マーチは、カーステアズ家の屋敷の石敷きテラスで、大の親友であり計略の共謀者であるこの家のひとり娘、エステルとお茶を飲んでいた。六月のあたたかい日差しがやさしく顔を撫で、すがすがしい風が、セシリーのカールした蜂蜜色の短い髪をかき乱す。

この二カ月のあいだ、この髪を何度もミネラルオイルに浸けてきたが、いまだにヘナで染めた色は完全には落とせず、母を失望させている。セシリーは、鏡を見るたびサマンサ・ウィッカーシャムが見返してくることに耐えられなくなり、とうとう腹立ちまぎれに髪を切ってしまったのだった。エステルは、ロンドンではカールした短い髪が大流行していると言ってくれた。セシリーは自分にはこれがぴったりだと思っている。おとなっぽく見え、かつてのばかな娘の面影をあまり感じさせないからだ。

もちろん、母はセシリーのしたことを見て泣いたし、父も泣きだしそうな顔をした。けれどもふたりとも、娘を叱る気力をなくしてしまった。母はただメイドのひとりに、床に散らばった髪を掃除して、暖炉に投げ捨てなさいと命じただけだ。セシリーはその前に座り、自分の髪が燃えるのを見ていた。

「おうちのかたは、なぜあなたがこんなに長いあいだここにいるのか、不思議に思ってはいらっしゃらないの?」エステルがきき、テーブルの盆からスコーンをひとつとった。

「きっとわたしがいなくなってほっとしているわよ。このところ、わたしがいると気が滅入《めい》ってくるようだったから」

「ちがうわよ。わたしはあなたといて、そんな気持ちになったことは一度もないもの。失恋してふさぎこんでいるときでもだいじょうぶ」エステルは薄い層を成すスコーンにクリームを塗りつけ、口に放りこんだ。

セシリーは、エステルといるときだけは、何もかもうまくいっているふりをしなくてもすんだ。兄たちの冗談を聞いて笑わなくてもよいし、姉が最近仕上げた刺繡《ししゅう》に興味のあるふりをしなくてもよい。自分の部屋で朝まで本を読んでいて、それで十分に楽しいのだと言って母を安心させる必要も、とまどいを隠せない父の視線を避ける必要もない。両親が不安げに目を見交わすようすを見れば、自分の努力があまり実を結んでいないことがよくわかった。演技力は子供のころ、きょうだい揃って、両親の前でお芝居をしているうちに身につけたつもりだったが、ゲイブリエルの看護師という役どころを投げ出した日を最後に、腕が落ちてしまったようだ。

エステルは口の端についたクリームをなめた。「ご両親はおかしいと思っていらっしゃるんじゃないかしら。春に何カ月か、うちの両親といっしょにイタリア旅行をしてきたばかりなのに、またこんなに長いあいだわたしといっしょにいるなんて」

「しっ!」セシリーは肘でエステルをつつき、彼女の両親が背の高いアーチ窓の奥の居間でお茶を楽しんでいることを思い出してもらった。

エステルは、黒い髪と生き生きした黒い瞳を持つ頭の回転の速い娘だ。セシリーがこのきわどい計画を実行しようと思ったとき、唯一、信頼して手助けを頼むことのできた友だった。けれども、秘密を守るのはあまり得意ではない。

「わたしが家に帰ったのは、あなたがご家族といっしょに帰国するほんの数日前のことだったのよ。運がよかったわ」セシリーは小声でささやき、エステルも自分に合わせて、声を低くしてくれることを期待した。

エステルは身を寄せてきた。「しかたがなかったのよ。あのならず者のナポレオンがイングランドの領海をすべて封鎖すると脅したものだから。お母さまが、社交シーズン中ずっとイタリアに足止めされるようなことになってはいやだと言ったの。わたしが情熱的なイタリア人の貧乏伯爵の目にとまりでもしたら困ると思ったのね。退屈なイギリス人子爵のほうがいいと思ってるのよ。いつもわたしより猟犬のことを気にかけているような……」

セシリーは首を振った。「そんな話を聞くと、なおさらナポレオンがいやな男に思えてくるわ。あなたのご家族がわたしより早く帰国していらしたら、どうなっていたかしら。うちの両親は、心配のあまり気が変になっていたでしょうね。うちの一族が同じ社交グループとおつきあいしていなくてよかった。旅日記を比べられでもしたら、どんな騒ぎになっていたことか……」

「イギリスの土を踏んだらすぐ、フェアチャイルド・パークに知らせるって約束してたでしょう？　そうすれば、何か新しい口実を考えつく時間ができていたはずよ」

「たとえばどんな？」セシリーはきいてから、紅茶をひと口飲んだ。「母に手紙を書いたかもしれないわね。『ごめんなさい、お母さま。わたしは、目の不自由な伯爵の看護師として働くために家を出ているのです。その伯爵は社交界きってのドンファンと評判をとっている人なんです』って」

「もとドンファンでしょう」エステルが念を押し、翼のように優雅な曲線を描く黒い眉を片方だけあげてみせた。「はじめて会ったときに、今後はいっさい、女性を誘惑したり捨てたりしないと誓ったんじゃなかった？」

「ええ、そう言ったわ。わたしがあんなに未熟で浅はかな娘じゃなかったら、彼を信じたことでしょう。でもわたしは彼に、わたしが愛するに足る男だってことを証明してみせてと要求した」セシリーは首を振った。われながらあきれてしまう。なんと単純で身勝手な小娘だったのだろう。「彼の言うとおり、グレトナ・グリーンに駆け落ちしていれば、彼は怪我をしなかったし、視力を失うこともなかったのよ」

「そしてあなたはフェアチャイルド・パークに行かなかったでしょうね」

「彼が傷ついた動物のようになって、あのお屋敷にひとりで暮らしているという噂を聞いたとき、わたしは彼を助けられると思ったの」セシリーは静かな声で言い、なだらかな起伏を描いて広がる緑の芝生に残された、二羽の孔雀《くじゃく》の足跡を見ていた。

「助けたの？」

玄関の呼び鈴の音が聞こえ、セシリーはその質問に答えずにすんだ。彼女は眉をひそめて、エステルを見た。「お客さまがいらっしゃる予定だったの？」

「あなただけのはずよ」エステルはまばたきをして、真昼の太陽を見あげた。「突然のお客さまがいらっしゃるにしては、変な時間ね」

ふたりそろって居間のほうへ頭をかしげると同時に、執事が淡々と告げる声が聞こえた。

「シェフィールド伯爵がお見えです」

セシリーは、顔からすっかり血の気が引いてしまったのを感じた。とっさにテーブルの下にもぐりこもうかと思ったが、もしエステルが手首をつかんで引っぱってくれなければ、しびれたようにただ座りこんでいただろう。エステルは、窓のすぐ外、敷石の亀裂から伸び出てこんもりと茂ったツツジの陰にセシリーを引きずりこんだ。

「何しに来たのかしら」エステルがささやいた。

セシリーはかぶりを振った。心臓が胸を破って飛び出してくるかと思うほど、激しく打っている。「わからないわ！」

自己紹介が終わり、儀礼的な挨拶が交わされるあいだ、ふたりはろくに息をすることもできずに、茂みの陰にしゃがみこんでいた。

「突然おじゃまして申しわけありません。失礼をお許しください」ゲイブリエルの甘い声が窓からただよい出てきて、恋しさに肌が震えた。あとは目を閉じさえすれば、後ろに、上に、そして自分の中に、彼を感じることができた。

「まあ、そんなこと、おっしゃらないでください！」エステルの母が彼をたしなめた。「尊敬を集めていらっしゃる名高いかたにお目にかかれて、こんなに光栄なことはありませんわ。伯爵の驚異的なご回復ぶりは、ロンドン中の話題になっております。すっかり視力を取り戻されたというのは、ほんとうでしょうか」

「日が沈んだ直後はまだ苦労していますが、夕闇の暗さには、日に日に慣れてきました。主治医は、視力の回復に脳が追いつくのに少し時間がかかっていると考えているようです」

セシリーはぎゅっと目を閉じた。天に向かって、短いけれども熱い感謝の祈りを捧げずにはいられなかったのだ。

「きょうはわたしの話をしにうかがったのではありません」ゲイブリエルが言っている。「ある個人的な問題でお力添えを願おうと思ってお訪ねしたのです。じつは、最近うちで雇っていた女性で、以前お宅でも働いたことのある人をさがしているのです。ミス・サマンサ・ウィッカーシャムという人ですが」

「彼、あなたをさがしてるのね！」エステルがささやき、セシリーのわき腹を力まかせに肘で突いた。セシリーは思わず、うっと小さく声をあげた。

「いいえ、ちがうわ」セシリーは暗い声で否定した。「彼女をさがしてるのよ。忘れたの？

あなたのご両親からの紹介状を用意するっていうのは、あなたの考えだったでしょう? お父さまの署名を真似て書いたのもあなたよ」

「もし伯爵がうちの両親に連絡をとろうとしても、まだローマにいるからだいじょうぶだと思ったのよね」

「それがどう? いまはもうローマにはいらっしゃらないでしょう」

「サマンサ・ウィッカーシャムですか?」カーステアズ卿がきき返している。「記憶にありませんな。家事をしていた者ですか」

「いえ、そうではありません」ゲイブリエルは答えた。「こちらのご紹介状によれば、お子さまたちの家庭教師をしていたということでした。二年のあいだ」

レディ・カーステアズは、夫よりもさらに当惑しているようだった。「その女性にも紹介状にも、覚えがありませんわ。もう何年か前のことでしょうが、名前くらいはまだ記憶に残っているはずでしょうし」

「こちらでお世話になっていたのは、比較的最近のことだったと思います」ゲイブリエルは言った。声の調子から、より慎重になっているのがわかった。「ミス・ウィッカーシャムは若い女性です。せいぜい二十五歳まででしょう」

「まあ、やっぱり! それはありえません。息子のエドマンドはいまケンブリッジにおりますし、娘は――ちょっとお待ちください。エステル? エステル!」夫人があいた窓に向かって呼びかけた。「まだそこにいるの？」

エステルはせっぱ詰まったような顔をしてセシリーを見た。

「行って！」セシリーは夢中で彼女の背中を押した。「ご両親がさがしにこられる前に」

エステルは転がるようにして茂みの陰から出ていくと、白いモスリンのスカートのしわを伸ばし、最後にもう一度、こわばった目でセシリーを見てから、明るい声で返事をした。

「ええ、お母さま。ここにいるわ」

エステルが家の中に入ってしまうのを待って、セシリーは茂みの中を這っていき、窓の下の煉瓦の壁に背中をつけて腰をおろした。ひと目だけでもゲイブリエルの姿を見たかったが、目をきつく閉じて、その誘惑と闘った。こんなに近くて遠いところにいるのは、耐えがたいほどに苦しかった。

「娘のエステルです」カーステアズ卿が紹介している。誇りに思っていることがはっきり感じとれるような声だ。「ごらんのとおり、この子もすでに数年前、家庭教師の必要な年齢を超えました」

「もう子供部屋に寝かせる赤ちゃんを産みはじめてもよい年ごろですわ」夫人が緊張した声でくすくすと笑った。「もちろんその前に、申し分のないご主人を見つけてやらなければなりませんけど」

セシリーはうめき声が出かかったのをこらえ、煉瓦壁に後頭部を打ちつけた。最悪の展開を迎えているさなかに、レディ・カーステアズは、セシリーが生涯ただひとりの人と決めた男性に娘を嫁がせようとたくらんでいるのだ。

ゲイブリエルが小声で挨拶をしている。セシリーは想像するまいとした。彼がエステルの手に向かって身をかがめている姿を。あの技巧に長けた唇が、雪のように白くてやわらかい肌に押しつけられているところを。エステルはセシリーとちがって、手袋と帽子なしで太陽の下に出るような無謀なことはまずしないのだ。

「お友だちはどこ？」レディ・カーステアズが尋ねた。「ふたりでお茶を飲んでいたのじゃなかったの？」

セシリーはぎくりとして目を大きく見開いた。ほんの小さなささやき声で自分の名をもらされただけでも、嘘と偽装が暴かれてしまうだろう。

「みんなでシェフィールド卿とお茶をごいっしょしてはどうだろう」エステルの父親が大きな声で言う。「エステル、お呼びしておいで、ミス——」

いきなりエステルが激しく咳きこみはじめ、セシリーはほっとして壁にぐったり背中をあずけた。心配そうに声をかけながら背中をたたいている気配がしばらく続き、やがてエステルが苦しそうに息をしながら言った。「申しわけありません！　スコーンが変なところに入ってしまったのでしょう」

「しかしスコーンを召しあがってはいらっしゃらなかった」ゲイブリエルが指摘した。

「少し前に食べたんです」エステルが答えた。反論できるものならしてみろといわんばかりの冷ややかな口調だ。「でも、友人のことはお許しくださいませ。とても恥ずかしがり屋なんです。玄関の呼び鈴が鳴るのを聞いたとたん、ウサギみたいに駆けだして逃げてしまったんですよ」

「どうぞご心配なく」ゲイブリエルは言った。「ご紹介をお受けする時間がないのです。お気持ちはたいへんうれしいのですが、お茶へのご招待はおことわりさせていただかなければなりません」

「もっとお役に立てればよかったのですが。残念です、シェフィールド卿」カーステアズ卿はそう言うと、椅子をきしませて立ちあがった。「とんでもない不届き者にだまされておしまいになったようですな。偽の紹介状をまだお持ちなら、すぐに当局へ提出なさるようおすすめしますよ。その女をさがし出して、裁きにかけてくれるかもしれません」

「当局に届け出る必要はありません」ゲイブリエルの声に決意がこもり、セシリーの背筋に震えが走った。「彼女がこの世のどこかにいるのなら、必ずわたしが見つけ出します」

　ゲイブリエルが帰ってからしばらくして、エステルが家から出てきた。そのときセシリーは、小さなアヒル池を見おろす丘に座っていた。静かな水面を、アヒルの母親が泳いでいき、そのあとについて、茶色と緑の綿毛のようなひなが七羽、滑っていく。

「彼が紹介状のことを持ち出すなんて、夢にも思っていなかったわ」セシリーはそう言った。エステルはそばの草に腰をおろし、スカートを広げて優雅な鐘の形をこしらえた。「あの人は紹介状を見たこともないのよ」セシリーはそう言い、苦しげな目をエステルに向けた。「わからないわ。なぜ彼はまだわたしを――いえ、彼女を――さがしているのかしら。視力を取り戻したらすぐ、わたしと出会う以前の生活に戻ると思ってたのに！」

「どっちのあなたと？」エステルがやさしくきいた。

セシリーは片方の膝を胸にかかえこんだ。絶対にきくまいと誓っていたことを、きいてみずにはいられなくなった。「彼はどんなようすだった？」

「正直言って、とてもすてきだったわ。わたしはね、あなたが彼の魅力を大げさに言ってるんだと思ってたの。恋に目がくらんでるんじゃないかって。でも、彼は男性として最高の部類に入るわね。とくに、あの傷痕のすばらしいこと！　あれのせいで謎めいた魅力が加わってるのよ」エステルは興奮して、ぶるっと身を震わせた。「まるで海賊みたい。あの肩に担がれてどこかへ連れていかれて……気を失うまで陵辱されたりしたら……」

セシリーは顔をそむけたが、一瞬遅かった。頬が赤く染まったのをエステルに見られてしまったのだ。

「まあ、セシリー・サマンサ・マーチ、隠しごとをしていた相手は彼だけじゃなかったのね？」

「どういう意味？　わからないわ」

「わかってるくせに！　ねえ、ほんとうなの？　あなたたちふたりは……」肩ごしに後ろをちらっと見てから、エステルは声を落とし、ささやいた。「恋人同士なの？」

「ひと晩だけよ」セシリーは白状した。

「一度だけ？」

「いえ。ひと晩だけ」セシリーは一語一語をていねいに発音した。

　エステルは息をのんだ。うれしそうでもあり、驚いたようでもあった。「信じられない、あれをしたなんて。あの人と！　なんて進歩的なんでしょう。女はたいてい、結婚するまで待つものなのに」エステルは手で顔をあおぎながら、身を寄せてきた。「ねえ、きいていい？　彼は見かけどおり、じょうずだった？」

　目を閉じると、ゲイブリエルの技巧の数々が一気に記憶によみがえり、たちまち、身もとろけるような熱い欲望が血管を駆けめぐった。「見かけ以上だった」

「まあ！」エステルはまるで卒倒でもするように、草の上にあおむけに倒れて両手を広げた。だが、だしぬけに起きあがり、セシリーのほっそりした体に不安そうな視線をちらっと投げた。「でもまさか……あなた、妊娠なんかしてないでしょうね？」

「妊娠してたらどんなにいいかと思うわ！」セシリーの口から、思いがけない言葉が飛び出した。「わたしがどんなにひどい女か、わかるでしょう？　彼の一部をおなかに宿して、いつもいっしょにいられるのなら、家族を泣かせても、世間の非難を浴びても平気。どんな危険もいとわない」哀れむように自分を見ている友の視線の重みに耐えられなくなり、セシリーは膝の上に顔を伏せた。

エステルが彼女の髪を撫でた。「ねえ、いまからでも遅くないわ。彼のところへ行ったら？　ほんとうのことを話して、許してもらいなさいよ」

「そんなこと、できない」セシリーは顔をあげ、涙のもやを通してエステルを見つめた。「わたしが何をしたか、わかってる？　あの人を殺すところだったのよ。彼がわたしをいちばん必要としていたときに、彼を捨てた。そして、その罪を償おうとして、身元を偽って彼の家に入りこみ、彼の思い出と愛情をもてあそんだんだわ」喉から激しいすすり泣きがもれ出した。「許してもらえるわけがない。もうわたしのことは、不快きわまるやつだとしか思ってくれなくなるわ」

エステルがそっとセシリーを引き寄せ、二カ月間こらえていた涙を解き放って思いきり泣けるようにと、抱きしめてくれた。だがセシリーには、もうひとつ恐れていることがあった。サマンサが嘘をついていたことを知ったゲイブリエルは、いずれ疑いはじめるだろう。自分の腕の中で彼女が過ごした夜もまた、偽りだったのではないかと。

いとしのセシリー
ひとこと聞かせてください。そうすれば、ぼくは一生きみのそばを離れません……

21

そのよそ者は、険しい表情を浮かべ、長い脚で毅然と歩を運びながら、混みあったロンドンの通りを歩いていた。物乞いやスリでさえ、こそこそと道をあけた。厚手のコートのケープさえ貫く十月の寒風も、シルクハットのつばからしたたり落ちる冷たい雨粒も、彼にはまったく気にならないようだ。

この男と行きあう人がはっとしてわが子を抱き寄せ、道を譲るのは、顔の醜い傷痕のせいではない。目つきのせいだ。男は燃えるようなまなざしで、道行く人の顔をさぐるように見ては、そのつど、相手を震えあがらせていた。

ゲイブリエルはこの皮肉に打ちのめされていた。ようやく目が見えるようになったというのに、いちばん見たいものが見られないのだから。たしかに、夜明けの太陽の、薄紅色や黄金の光は息をのむほどに美しい。だがそれは、彼の前に伸びる暗い道を照らし出すことしかできない。夕焼けは、長く孤独な夜の訪れを告げるのみだ。

夕闇の迫る町を、彼はつかつかと歩いていく。日に日に、日没が早まっていくことを痛いほどに感じていた。今年も残り少なくなった。時の移ろいとともに、自分も歳をとっていくようだ。雨ではなく雪がこの頬を濡らしはじめるのも、そう遠い先ではないだろう。

ゲイブリエルが多額の捜索費を用意したにもかかわらず、スティアフォースの警察隊は、敗北を認めざるをえなくなった。それ以後、ゲイブリエルは自分の足で通りをさがしてきた。毎晩、寒さと疲労で歩けなくなるまでがんばり、グローヴナー・スクエアにあるタウンハウスに帰っていた。ロンドン中の病院をあたってみたが、負傷兵の看護をしていたウィッカーシャムという名のもと家庭教師を覚えている者はいなかった。

彼には、サマンサが見つからないことより大きな不安がひとつだけあった。それは、仮に見つけても、本人であることがわからないかもしれない、ということだ。

捜索を開始してから最初の一カ月は、ベクウィスを連れてまわった。内気なベクウィスがむさ苦しい酒場の片隅でちぢこまっている姿や、コヴェント・ガーデンの市場で物売りに質問をしている姿は、なんとも哀れだった。しまいにゲイブリエルは彼が不憫《ふびん》になり、フェアチャイルド・パークへ帰してしまった。

いまや彼は、自分がかつて雇った警察隊と同じように、尋ねる相手ごとにちがっている説明を頼りに、サマンサの外見の特徴を割り出し、捜索を進めざるをえなかった。わかっているかぎりでは、中背のほっそりした女性で、髪は分量が多くて赤みがかった褐色、品のよい顔立ちをしているようだ。瞳は、野暮ったい眼鏡に隠されていることが多かったらしく、召使いのあいだでも、緑だ、いや、まちがいなく茶色だったと、意見が分かれている。ホノーリアだけが、青かったと記憶していた。

ばかげているとは承知しているが、ゲイブリエルは信じずにはいられなかった。サマンサと顔を合わせる機会が来れば、きっと彼女であることがわかるはずだ、と。

彼は、波止場に通じる、街灯の少ない通りに曲がりこんだ。人通りが少なくなり、影が濃くなった。ホワイトチャペルやビリングズゲイトの怪しげな一角を捜索するときには、いつもサマンサが見つからないことより、見つかることのほうを恐れていた。自分の子を身ごもった彼女が大きな腹をかかえて、暗い路地を歩いている姿を想像するだけで、耐えがたい気持ちになった。いっそ、一軒一軒、扉を蹴りあけていって、見知らぬ住人の喉を締めあげ、彼女が自分の空想の所産ではないことを証明してくれる人物をさがしたい気分だった。

彼女を必ず見つけ出すという決意は揺らいでいないが、カーステアズ家を尋ねて以来、ずっとある疑惑が胸の内でくすぶり、いまだに彼を苦しめていた。あの雨の日の午後、サマンサが『鋤に祝福を』を読んでくれたときのことを思い出す。どの登場人物の役も、みごとに演じていた。彼女が恋する女を演じていただけだったとしたら、どうしよう？　だが、もしそうなら、身も心も捧げてくれはしなかっただろう。なんの見返りも求めずに、純潔を捧げはしなかったはずだ。

せまい路地を横切ったとき、かすかな香りが彼の鼻をくすぐった。ゲイブリエルは立ち止まって目を閉じ、深く息を吸いこんだ。彼にとって闇は敵ではなく、歓迎すべきものだった。ほら、やっぱり……。焦げたソーセージのにおいや、こぼれたビールのにおいにまじって、たしかにレモンバーベナの香りがただよってくる。

彼は目をあけると、まわりの人影を観察した。道の向かい側を、マントを着た女が歩いていく。煙るような雨を通して、女のフードの下から、赤褐色の髪がひと房はみ出しているのがたしかに見えたと思った。

ゲイブリエルはあとを追って駆けていき、女の肘をつかんで振り向かせた。フードが後ろにずり落ちて、ほとんど歯のない口がにっと微笑んだ。ブラウスの襟ぐりが大きくあいていて、垂れた乳房がそこからこぼれ落ちそうになっている。ゲイブリエルは、ジンのにおいのする息を吐きかけられてたじろいだ。

「なんだよ、あんた。レディに手荒な真似をするんじゃないよ。むろん、そういうのが好きってんなら、べつだけどさ」まばらなまつげをひらひらさせたが、恥ずかしがっているようには見えず、ただ気味が悪いだけだ。「何シリングかよけいに出せば、どういうのが好きか、見つけてあげるよ」

ゲイブリエルは手をおろし、それをコートでぬぐいたいのを、やっとのことでこらえた。

「失礼、マダム。人違いだ」

「そんなにあわてて行かなくてもいいじゃないか！」ゲイブリエルが背中を向け、急いで立ち去ろうとすると、女の声が追いかけてきて、彼はあやうく、路地ばたでくだを巻いていた煙突清掃員を踏み倒しそうになった。「あんたみたいにかわいい坊やなら、ただでしゃぶってあげてもいいよ。歯はあんまり残ってないけどさ、このほうがかえって興奮するって男もいるんだよ！」

ゲイブリエルはほとほとうんざりして、暗い路地から逃げ出した。角に待たせてある馬車に逃げこもう。

彼はコートの襟を立てて、吹きつける冷たい雨風を防ぎ、くすくす笑う娘を乗せた馬車や、赤ら顔の街灯点灯員をよけながら、にぎやかな通りを渡った。点灯員の少年は、街灯から街灯へとすばやく走って、ぱちぱちと燃える松明で灯油に火をつけていく。

歩道の街灯の下に、ぼろをまとってうずくまっている者がいた。その男が大きな声で叫ばなければ、ゲイブリエルは彼に気づくことなく通りすぎていただろう。「どうか、お恵みを！　半ペニーを恵んで、みずからを助ける力のない者をお助けください！」

「救貧院へ行って、われわれみんなを助けたらどうだ？」通りすがりの紳士が怒鳴りつけ、彼をまたいでいった。

男はひるむことなく、明るい笑顔のまま、鼻のとがった女性のほうへ空き缶を突き出した。その女性には、メイドと従僕がひとりずつ付き従い、そのあとからは、塔のように積みあがった箱を両腕にかかえて、落とさないように四苦八苦しているアフリカ人の小姓がついてきた。「奥さま、あたたかいスープを買う半ペニーをお恵みくださいまし」

「おまえにはあたたかいスープなど、必要ありません。必要なのは仕事よ」女性はそう言うと、彼の手が届かないように、スカートをさっと引いた。「仕事が見つかったら、清く正しいキリスト教徒にいやがらせをしているひまはなくなるでしょうからね」

ゲイブリエルは首を振り、ポケットからソヴリン金貨を一枚引っぱり出すと、通りすがりに、空き缶に放りこんでやった。

「ありがとうございます、大尉」

教養の感じられるものやわらかな声に、ゲイブリエルははっとして足をとめ、ゆっくりと振り向いた。

男が手をあげて敬礼をした。ゲイブリエルは、男が激しく震えていること、その薄い茶色の瞳に知性の輝きを宿していることに気づいた。「マーティン・ワースと申します。大尉どのと同じく、戦艦ヴィクトリーに乗り組んでいた者です。わたしのことはご記憶ではないでしょう。まだ海軍士官候補生の身でしたから」

よく見ると、ぼろ布と見えたのは、じつはずたずたに裂けた海軍の軍服だった。骸骨《がいこつ》のように痩せた胸の上に、色褪せた紺色の上着がだらしなく掛かっている。黒ずんだ白いズボンは、脚――というよりその残骸――の先端をくるみ、その下にはピンが留めてあった。彼は靴下もブーツも必要としない体になっていたのだ。

ゲイブリエルがゆっくり手をあげて敬礼を返したとたん、ワースは空咳をはじめた。どこか胸の奥のほうから音があがってくる。ワースは体をふたつに折った。湿った空気のせいで、すでに肺の奥までやられてしまったのだろう。この冬を越すことはできまい。

〝あの戦争では、まだ故郷に帰っていない人もいます。二度と戻れなくなった人も。両腕、両脚を失った人もいます。軍服と自尊心をずたずたに引き裂かれ、側溝に座って物乞いをせざるをえない人もいるんですよ。そうしてあざけられ、踏みつけにされながら、わずかでもキリスト教徒らしい慈悲の心を持った人が、ブリキのコップに半ペニー硬貨を落としてくれることだけを祈って毎日を送っているんです〟

「きみの言うとおりだ、ワース。ぼくはきみを覚えていなかった」彼は認めると、コートを脱いで、彼の前に膝をつき、それをワースの痩せ衰えた肩に着せかけてやった。「だがいまはもうちがう」

あ然として見あげるワースをよそに、ゲイブリエルは通りの向かい側に手を振り、鋭い口笛を吹いて、待たせてあった馬車を呼び寄せた。

「信じられないわ。わたしをこんなことに引っぱりこむなんて」セシリーは、磨きこまれた寄せ木細工の階段をおりながら、エステルにささやいた。ここはメイフェア地区にあるレディ・アプスリーの屋敷だ。なだらかな階段は、客でにぎわう舞踏室へと続いている。「うちの教区に新しい副牧師さまが赴任していらっしゃらなければ、あなたについてロンドンへ来たりしなかったんだから」

「その人、独身?」エステルがきいた。

「ええ、残念ながら。もっとも、お母さまがそれについて何かご意見があるようなら、独身生活は長く続かないでしょう」

「その憂鬱そうな口ぶりから判断して、あなたはその人を結婚相手にふさわしい男だとは思っていないようね」

「ええ、全然。うちの家族は、わたしがああいう人を理想の夫と思うべきだと考えているけど。ぼうっとしていて、鈍感で……黒い顔の羊を飼育する喜びとか、タン・ソーセージを保存する楽しみとか、そういうくだらない話を延々とするために生まれてきたような人よ。両親は、わたしが彼の靴下を繕い、おとなしくてぽっちゃりした子供を育てて、これからの人生を過ごしていけば満足なの」彼女はため息をついた。「でも、彼との交際を承諾するべきかもしれない。わたしにはそれがお似合いだもの」

エステルがセシリーの腕をつかみ、爪が肌に食いこんだ。肘までの手袋を着けていても痛いほどだった。「そんな恐ろしいこと、考えちゃだめよ！」

「どうして？　残りの人生をどう過ごせっていうのよ？　あなたの肩にもたれて泣いていればいいの？　永遠に手の届かない人のことを思ってぼんやり暮らせというの？」

「あなたがこれからの人生をどう生きていくのかはわからない」ふたりは階段の下に着き、おしゃべりに余念のない客のあいだを縫って部屋の奥へ向かった。「でも、今夜をどう過ごすかは、わかる。笑顔を見せて、うなずいて、ダンスをして過ごすのよ。そして、羊やタン・ソーセージのことなんか考えていない頭に血がのぼった青年と、知性にあふれた会話を楽しむの」

「ところで、今夜はなんのお祝いなの？　またニューマーケットの競馬でアプスリー卿の馬が優勝したの？」ロンドンでもっとも著名なこの家の女主人は、どんなことでも口実にしてパーティーを開き、社交シーズンがはじまるまでの長くて退屈な数カ月を少しでも愉快に乗り切ろうとする。セシリーもエステルもそれをよく知っていた。

　エステルは肩をすくめた。「わたしが知ってるのは、依然としてナポレオンが海上封鎖をすると脅しをかけてることと関係があるらしいってことだけ。レディ・アプスリーは、あす船出をする将校さんに敬意を表して舞踏会を開くことになさったのよ。ベルギー製のレースやトルコ産のイチジクが手に入らなくなる不安を一掃してくれる英雄ですものね。今夜は、あなたもそういうりっぱな目的のために犠牲を払うのだと思ったらどうかしら」

「あなた、忘れてるわ」セシリーは、ふいに胸をちくりと刺した痛みを隠し、明るく言った。「わたしはもう国王陛下とお国に対する義務を果たしたのよ」

「そうだったわね」エステルはあこがれをこめてため息をついた。「幸運な人ね。あら、見て！」彼女は叫んだ。お仕着せ姿の従僕が、パンチのグラスを載せた盆を運んで、人々のあいだを縫ってくるのが見えたのだ。「わたしたち、まだどの殿方の目にもとまってないし、いまのうちにパンチをとってきちゃいましょう。ここで待ってて。すぐ戻るわ」

セシリーは反論しかけたが、すぐにその言葉をのみこんだ。エステルは、白いモスリンのドレスの引き裾をひるがえし、すでに客たちのあいだに紛れこんでいた。

セシリーはぎこちない笑みを唇に貼りつけ、おおぜいの人でごった返す舞踏室を見わたした。きょうはエステルに強くすすめられて、ピーチ色のドレスとお揃いのすてきなリボンをやわらかい巻き毛に絡ませてきた。

まだダンスははじまっていないが、舞踏室の奥のバルコニーの上では、弦楽四重奏団が準備を整えていた。若い義勇兵が希望をこめて自分を見ていることに気づいたちょうどそのとき、バイオリン奏者が『バーバラ・アレン』の物悲しい調べを弾きはじめた。

セシリーは目を閉じた。ほかの舞踏室、ほかの男のことがはっきりと思い出される。目を開くと、さっきの若い義勇兵が人をかき分けてこっちへ向かってくるのが見えた。セシリーはすぐに横を向いてその場を離れた。ただ逃げることしか頭になかった。

やはりエステルの誘いに乗ってここへ来たのはまちがいだった。客の顔を眺めわたしてみたけれども、エステルの姿はどこにも見あたらない。こうなったら、待たせてある四輪馬車をさがし出して、すぐにカーステアズ家のタウンハウスまで送り届けてもらうしかない。御者にはまたあとからエステルを迎えにいってもらえばいい。

振り向いてみると、兵士はまだ追ってくる。セシリーは、舞踏靴をはいた足でぎこちなく歩を進めながら、階段のほうへ向かった。

「気をつけてちょうだい！」しかめっ面をしたご婦人に叱られてしまった。

「すみません」セシリーは小声であやまり、肩で人を押し分けて、赤鼻のずんぐりした男性のそばをすり抜けて進んでいった。

ようやく、誰もいないところへ抜け出し、階段のあがり口にたどり着いたときには、ほっとして体が震えそうになっていた。あと何歩か先へ行けば、自由になれる。

もう肩の荷が半ばおりたような気分で階段のてっぺんを見あげると、なんとそこから、海に浮かぶ泡のような緑の瞳が、あざけるように彼女の目をまっすぐに見返してきた。

22

いとしのゲイブリエル
（ほら、とうとうファーストネームでお呼びしましたよ！　喜んでいただけたらうれしいです！）

階段の最上段に、英国海軍士官の軍服に身を固めたゲイブリエル・フェアチャイルドが立っていた。紺色のフロックコートには、真鍮のボタンがつき、下襟に幅の細い白の縁取りが施されている。いつも締めているひだつきのスカーフ・タイに代わり、飾り気のない青のストック・タイを着けている。チョッキとシャツと、膝丈のズボンは、いずれもまぶしいばかりの白。引き締まったふくらはぎは、つややかな黒のヘシアンブーツに包まれている。茶色がかった金色の髪は以前と同じように、いまは流行らない長さに伸ばしてあり、ひっつめて革紐で束ねてあった。
彼が到着したことがわかると、かすかなどよめきがさざ波のように広がり、いっせいに賞讃のまなざしが向けられた。エステルが言ったとおり、傷痕は、彼の謎めいた雰囲気をいっそう引き立て、さらに魅力的で勇敢な人に見せていた。けれども、彼がどれほどすぐれた勇者であるかは、セシリーだけが知っている。この人がわたしを守ろうとして、自分の命を危機にさらさなければ、わたしはいまこうしてこの階段の下に立ってはいなかったのだ。

セシリーは激しく動揺した。こんな姿の彼を見ようとは思っていなかったのだ。きっとふたりがレディ・ラングリーの屋敷で開かれたパーティーで出会う前のような、浮ついた生き方を楽しんでいるものとばかり思っていた。だがここにいるのは、まったく別人のようなゲイブリエルだ。もっとまじめで、でもなぜかもっとすてきで……。

心の奥には向こう見ずな彼女がいて、自分がセシリーではなくサマンサであることに気づいてもらいたがっていた。こんなふうに、通りすがりの人に寄せるほどの関心さえないような目で見られるよりは、いっそ嫌悪をあらわにしてもらいたかった。

セシリーはその場に凍りついたように立ち尽くしていた。ゲイブリエルは階段をおりてきたが、まるでまた目が見えなくなったかのように、長い脚で優雅に歩を運んで彼女の前を通りすぎてしまった。

セシリーは大きく目を見開いた。まちがいない。たったいま、彼は剣でわたしの胸を刺したのだ。そう思ってドレスの胸もとを見おろしてみたが、驚いたことに、心臓から噴き出す血で汚れたりはしていない。

「すみません、お嬢さん」

振り向くと、先ほどの若い義勇兵が熱っぽい表情を浮かべて立っていた。「まだ正式にお引き合わせいただく機会を得ていないことはわかってるんですが、ぼくと踊っていただけないでしょうか」

セシリーは目の隅にゲイブリエルの姿をとらえていた。彼は主催者であるレディ・アプスリーに挨拶をし、彼女の手を口もとへ持っていく。たちまち、強烈な対抗意識が全身を駆けめぐった。

「ええ、喜んで」セシリーは若い義勇兵にそう言うと、手袋をはめた手を彼に握らせた。さいわい、カントリーダンスの曲がにぎやかだったので、会話はできなかった。陽気なダンスの列に加わってからも、セシリーは、いつゲイブリエルが一歩踏み出したか、彼がどの手にキスをしたか、どの女があからさまに物欲しげな目で彼を見ているか、すべてちゃんとわかっていた。彼の姿を目で追うのはむずかしいことではない。舞踏室にいる大半の男性より背が高く、頭と肩が突き出して見えるからだ。

それなのに、彼は一度もこちらを見ず、わたしのことなど、一度も考えなかったようだ。

楽師たちが古いメヌエットを奏ではじめたところで、セシリーは彼を見失った。音楽は、踊り手にいくつもの複雑なポーズをとらせたあと、ふいに調子を変え、パートナーの交替を知らせた。これでようやく汗ばんだ手をした若い兵士から逃げられる。セシリーはほっとして、優雅にその場でくるっとまわった。

と、いきなりゲイブリエルと対面するはめになった。しかも手と手を、てのひらとてのひらを合わせた格好で。セシリーは大きく息を吸いこんで覚悟をした。彼がぷいと向こうを向いて、みんなの見ている前で彼女を無視するのではないかと思ったのだ。

「ミス・マーチ」彼が小声で言った。セシリーを忘れたふりをしていただけで、ほんとうはちゃんと気づいていたことがわかった。

「お久しぶりです、シェフィールド卿」彼のまわりをそろそろとまわりながら、セシリーは言葉を返した。

手袋を通してさえ、そこに押しつけられた手のあたたかさを感じることができた。やさしく触れられたときの感触を思い出すまいとした。この手が与えてくれた身もとろけるような歓びも。

いちばん不安だったのは、声で正体がばれてしまうことだった。サマンサ・ウィッカーシャムになりすましていたときは、独身の叔母を真似て、硬い声で話すようにしていた。けれども、ほんとうの声がもれてしまったことも何度かあった。たとえば、絶頂に達して彼の名を叫んだときとか。

「お元気そうで何よりね」彼女はわざと息を切らし、かすれた声をこしらえて言った。さほどむずかしいことではなかった。さわやかで男らしい彼のにおいに溺れてしまいそうだったから……。「奇跡的に視力を回復されたというお噂は耳にしていました。それがほんとうだとわかって、うれしいわ」

彼はまぶたを閉じ加減にして、彼女を見つめた。「今夜は運命がぼくたちをこうして引き合わせてくれたんだろう。きみにお礼を言う機会がなかったから」

「なんのお礼かしら」

「怪我をしたあと、病院に見舞いにきてくれたお礼だよ」

またもや剣のひと突きを受け、セシリーは心臓が飛び出しそうな思いを味わった。彼と戦ったフランス人がはじめてかわいそうになった。軽々しくこの男を敵にまわしてはいけないのだ。

セシリーは顔をあげ、いちばん魅力的な笑顔をこしらえた。「お礼などおっしゃる必要はないわ。キリスト教徒として当然の義務を果たしただけですもの」

彼の目が曇った。ついに、彼から反応を引き出すことに成功した。けれども、セシリーの勝利は長続きしなかった。まだゲイブリエルがなんの返答もしないうちに、楽師たちの演奏が終わってしまったのだ。メヌエットの最後の高音の余韻がふたりのあいだにただよった。

ゲイブリエルは彼女の手の上にかがみこみ、指関節に軽く唇を触れた。おざなりなキスだった。「再会できてうれしいよ、ミス・マーチ。これまできみの人となりをまったく知らなかったことを再確認できただけでもよかった」

四重奏団がオーストリアから伝わったワルツの流れるような旋律を演奏しはじめ、ほかの踊り手たちは、話し相手と飲み物を求めて、散らばっていった。ワルツはどんな曲よりも早く踊り手たちを舞踏室の中央から遠ざけてしまう。不謹慎なダンスとされていたので、誰もがステップを知っていると思われることさえいやがったからだ。

ゲイブリエルが上体を起こし、セシリーは、ふいに取り乱しそうになって、必死にこらえた。きっと彼はすぐに背中を向け、わたしの人生から永遠に歩き去ってしまうだろう。すでに何人かが好奇の目でふたりを見ている。エステルが舞踏室の奥から、ドレスと同じくらい白い顔でこちらを見守っているのが見えた。

いまのわたしに、何か失うものが残されているだろうか。セシリーは思った。名誉？　評判？　社交界には知られていないけれど、わたしはもうどんな男性にとっても、疵《きず》ものなのだ。

ゲイブリエルがまだ離れようとしないうちに、セシリーは彼の服の袖に軽く手を置いた。「どなたか教えてくださらなかったの？　レディが踊りたがっているのに、紳士が相手をしないで立ち去るのは礼儀にかなっていないって」

ゲイブリエルは、ばかにしたような、さぐるような表情で彼女を見おろした。「ゲイブリエル・フェアチャイルドがレディのご依頼をことわったとは、誰にも言わせない」

聞き覚えのある言葉を口にすると、ゲイブリエルは片腕をセシリーの細い腰にまわして、彼女を抱き寄せ、ひっさらうようにして踊りだした。セシリーは目を閉じた。その瞬間、自分が何を考えているのかを悟った。もう一度彼の腕に抱かれるためなら、どんな危険も冒す。どんな代償も喜んで払う。

「白状すると、今夜きみがここにいるのを見て、びっくりしたよ」ほかに誰も踊っていない床の上で輪を描きながら、ゲイブリエルが言った。ふたりの体は完璧なリズムで動いていく。「きみはもう、地方の豪農か大地主に嫁いでいるものと思っていた。男に対しては、何より堅実さを求める人だからね」

セシリーは頰にえくぼを刻んで微笑んだ。「あなたが、簡単に誘惑されてしまう女がいちばんだと考えていらっしゃるようにね」

「それはきみにはまったくない素質だった」彼は、セシリーの頭の向こうに視線を置いて、つぶやいた。

「今夜、しきりとあなたに色目を使っている女性たちとはちがいます。わたしはご遠慮して、あの人たちと代わってあげたほうがいいのかしら」

「きみの心の広さはすばらしいと思うが、ぼくにはそんな無駄な時間はない。あすの午後、戦艦ディファイアンスに乗り組んで国を離れるんだ」

セシリーの足がもつれた。ゲイブリエルがしっかりと腕で支えてくれなければ、転んでいたかもしれない。ダンスのリズムに合わせて、必死で足を動かしながら、セシリーは信じられない思いで彼を見あげた。「また海に？　どうかしていらっしゃるんじゃないでしょうね？」

「心配してくれるなんて、感動だね、ミス・マーチ。だが少々遅すぎた。ぼくがどんな運命に見舞われようと、きみにその美しい頭を悩ませてもらう必要はない」

「でも前にいらしたときには、あやうく帰国できなくなるところだったでしょう！　命を落としかけたのよ！　視力を失い、健康を損ない、それに――」

「どんな危険が待っているかは、百も承知だよ」ゲイブリエルは小声で言った。彼女の顔をまじまじと見つめているうちに、彼の目から、あざけるような表情がきれいに消えてしまった。

セシリーは彼に触れたくてたまらなかった。傷痕のある左の頬をこの手で包みたかった。けれどもふたりのあいだには、無惨に破られた約束のかけらが――引き裂かれた夢のかけらが――点々と散らばっている。それを飛び越えることはできそうにもなかった。

セシリーは目を伏せて、彼の上着の下襟を見つめた。「なぜまた英雄の役どころを演じようとお思いになったの？　国王陛下とお国のために命を失いそうになったのに。もう何も証明しなくてもいいはずだと思うけれど」

「きみにではなく、べつの人にあかしを立てたい」

「まあ、やっぱり女の人が絡んでいるのね」彼がこれからの人生を、この世に存在したこともない女を焦がれて過ごすとは思えなかったが、それでも、このうえもなく苦しい嫉妬が喉にこみあげてきた。彼がほかの女の腕に抱かれている姿を想像するのは耐えられなかった。ほかの女のベッドにいて、わたしにしたような、やさしい、すてきなことをするなんて……。「あなたはいつも愛のためなら、なんでも犠牲にする人だったわね」

音楽がやみ、ふたりは舞踏室の真ん中で、妙にきまりの悪い格好で取り残された。こちらを横目で見ている視線が感じられ、興味深げなつぶやきが聞こえてくる。

ゲイブリエルのまなざしには、哀れみしかなかった。「ぼくは愛とはどういうものか、知りもしなかった。サマンサという女性に出会い、そして彼女を失うまでは。ミス・マーチ、失礼だが、きみには彼女のブーツを磨く資格もない」

そっけなく頭を下げると、彼はくるりと背を向けて階段のほうへつかつかと歩いていき、セシリーはほかの客たちといっしょに、その後ろ姿を見送ることになった。

彼が出ていってからも、セシリーは長いあいだその場に突っ立っていたが、やがて小さな声でつぶやいた。「いいえ。それはちがう」

ゲイブリエルはタウンハウスに戻り、乱暴に扉を閉めて中に入ると、使用人たちがとうに床についていてよかったと思いながら、のしのしと歩いて客間に入った。従僕の誰かが十一月の肌寒さをやわらげようと考えたのだろう、暖炉の火を残してくれていた。

ゲイブリエルは湿った上着を脱ぎ、サイドボードからデカンタをとって、なみなみとスコッチを注いだ。燻《いぶ》したような香りが喉を焼いた瞬間、以前にもこんな暗い気持ちで過ごした夜があったことを思い出した。あのときはスコッチを大量に飲み、死を考えていた。そこへ闇の中から、天使のようにサマンサが現われ、生きる意味と意志を与えてくれた。はじめて彼女の唇を味わい、あたたかい体を抱きしめた夜だった。

ゲイブリエルは残りのスコッチを一気に飲んだ。ガラスのサイドテーブルの脚に彫りつけられた竜が、彼に向かってにやにやと笑いかけている。部屋は中国風にしつらえてあったが、いつもはエキゾチックに見える緋色の絹も漆《うるし》塗りの家具もミニチュアの塔も、今夜は妙に滑稽に見えた。

こんなに気持ちがささくれ立っているのは、セシリーに再会したせいかもしれない。だが彼はそれを認めたくはなかった。彼女の魅力には、もう免疫ができているつもりだった。だがセシリーがあの階段の下で、まるで小さな子供のように、途方に暮れた心細そうな顔をしてぽつんと立っているのを見たとき、思いもかけず心が揺れたのだ。

記憶にある彼女よりも痩せていた。カールした髪が短く切ってあるのを見て、最初はびっくりしたが、なぜか彼女にはよく似合っていた。そのおかげで、彼女の美しさに成熟した魅力が加わり、優雅な首がより長く、輝く青い瞳がより大きく見えた。

ゲイブリエルはスコッチのお代わりを注いだ。セシリーに再会しても心が動くことはないと信じていた自分がばかだった。彼女の面影と文字に綴《つづ》られた約束だけを励みに、海でいくつもの夜を明かしたのだから。だが彼女は今夜、からかいの言葉と、えくぼの浮かぶ笑顔であの約束を反故《ほご》にしてしまったのだ。

ゲイブリエルは手で髪をかきあげた。スコッチを飲んでも、すさまじい勢いで全身を駆けめぐる興奮はおさまるどころか、さらに高まってしまった。かつての彼なら、貴族を相手に商売をしている百戦錬磨の売春婦かオペラダンサーの腕やベッドの中でこうした興奮を鎮めたことだろう。だがいまの彼を慰めてくれるのは、生涯愛したただふたりの女の亡霊だけだった。

と、そのとき、玄関の扉をたたく音がして、彼はびっくりした。

「いったい、どこのどいつだ？　こんな時間に訪ねてくるなんて」彼はつぶやきながら、大またで玄関広間を突っ切った。

扉をあけると、女が立っていた。マントを着てフードをかぶっている。一瞬どきりとして、期待に胸が高鳴ったが、女がフードをおろすと、中から蜂蜜色の短い髪と不安そうな青い瞳が現われた。

背後の通りをうかがったが、馬車や馬のいる気配はない。まるで渦巻く霧の中から彼女が抜け出してきたようだった。

ゲイブリエルの鼓動が警告を発していた。追い返せ、と。これ以上、この美しい顔を見ないですむように、扉を閉めてしまえ、と。だが肩に乗った悪魔が彼をけしかける。戸枠にもたれかかって腕組みをし、意味ありげに傲慢な目で、彼女を頭のてっぺんから足の爪先までじろじろと見てやれ、と。

「こんばんは、ミス・マーチ」彼はゆっくりと言った。「またダンスを申し込みにきたのかい？」

セシリーは、警戒しているような、期待しているような表情で彼を見あげた。「お話があるんだけど、いいかしら」

ゲイブリエルは一歩わきへ寄った。セシリーがその横を通ったときには、息を詰め、彼女の髪や肌からただよってくる花の香りを吸いこまないようにした。居間へ案内するときには、かつて彼女とふたりきりになるのを夢見ていたころのことを思い出した。いまごろになってそれがかなったわけだが、もうどうにもならない。

「マントをあずかろうか？」ゲイブリエルは申し出た。そのエメラルドグリーンのベルベットが、ピーチ色に輝く彼女の肌にどれだけよく似合っているかは、考えないようにした。

セシリーは喉もとの絹の飾り紐に細い指を掛けた。「いえ、けっこうよ。まだ少し寒いから」そう言って中国製の絹を張った椅子のへりに腰をおろし、歯をむく竜をかたどった一対の火《ひ》搔《か》き棒に不安そうな目を向けた。

「だいじょうぶだ。嚙みつきはしないから」ゲイブリエルは請け合った。

「それを聞いて安心したわ」セシリーは部屋の中を見まわした。退廃趣味の贅沢な装飾が施されている。「アヘン窟《くつ》に迷いこんだかと思ったわ」

「ぼくには悪い癖がたくさんあるがね、麻薬はやらない。何か飲み物はどうだい？」

セシリーは手袋をとり、膝の上で手を組んだ。「ええ、ありがとう」

「残念ながら、ここにはスコッチしかない。シェリー酒がよければ、使用人を起こして持ってこさせよう」

「とんでもない！」つい感情的になってしまったが、なんとか笑みをつくり、ごまかそうとした。「それでは申しわけないわ。スコッチをいただきます」

ゲイブリエルはふたり分のスコッチを注いだ。セシリーがグラスに口をつけ、彼はその顔を注意深く見守っていた。と、みるみる彼女は目を潤《うる》ませ、むせてしまった。思ったとおりだ。はじめてスコッチを飲んだのだろう。礼儀正しくグラスをわきへ置くだろうと思ったが、彼女はまたそれを唇に持っていき、残りを一気に飲んでしまった。

彼は目をまるくした。何を言いにきたかは知らないが、きっと強い酒の力が必要なほど勇気のいることなのにちがいない。「もう一杯飲むかい？　それとも、ボトルをまるごと持ってきたほうがいいかな」

セシリーは手を振ってことわった。スコッチのおかげで頬の赤みが増し、瞳の危険な輝きも深まっている。「いいえ、けっこうよ。これで十分」

ゲイブリエルは広いカウチの端に沈みこむように座り、膝に肘をついて、グラスをゆっくりまわした。冗談や軽いおしゃべりを楽しむ気分ではなかった。

気まずい沈黙がしばし流れたあと、セシリーがふいに口を開いた。「こんな訪ね方をするなんて妙だとお思いでしょうけど、あなたがあす出発なさる前にどうしてもお会いしたかったの」

「なぜ急にそんな気になったんだい？　この一年のあいだに、いつでも会えたじゃないか」ただフェアチャイルド・パークを訪ねてくれればよかったんだ」

セシリーは目を伏せ、手袋をもてあそんだ。「快く迎えていただける自信がなかったの。わたしは猟犬を放たれてもしかたのないことをしたんだもの」

「そんなことはしないさ。猟番に命じてきみを撃ち殺させてしまったほうがずっと効率がいいからね」

セシリーは、冗談かどうか確かめるように、横目で彼を見た。ゲイブリエルはまばたきすらしなかった。

セシリーは深く息を吸った。「わたしが今夜ここに来たのは、結婚の承諾をするためです」

「なんだって？」彼は聞きまちがえたのだと思って、身を乗り出した。

「あなたは以前、妻になってほしいと言ってくださいました」セシリーはあごをあげ、彼としっかり目を合わせた。「そのお申し込みをお受けしたいんです」

ゲイブリエルは信じられない思いで彼女の顔をまじまじと見つめていたが、やがて声をあげて笑いだした。心から愉快になり、しまいには立ちあがって暖炉にもたれかかり、ひと息つかなければならなかった。サマンサが姿を消して以来、こんなふうに笑ったことはなかった。

「すまない、ミス・マーチ」彼はそう言い、涙をぬぐった。「きみがすばらしいユーモアのセンスを持っていたことをすっかり忘れていたよ」

セシリーは立ちあがって、彼と向きあった。「いまのは冗談じゃありません」

ゲイブリエルは突然、いろいろな意味で真顔になり、スコッチのグラスを暖炉の上に置いた。「それは残念だな。きみにはぼくの愛を求める資格がないって、はっきり言ったつもりだったからね」

「正確にはこうおっしゃったのよ。『ぼくは愛とはどういうものか、知りもしなかった。サマンサという女性に出会い、そして彼女を失うまでは』って」

ゲイブリエルは目を細めた。激しい憎悪の念がわきあがってくる。

セシリーは、マントの裾で東洋の絨毯を掃きながら、行ったり来たりしはじめた。「何もわたしたちをとめるものはないわ。今夜のうちに結婚できる。いつかあなたが誘ったように、グレトナ・グリーンに駆け落ちすればいいわ」

ゲイブリエルは、ふいにくるっと彼女に背を向け、暖炉の中で踊る炎に見入った。とうとう彼女の危険で愛らしい顔を見ていられなくなったのだ。

セシリーがつけている花の香りが彼を包んでいた。海に出ていた長く孤独な数カ月間、肌身離さず持っていた手紙にしみこんでいたのと同じ、クチナシの甘い香りだ。彼女の手が袖をこすったのがわかった。「あなたはかつて、わたしをほしいと言ったのよ」彼女が小声で言った。「いまはもうちがうと言いきれるの？」

ゲイブリエルはさっと振り向いた。「ああ、いまでもほしいね。ただし、妻としてではない」

セシリーは一歩後ろへ下がったが、彼は前に進み、一歩ずつ、彼女を部屋の真ん中まであとずさらせていった。「残念だが、ぼくはもう妻を求めてはいないんだ、ミス・マーチ。だがきみを愛人にしてやる気なら十分にある。どこか近くに適当な貸部屋を見つけてきみを住まわせ、船が港に入るたびに、きみのベッドで欲望を満たしてやるよ」とんでもない品性下劣なことを口にしていることは自覚していたが、どうにもとめられそうになかった。トラファルガーの海戦以来、胸の中に溜《た》めこんでいた恨みつらみが一気に激しく噴き出してきた。「きみのほうは、誰とでも心おきなく自分の欲望を満たすがいい。大目に見てやるよ。ぼくは自分が満足できてさえいればかまわない。ぼくから多額の手当てを受け取ることも後ろめたく思わなくていい。安物のアクセサリーでもなんでも買ってやる。ダイヤモンドのイヤリングでも、ルビーのネックレスでも。きみはその報酬を、あおむけに寝たり――」彼はセシリーの震える唇に目を落とした。「ひざまずいたりすることで手に入れるんだ」

ゲイブリエルは彼女にのしかかるようにして突っ立ち、頬に平手打ちが飛んでくるのを覚悟した。そして、セシリーが彼の暴言を非難し、泣きながら扉に向かって駆けだすのを待っていた。

だが彼女は、喉もとに手を持っていって飾り紐をほどくと、マントを肩から脱いではらりと床に落とした。

23

いとしのセシリー
きみがこの腕に飛びこんできてくれるまで、ぼくはけっして満足できないでしょう……

セシリーは、暖炉の火明かりを浴びて彼の前に立っていた。身にまとっているのは、絹のシュミーズと、ガーター、ストッキング、細い足首にリボンで留めたピーチ色の靴、それに、挑戦的としか言いようのない表情だけだ。

彼女は完璧なまでにすばらしかった。彼の想像をはるかに超えている。丸みを帯びた腰、細くくびれた胴、つんと立った胸。シュミーズの生地は紗《うすぎぬ》で、蝶《ちょう》の羽根で織ったのかと思うほどに薄く、中がかすかに透けて見えた。胸のいただきのあたりと、腿と腿のあいだの思わせぶりな影を見て、ゲイブリエルは口の中がからからに乾き、体が硬くなるのを感じた。

彼はゆっくりとセシリーのまわりを歩き、優美な弓形のふくらはぎや、みごとな曲線を描く尻を鑑賞した。

前に戻ってくると、ふたりの視線がしっかりと絡みあった。「靴はきれいだが、嫁入り道具がいくらか足りないんじゃないのかな」

「たぶん、花嫁としてはね」セシリーは言い返した。身に着けているものはわずかなのに、その態度はまるで若き女王のように高慢だった。「でも愛人ならこれで十分だわ」

ゲイブリエルは首を振った。まだこの驚くべき展開がのみこめずにいる。まさか彼女から挑戦を受けようとは思ってもみなかった。とりわけ、このような劇的な形では。

彼はセシリーの顔を子細に見た。興味深いことに、美しい青い瞳の中で感情がせめぎあっている。「きみはぼくと結婚するためにここに来たんじゃないだろう、ミス・マーチ。ぼくを誘惑しにきたんだ」

「けっこう自信があったのよ。結婚は無理でも、そっちのほうは成功するって」

「きみはまちがっている」彼はきっぱりと言い、マントを拾いあげると、それを彼女の肩に着せかけた。決心がこれ以上鈍らないうちに彼女を送り出してしまおうと思い、扉のほうへ足を向けた。「すでに言ったはずだ。ぼくの心はいま、べつの女性のものだと」

「彼女は今夜、ここにいないでしょう」セシリーは静かに言った。「わたしはいるわ」

ゲイブリエルは立ち止まり、ずきずきする額に指先をあてた。「警告するよ、ミス・マーチ。きみは運とぼくの忍耐力の両方を試しているんだ。あしたの出航後、ぼくがどれほど長いあいだ戻ってこないか、わかってるのか。船上の夜はとても寒くて、孤独だ。今夜、ぼくの部下の大半は、発情したけだもののようになって一夜を明かすだろう。相手を選り好みしたりはしない。その気になってくれる女なら誰とでも寝るんだ」

「じゃあ、わたしをそういう女だと思えばいい」

ゲイブリエルはゆっくり振り向いた。

セシリーはマントを脱いで前に進み出ると、まるでゲイブリエルのエロチックな妄想から抜け出してきたように、彼のほうへと滑るように歩いてきた。「それより、あなたの愛を踏みにじった償いをさせてやろうと考えたらどうかしら。あの日、わたしが病院から逃げ出してから、ずっとあなたはそれを望んできたんじゃない？　わたしを罰したいと」

ゲイブリエルはとうとう誘惑に勝てなくなり、片手で彼女の喉をつかみ、首の付け根の激しく脈打っている場所を太い親指で愛撫した。ああ、罰してやるとも。よかろう。苦しめるのではなく、歓びを与えて。この女が経験したことのないような歓びを。二度と知ることのできない歓びを。これから先、どんな夜を――どんな男と――過ごそうとも、必ず思い出さずにはいられないような歓びを。

だがゲイブリエルの唇が彼女のやわらかい唇に触れるその直前、セシリーはさっと顔をそむけた。「だめ！　キスはいや。どうせあなたは本気じゃないんだもの」

その口調の激しさにゲイブリエルはめんくらい、眉をひそめた。「たいていの女は、ある程度のキスを必要とするものだ。そうしてはじめて男に……その……もっと気持ちのいいことをさせる気になれるんだ」

「わたしは、たいていの女じゃないわ」

彼は自分の髪をかきあげた。「それはわかってきたよ」

「ほかにもお願いしたいことがふたつあるの」

「なんだ？」

「火を絶やさないこと。それから、目を閉じないこと」セシリーはとがめるように彼をにらみつけた。「けっして目を閉じないって、約束してくれる？」

「紳士として、必ず約束は守る」彼は答えたが、いまはもう、自分が紳士だなどとは思えなくなっていた。

ゲイブリエルとしては、セシリーの要求はそうむずかしいものではなかった。火明かりの中で見る彼女はとても美しく、まばたきするのも惜しいほどだった。視力を失っていたころ、サマンサをこんなふうにして見ることができなかったのは、何より残念だったと思っている。

彼は暖炉に向かった。セシリーは、薄いシュミーズとストッキングだけを着けた姿で部屋の真ん中に突っ立ち、震えまいとしていた。ゲイブリエルが腕を前に伸ばすと、それにつれてシャツの肩の部分の生地がぴんと張った。彼は朝まで燃えつづけそうな太い薪を火口箱《ほぐちばこ》から取り出し、それを炎の中に押しこんだ。それから、手のほこりを払って振り向き、踊る影の向こうから、飢えたような目で彼女を見た。

完全に服を着たゲイブリエルの前にシュミーズ一枚で立つというのは、信じられないほどエロチックな体験だった。まるで奴隷市場で競りにかけられているようだ。主人に気に入れられる力をどれほど持っているかに、自分の命がかかっている……。

セシリーは自分の中にその力を感じながら、シュミーズを引きあげて脱ぎ、それをわきに投げ捨てると、ストッキングと靴のほかは何もまとわない姿になった。ゲイブリエルが喉の奥からかすれたうめきをもらした。そして、彼女のほうへ近づいてきた。迷いのない足取りがふたりの距離を縮めていく。

「ぼくはけっしてきみを愛さないぞ」彼はセシリーをカウチの上に倒してのしかかりながら、そう言った。

「そんなこと、どうでもいいわ」セシリーは彼の目を突き通すように見つめながら、熱い思いをこめてささやいた。

ほんとうにどうでもよかった。彼女の望みは、あすの朝彼が旅立つ前にもう一度だけ、彼と愛しあうことだけなのだから。

ゲイブリエルは上体を起こすと、チョッキを脱ぎ、喉からシャツのカラーとストック・タイをはぎ取った。すると彼女は手を伸ばして、シャツのボタンをはずし、前をあけた。黄金の広い胸にてのひらをぴたりとつけ、渦巻く細い毛を指先でまさぐった。

ゲイブリエルの影がおおいかぶさってくると、セシリーは顔をそむけて枕に頰を押しつけ、唇の衝動を抑えようとした。

「キスをしないでくれというのは」彼が甘い声でささやいた。「唇に、という意味だろうな」

彼の開いた唇が喉を這いおりていき、セシリーは全身の肌が粟立《あわだ》つのを感じた。激しい欲望が突きあげてきて、彼女は目を固く閉じた。

「目をつぶるな」愛撫のやさしさに釣り合わない荒々しい口調で彼が命じた。「ぼくのほうにも要求したいことがあるんだ」

その求めに応じて目をあけた瞬間、彼の唇が乳房に達するのが見えた。くるくるとまわる彼の舌の下で乳首が硬くなり、そのキスと、子宮まで届いた震えるような快感を受け入れる。彼の唇は一方の乳房からもう一方へと、かわるがわる愛撫を加えつづけた。やがてどちらの乳房も濡れた輝きを放ち、欲望をはらんで重たくなってきた。

彼の唇が巧みな動きを見せながら下へと滑り、ささやくようにかすかなキスをちりばめていく。みぞおちの敏感な肌を刺激し、腰骨の輪郭をなぞり、ついには、へその下の震える肌をつたって、腿のあいだの蜂蜜色の三角形へと向かう……。彼が床におりて膝をつき、彼女の腰をつかんでカウチの端まで引き寄せたときにはもう、セシリーは快感のあまり全身から力が抜けていて、ただ小さくうめいて形ばかりの抵抗を示すことしかできなかった。

彼の大きなあたたかい手が腿を押し広げてくる。セシリーは完全に無防備になり、彼の飢えた瞳の前にすべてをさらけ出した。暖炉の中で薪の位置がずれたらしく、火花が散って部屋中を明るく照らした。その瞬間、セシリーは軽々しい要求をしてしまったことを後悔した。けれども、彼女のキスの味に気づかれること、暗闇の中で彼に導かれて動く、自分の体のやさしいリズムに気づかれることは、何より恐ろしかったのだ。

「きみはいつも美しかった」彼はささやいて、まるで神聖な宝物でも見るようにして、彼女を眺めた。

彼がうつむき、束ねてあった髪が半分ほどけて、ばさっと落ちた瞬間、セシリーはたまらず、まぶたを震わせながら目を閉じた。

「目をあけろ、セシリー」彼女が言われたとおりにすると、ゲイブリエルが彼女の全身を眺めていた。激しい感情をあらわにしてはいたが、冷酷な表情ではない。「きみには見ていてもらいたい」

ストッキングが片方だけ足首までずりおろされているが、靴はまだはいている。そんなちぐはぐなことになっているのに気づいた瞬間、ゲイブリエルが彼女に唇を触れ、もっともいけないキスをした。セシリーのすすり泣きがうめきに変わった。そのあとはもう、彼の唇の焼けるような熱さと、理性を奪う舌の動きと、恍惚の海に溶け入るような感覚のほかには、何もわからなくなった。

暗い波がいくつもうねり立ち、体が歓びに震えて、靴の中で爪先が内側へ強く曲がり、やがて彼女は、かすれた声で彼の名を叫んだ。その声が自分のものかどうかさえわからなかった。

心地よいもやを通して、彼がズボンの前をあけるのが見えた。そのとたん、彼がどんなに強く自分を求めているかを知って、セシリーは愕然とした。彼女の脚のあいだに膝をついたまま、ゲイブリエルは彼女の腿を大きく広げて、深々と入ってきた。

ゲイブリエルはセシリーが息をのむのを聞き、宙に目を泳がせるのを見た。苦痛からではなく、快感からだ。彼女は身をこわばらせて、彼を内におさめるのに苦労してはいたが、彼は激しい失望に歯ぎしりせずにはいられなかった。だが処女でなかったことは感謝すべきだろう。何もがまんしなくてよい、ということだから。こちらが与えるものをすべて受けとめられる成熟した女だとわかったのだから。彼はセシリーの肩を抱くと、彼女を引きあげ、上にまたがらせた。

セシリーは、ゲイブリエルに貫かれたまま、彼の体に腕と脚を巻きつけた。

愛してる、愛してる、愛してる……。その言葉が終わりのない歌のように、胸の内を流れていく。それを声に出して言ってしまいそうな気がしてこわくなり、彼女は彼の喉に顔を押しつけ、汗ばんだ肌のしょっぱさとあたたかさを味わった。

やはり唇へのキスを拒否してよかった。キスをすれば、彼はその味から、この言葉を感じとってしまっただろう。頰を流れる涙の味からも、悟られてしまうだろう。セシリーは彼の髪に顔をこすりつけて涙をぬぐった。

ゲイブリエルはまた床に膝をつき、付け根まで彼女の中に入れたまま、セシリーを膝の上にまたがらせた。

「ぼくを見ろ、セシリー」彼は言った。

感きわまって震えながら、セシリーは彼の目をまっすぐにのぞきこんだ。金色のまつげに縁取られた深い瞳の底にも、彼女の心をつかんだ甘い衝動と同じものがひそんでいた。気がつくと、セシリーの中で彼が動いていた。彼女も、彼の上で動いている。ふたりはひとつになり、火明かりに金色の肌をさらしながら、動きつづけた。そのあいだゲイブリエルは一度も約束を破らなかった。けっして目を閉じず、彼女と見つめあったまま、視線をそらさずにいた。

やがて彼の律動のリズムがふたりを恍惚の淵《ふち》へ突き落とし、甘い忘我の境地へと放り出した。彼はそれまで約束を固く守っていた。だが、彼女を強く抱きしめ、子宮の入り口で絶頂を迎えた瞬間、彼ははじめて頭をのけぞらせ、きつく目を閉じた。そしてそのときはじめて、彼の喉からある女の名前が絞り出されてきた。

セシリーは歓びと勝利感に浸りながら、彼の胸にくずれ落ちた。ゲイブリエルが闇に屈伏したその瞬間、彼の心に、そして唇に浮かんだのは、サマンサの名ではなく、彼女の名だったのだ。

ゲイブリエルはセシリーを腕に抱いたまま、目を覚ました。彼女の乱れた髪があごをくすぐり、かすかに開いた唇からもれるやさしい吐息が胸毛を揺らしている。このひとときを思い描いて、数えきれないほど多くの孤独な夜を過ごしてきたのだ。その夢がかなったいまになって、こんなほろ苦い思いをするとは、思いもよらなかった。

彼女が小さないびきをひとつかき、ゲイブリエルは彼女の髪を指で梳いた。眠りが深いのは無理もない。貪欲に求められて、くたくたになってしまったのだろう。彼は陸地で過ごす最後の夜を一瞬たりとも無駄にすまいと決め、そのとおりにしたのだ。セシリーのしなやかな若い体を夜通し使って、彼の隠れた欲望と、彼女の甘い空想を思うがままに満足させた。暖炉に投げこんでおいた太い薪はすでに燃え崩れて、いまは残り火をくすぶらせているだけだ。だが新しい薪を足す必要はない。夜明けのかすかな陽光が厚いベルベットのカーテンの隙間からしみこむようにさしこんできたからだ。

ゲイブリエルは下に手を伸ばして、ベルベットのマントを拾いあげ、彼女の肩に掛けてやった。と、そのとき、自分はなんと愚かなことをしたのだろう、と思った。彼は自分をあざむき、今夜は復讐《ふくしゅう》してやるのだと思おうとした。快楽を与えて彼女を罰するのだ、と。愛してもいないのに彼女を抱いて、追い出してやるのだ、と。だがそれは思っていたよりもずっとむずかしいことだった。彼はセシリーのカールした髪に唇を触れ、ふたりの女を同時に愛することは可能だろうかと考えた。

セシリーが身じろぎをして頭をあげ、眠そうな青い瞳でまばたきをして彼を見あげた。

「これでダイヤモンドのイヤリングを何個いただけるのかしら？」

「ものすごい金額になるだろうな」彼は後悔の念に胸をちくりと刺されて、彼女の頰をやさしく撫でた。「あんなに意地の悪いことを言うべきではなかった。ただきみを脅して帰らせたかっただけだったんだ」

「うまくいかなかったのね」

「ありがたいことに」彼はささやき、彼女を抱いた腕に力をこめた。

だが彼女はマントごと、するりと彼の抱擁から逃れてしまった。やわらかい乳房が焦らすように彼の体を伝っておりていく。それがやがて敏感な部分をこすったときには、彼は完全に勃起していた。またもや。

ゲイブリエルは彼女の髪を指に絡めて引っぱり、上を向かせて、目を合わせた。呼吸が荒く、速くなっていた。「いったい何をしようというんだ、きみは」

「ルビーのペンダントもいただこうと思ってるのよ」彼女は小声で言って、かわいらしい笑みを投げると、すぐにうつむき、その官能的な唇で彼を包んでしまった。

次にゲイブリエルが目覚めたときには、カーテンの隙間から陽光が短剣のように斜めにさしこんでいて、セシリーが姿を消していた。

彼はカウチの上に起きあがり、かすんだ目で居間を見わたした。暖炉の火はとうに消えて灰になり、刺すような冷気がただよっている。暖炉の上に半分空になったスコッチのグラスが置いてあるのと、彼の服が床に散らばっているほかは、ゆうべここへ帰ってきたときと変わりはない。しわくちゃのシュミーズも、ベルベットのマントもない。セシリーもいない。

唇に彼女の味が残っていなければ、昨夜のことは、スコッチがつくり出した途方もない夢だとしか思わなかったかもしれない。

「またか」彼は言い、カウチのわきに足をおろすと、両手に顔を埋めた。

これからどうすればいいのだ？　ロンドンの街へ出ていって、通りという通りをしらみつぶしにさがすのか。なぜあんなにやさしく彼を愛しておきながら、あとを振り返りもせずに出ていったのかと悩んで、半狂乱になっていろというのか。少なくともサマンサは、置き手紙を残して、永遠に姿を消していった。

「くそくらえだ、あんな女」彼は頭をあげた。冷気が胸の奥までしみこんでくる。「くそくらえだ、ふたりとも」

24

いとしのゲイブリエル
あなたの腕の中のほかに、行きたいところなどありません……

セシリーは馬車の窓から、過ぎ去る草原や生け垣を見ていた。車輪が一回転するごとに、馬車がロンドンから――そしてゲイブリエルから――遠ざかっていく。それが痛いほどに感じられた。

この前チェルシーに帰ったときには、公共の乗合馬車を利用し、泣きわめく赤ん坊の吐いたミルクでブラウスを汚されたり、でっぷり太った鍛冶屋に足を踏まれたりした。それを思えば、カーステアズ家の自家用四輪馬車に便乗させてもらえる贅沢には感謝すべきだっただろう。けれどもセシリーは、ベルベットのクッションにも、真鍮の調度品にも、友の心配そうなまなざしにも関心がないようだった。

エステルの天性の明るさをもってしても、セシリーをくるんだ憂鬱のもやを晴らすことはできなかった。馬車が石造りのアーチ橋を渡るころには、低く垂れこめた雲がその年はじめての雪を降らせてもおかしくない状況になってきた。

「まだ信じられない。あなたに、自分から彼に求婚するような大胆さがあったなんて」エステルが言い、セシリーに賞讃のまなざしを投げた。

「求婚しにいったんじゃないわ。結婚を承諾しにいったの。残念ながら、撤回されちゃったけれど」

「もし彼がグレトナ・グリーンに駆け落ちしてもいいって言ったら、どうした？　じつはあなたが行方知れずのサマンサだってことは、いつ打ち明けるつもりだったの？」

「わからない。でも、いつか言えるときが来るだろうと思ってたの。三番目の子が生まれたあととか。結婚五十周年のお祝いをしているときとか」セシリーはつかのま目を閉じた。けっして聞くことのない子供たちの笑い声や、けっして来ることのない、夫の腕に抱かれて過ごす幸福な日々を、ふと想像したのだ。

エステルは首を振った。「あの人がまた海に出るなんて、信じられない」

「なぜ信じられないの？」セシリーはいらだちをにじませてきいた。「彼はたいせつなサマンサのために英雄になりたいのよ。この前は視力を失うところだった。今度は何を失うか、わかったものじゃないわ。目？　腕？　それとも命？」

セシリーは窓に頬をつけ、悲しみをこらえた。わたしは最悪の臆病者だったころ、英雄になれと彼をそそのかしたのだ。彼の気持ちが揺るぎないことを信じるのがこわくて、最初は彼の愛から逃げ出した。次には、自分の臆病さが招いた結果に向きあえず、病院から逃げ出した。フェアチャイルド・パークでも彼の腕から逃げ出し、いまもまた、こうして逃げようとしている。

ただし今度は、どこにもたどり着けないとわかっていながら、一生逃げつづけなければならないのだ。

「もうそれはいや」セシリーはつぶやいた。

「え、何？」

セシリーは座席の端でしゃんと背筋を伸ばした。「引き返すように言ってちょうだい」

「なんですって？」エステルは、セシリーがどういうつもりなのか、はかりかねていた。

「御者に命じて、引き返させて！　いますぐ！」頭の中を駆けめぐっている考えを友に理解してもらうのを待てず、セシリーは隅に立てかけてあった杖を手にとり、馬車の前面の絹張りの板戸をそれでたたきはじめた。

馬車がとまった。板戸が開き、寒さに鼻を赤くした御者が、まごついたような顔をのぞかせた。「なんでしょう、お嬢さま」

「ロンドンへ戻らなきゃならないの。すぐに引き返してちょうだい！」

御者はおそるおそるエステルを見た。セシリーが思いつめたような目をしているので、病院へ送り届けたほうがよいのではないかと思っているようだった。

「この人の言うとおりにして」エステルは命じた。彼女の目も興奮に輝いている。「なんでも言うとおりに」

御者はしぶしぶセシリーに向かってうなずいた。「どこへ行きますか、お嬢さん」

「グリニッジの波止場へ。急いで！　ある男の人の命がかかっているかもしれないの！」

馬車がひと揺れして走りだし、セシリーは後ろへよろけて、座席に座りこんだ。わずかな希望の糸にもすがりたい思いで、エステルの手をつかみ、震える唇に笑みを浮かべた。「それからある女性の命もね」

ゲイブリエル・フェアチャイルド大尉は、タウンハウスの書斎で鏡の前に軍服姿で立っていた。喉もとの紺色のストック・タイを直すと、唇の端が無気味な傷痕に引っぱられて少し下がった。それは、生涯、微笑むことを知らなかったような唇だった。

敵はこの顔をライフルや剣や大砲の向こう側に見たいとは思わないだろう。人を愛するためではなく、戦争をするために生まれてきた男の顔だ。このいかめしい唇や、この力強い手が、昨夜は女をやさしく愛して、何度も頂上へと導いたとは、誰にも想像できないことだろう。

「ご主人さま？」

鉄の車輪が絨毯の上を転がる音がして、ゲイブリエルは振り向いた。車椅子の上に背筋をぴんと伸ばして座っているこの男が、ひと月半前の雨の夜にゲイブリエルに声をかけた栄養不良の物乞いだと聞いたら、誰もが驚いたことだろう。唇からは青ざめた色が消え、頬も胸もいまはふっくらしている。マーティン・ワースは、字がとてもうまくて、数字に強く、これまでゲイブリエルが雇った秘書の中でもっとも有能であることがわかった。ゲイブリエルはこの元海軍士官候補生を全面的に信頼し、海に出ているあいだの財産管理をまかせることにしたのだった。

マーティンは大げさなほどに感謝を述べたが、ゲイブリエルは即座に、どうということはないと言った。運命の気まぐれがなければ、ゲイブリエル自身が脚を失い、生涯、車椅子生活を送ることになっていたかもしれないのだ。

マーティンは、輝く茶色の髪を目から払い、「お客さまがお見えです、ご主人さま」と言った。ゲイブリエルの心臓がどきりとする直前、彼はこう付け加えた。「ミスター・ベクウィスとミセス・フィルポットとおっしゃるかたがたです」

ゲイブリエルは眉をひそめた。忠実な使用人がフェアチャイルド・パークから出てくるとは、いったいどんな緊急の用なのだろう。ベクウィスは、ゲイブリエルといっしょにサマンサをさがしてロンドンの薄汚い裏通りをうろついて以来、今度ロンドンに行くときには、もうこわいものはありませんと宣言していた。

「ありがとう、マーティン。通してくれ」

従僕がマーティンの車椅子を押していき、ベクウィスとミセス・フィルポットがあたふたと書斎に入ってきた。心をこめて挨拶をしてから、ふたりはたがいに適切な距離をとるよう、細心の注意を払って錦織張りのソファに腰をおろした。ゲイブリエルは暖炉の前に立っている。

ミセス・フィルポットが手袋をとった。「こんなことでご主人さまのお心をわずらわしてよいものかと思ったんですが――」

「――しかし、ミス・ウィッカーシャムの寝室から何か変わったものが見つかったらすぐに知らせるよう、言いつかりましたので」ベクウィスがあとを引き取って言った。

ミス・ウィッカーシャム？

その名は、ゲイブリエルの心をおおった氷に、熱した針が刺さったような衝撃を与えた。あごがこわばるのを感じ、彼は背中で手を組んだ。「ちょうど手紙を送って、彼女の所持品は燃やしてもよい、と指示しようと思っていたところだ。取りに戻ってくる気はなさそうだからな」

ベクウィスとミセス・フィルポットは当惑したように目を見交わした。

「ご主人さまがそ、そうなさりたいのであれば、ご、ご指示どおりにいたしますが」ベクウィスがつっかえながら言う。「その前にまず、これをごらんいただきたいのです」彼はチョッキのポケットから、折りたたんだ紙切れを抜き出した。「ハンナとエルシーがミス・ウィッカーシャムの寝室でマットレスをひっくり返したところ、こんなものが出てきたのです」

ゲイブリエルは、あのせまいマットレスで彼女と過ごした夜を思い出すまいとした。引き出しに入ったスプーンのように、あたたかい体を寄せあって横たわるしかなかったことも。

彼はベクウィスが手にしている紙を見おろした。なぜか中を見たくない。「ぼくに宛ててもう一通書き置きを残していったわけではなかろう。最初の手紙に伝えたいことはすべて書いてあった。何も付け加えることはないはずだ」

ベクウィスはかぶりを振った。「だから妙だと思ったのですよ、ご主人さま。これはご主人さまに宛てたお手紙ではありません。ご主人さまのほうから出されたお手紙です」

ゲイブリエルは、さらに深いしわを眉間に刻み、折りたたまれた手紙をベクウィスから受け取った。象牙色のリネン紙には、古い封蠟のかけらがまだくっついていた。彼が戦場で肌身離さず持っていた手紙よりも、表面が傷んでいる。やさしい指で愛情をこめて何度も撫でたのだろう。

ゲイブリエルは紙を広げ、はっとした。この大胆な筆跡、それをうわまわる大胆な言葉は、紛れもなく自分のものだった。

いとしのセシリー

この手紙を最後に、当分、ぼくからの便りはないものと思ってください。郵送はできなくとも、きみと離ればなれになっているあいだは、毎晩、きみへの思いをこの胸に書き綴るつもりです。再会したとき、きみに読み聞かせられるようにね。

ぼくはきみのすすめに従い、愚かで役立たずのこの命を国王陛下の軍に捧げることにし、署名をすませました。どうか笑わないでください。自分の軍服姿がどれほど凛々《りり》しいかを仕立屋に見せたくて海へ出ることにしたのだろう、などと非難しないでほしいのです。

きみと離れて過ごす何カ月ものあいだに、ぼくはきみの愛を受けるにふさわしい男になれるよう努力するつもりです。ぼくが賭け事を好むことは、誰もが知っています。いまぼくは、きみの心と結婚の承諾という、この世でもっとも高額な賞金を勝ち得るために、賭けに出ようとしています。どうか待っていてください。有能な男になったらすぐにきみのもとへ帰ります。ぼくはきみの手紙と、未来への希望のすべてを肌身離さず、たずさえていきます。

きみのゲイブリエルより

ゲイブリエルはゆっくり手紙を下におろし、自分の手が震えているのに気づいて驚いた。

「どこで見つけたんだ？　この家の中か、それとも外の玄関ポーチか」

ふたりは、ゲイブリエルがどうかしてしまったと思ったように、目をしばたたいた。

「いいえ、ご主人さま」ミセス・フィルポットが言い、不安そうにベクウィスを見た。「さっき申しあげたとおりの場所から出てきたのです。ミス・ウィッカーシャムが使っておられたマットレスの下から」

「だがなぜ彼女がこれを持っていたんだ？　わけがわからない……」

だが突然、彼にはわかった。

すべてが。

一気に熱い思いがこみあげて、彼は目をつぶり、そしてつぶやいた。「見ようとしない者には、真実が見えないものだ」

目をあけたときには、ふいにすべてが鮮明に見えてきた。

ゲイブリエルは上着の内ポケットに――心臓のすぐそばに――手紙をしまいこむと、険しい表情をこしらえてベクウィスを見た。「それはそうと、ベクウィス、おまえはいつまで、ミセス・フィルポットに嘘をつかせておくつもりだ？」

ふたりは、たがいに目を合わせることはできなかったが、顔を赤らめて、口ごもってしまった。

ベクウィスはチョッキのポケットからハンカチを引っぱり出し、額の汗を拭いた。「ご存じだったのですか、ご主人さま？」

「いつごろから？」ミセス・フィルポットは手袋を小さく丸めながら尋ねた。

ゲイブリエルはあきれたよというように天井に目をやった。「ぼくが十二ぐらいのときからだよ。おまえたちがリンゴ園でキスを交わしているのを見たんだ。あやうく木から落ちて首の骨を折るところだった」

「これまでどおり、お仕えすることはお許しいただけるのでしょうか」ベクウィスがきき、急に大胆になって手を伸ばし、ミセス・フィルポットの震える手を握った。

ゲイブリエルはすぐに返事をせず、しばらく考えこんでみせた。「すぐに結婚することが条件だ。罪を犯している者を、うちの屋敷に住まわせるわけにはいかない。子供たちにしめしがつかないからな」

「でも……でも……ご主人さまにはお子さまがいらっしゃらないじゃありませんか」ミセス・フィルポットが指摘した。

「せっかく来てくれたのに悪いが、これから出かけて、そこのところをなんとかしてくる」

ゲイブリエルは一分たりとも無駄にすまいと心に決めて、きびきびした足取りで扉のほうへ向かった。

「どちらへいらっしゃるのです？」ベクウィスがいつもよりさらに当惑した声で、後ろから問いかけた。

ゲイブリエルはくるっと振り返り、ふたりに向かってにっこりしてみせた。「つかまえなきゃならない船があるんだ」


セシリーは、まだ馬車がきちんととまっていないのに、飛びおりてしまった。

「駆けていきなさい、セシリー！　風のように！」エステルの声を背中で聞きながら、セシリーはスカートをつまみ、波止場に通じるせまい通りを走っていった。雪がひどくなっていたが、刺すような冷たさは感じなかった。マントは馬車に置いてきた。着ていないほうが、ひだがじゃまにならずに、速く走れると思ったからだ。

波止場の板敷き道を飛ぶように駆けていくと、出航を待つ船の、高くそびえるマストが何本も見えた。戦艦ディファイアンスもまだあそこに停泊していますように……。セシリーにはそう祈るほかはなかった。

貨物船から荷下ろししている男たちのそばを全速力で駆け抜けた。木箱の山をまわったとたん、彼女の背丈と同じだけの幅がありそうな水夫の胸にぶつかってしまった。

「どうした、ねえちゃん！」男は轟くような声で言い、セシリーの肘をつかんで引きとめた。その目に敵意はない。

セシリーはいまにも泣きそうになって、彼の腕をつかんだ。「すみません、戦艦ディファイアンスはどこでしょう。ご存じですか」

「ああ、ご存じだともさ」水夫はセシリーに向かって微笑み、ずらりと並んだ黒と金の歯を見せた。「あそこだよ。王旗を掲げて戦いに出かける姿はみごとなもんだ」

いやな予感に胸騒ぎをおぼえながら、セシリーはゆっくりと男の指さす方向へ顔を振り向けた。すべての帆を広げた船が水平線に向かって滑るように進んでいく。巨大なマストは、横なぐりに降る雪にかき消されて、ほとんど見えない。

「ありがとう」セシリーが小声で礼を言うと、水夫は、帽子を脱いで挨拶をし、大きな木箱をひょいと肩に担ぎあげて、のしのしと歩き去った。

セシリーはうなだれて樽《たる》にもたれかかった。爪先はかじかみ、心もしびれたようになって、戦艦ディファイアンスが――そして未来への希望のすべてが――水平線のかなたに消えていくのを見送った。

「誰かさがしているのかい、ミス・マーチ?」

はっとして振り向くと、数フィート後ろに、風に髪を吹かれながら、ゲイブリエルが立っていた。胸が喜びに高鳴り、彼の腕の中に飛びこまないようにするのが精いっぱいだった。

彼は茶色がかった金色の眉を片方だけ吊りあげた。「それとも、ミス・ウィッカーシャムと呼んだほうがよかったかな?」

25

いとしのセシリー
ぼくはいつも腕を、そして心を広げてきみを待っています……

ゲイブリエルの涼やかな緑の瞳を見た瞬間、セシリーはすべてを悟り、激しい動揺に、身を震わせた。彼女はゲイブリエルに背中を向けると、自分の体を両腕で抱きしめて震えを抑えようとした。「セシリーのほうがお好きなら、それでもいいわよ。もうあなたには雇われていないんですから」

彼の規則正しい足音が近づいてくるのが聞こえた。彼が上着を肩に着せかけてくれ、セシリーはたちまち、杜松油入りのひげ剃り石けんの香りに包まれた。「紹介状を書けなんて言わないでくれよ」

「さあ、どうかしら」彼女は軽く肩をすくめた。「わたしは誰もが感心するほど熱心に職務を果たしたと思うわよ」

「それは事実だが、その職務を、ほかの誰のためにも果たさないでほしい」

きみはぼくのものだといわんばかりの口調に、セシリーは胸をときめかせて、彼のほうを向いた。「わたしがここに来るって、どうしてわかったの?」

「わかったわけじゃない。ぼくはただ、船に乗り組む仲間に、除隊を決めたと知らせにきただけだ。その上着はきみにあげる。もう必要ないから」

セシリーは軍服をつかんで、強く体に巻きつけた。きくのがこわい。希望を持つのもこわい。

「ここできみとばったり会ったのは運がよかった。きみの所持品らしきものを持っているのでね」ゲイブリエルは上着の内側に手を入れた。彼の指がセシリーの胸をこすり、折りたたまれた便箋をポケットから抜き取った。

セシリーは見覚えのある象牙色のリネン紙を彼の手からとると、当惑したように彼と目を合わせた。「どこでこれを?」

「フェアチャイルド・パークの屋敷で、きみが使っていたマットレスの下にはさんであったのを、召使いが見つけたんだ。けさ、それをベクウィスとミセス・フィルポットが届けにきてくれた。きみにあの手紙をあずかってもらったときには、まさかきみもそういうものを持っているとはゆめにも思わなかった」

「あなたがわたしの部屋に来た夜、リボンから抜け落ちてしまったんでしょう。あんなものをフェアチャイルド・パークに持っていくべきじゃなかったんでしょうけど、あれを置いていくなんて、考えられなかったの」セシリーは信じられないというように首を振った。「まさかこんなことになるとは……。わたしはゆうべ、自分の正体を悟られてしまったのかと思ったわ」

「たしかに、きみの正体はわかったよ」知っているぞと言いたげな表情が目に浮かび、声に官能的な甘さが加わって、ふいにゆうべのことが、ふたりの脳裏によみがえった。「そしてぼくは喜んできみの寛大さに甘えようと思ったんだ。いや、待てよ。きみのばかげた仮面がはがれたのはゆうべじゃなかったぞ」

セシリーは挑みかかるようにあごをあげた。「それほどばかげてはいなかったと思うわ。あなたをだましおおせたじゃない？　ただ唯一の問題は、わたしが自分もだましていたことよ。あなたが目の不自由な生活に慣れていけるよう手を貸せば、自分の罪が償えると、自分に言い聞かせていたの」セシリーは瞳に宿った思いを隠さずに、彼を見あげた。「でもほんとうは、どんな危険を冒してでも――たとえあなたに憎まれることになってもいいから――もう一度、あなたのそばにいたくなったのよ」

かつての苦悩が彼の瞳を翳らせた。「そんなにそばにいたかったのなら、なぜあのとき、病院から逃げ出したりしたんだ？　ぼくのことがこわかったのか」

セシリーは彼の傷痕を指でやさしく撫でた。「あなたのそばから逃げてしまったのは、自分という人間がこわくなったからよ。わたしは少女趣味のつまらない空想のために、あなたをこんな運命に追いやってしまった。竜と戦って、乙女の心を射止めてほしいと思っていたの。現実の世界では、たいてい竜が勝つってことを知らなかったのよ。自分があなたに強いた犠牲の大きさに愕然としたの。けっして許してもらえないと思ったわ」

「何を？　もっとりっぱな男になってほしいと思ったことを？」

「ありのままのあなたを愛さなかったことを」セシリーは手をおろし、肩の力を抜いた。「わたしは翌日、また病院に行ったのよ。でもあなたはいなくなっていた」

ゲイブリエルは、うつむいた彼女の頭を見ていた。金色のやわらかい巻き毛を。その瞬間の彼女は、彼がかつて愛した娘、セシリーだった。そして同時に、彼を愛してくれた女、サマンサでもあった。

「きみの言うとおりだ」彼は言った。「ぼくはきみを愛してはいなかった。きみがそう言ったんだ。きみという人を、ほんとうの意味では知らなかったからね。きみは夢でしかなかったんだ」

ゲイブリエルの言葉に、セシリーの心は、氷の塊のようにまっぷたつに裂けてしまった。彼に涙を見られたくなかったので、顔をそむけた。

だがゲイブリエルは彼女のあごに指を添えて上を向かせ、熱っぽいまなざしで目をのぞきこんだ。「だがいまはきみのことをちゃんと知っている。どんなに勇気があって、ばかで、頑固な人かがわかっている。ぼくよりもはるかに頭がよいことも。子グマのようにいびきをかくことも。怒りっぽくて、辛辣な言葉も口にする。これまで聞いたことがないようなみごとなやり方で人を叱ることができる。そして、ベッドの中では天使のようになる。きみのいない人生は、地獄のようなものだろう」ゲイブリエルは彼女の頬に片手をあてた。輝く瞳にはやさしい愛があふれていた。「以前のきみは、ただの夢だった。いまはその夢が現実となったんだ」

ゲイブリエルが唇を重ねてきて、頭がくらくらするような快感がセシリーの全身を駆けめぐった。セシリーは彼を抱きしめ、体が震えるほどの熱いキスを返した。

やがてゲイブリエルが顔を離した。「きみにききたいことがもうひとつだけある」

セシリーの顔に不安が戻った。「何?」

彼は顔をしかめて彼女を見おろした。「きみはほんとうに、シャツを着ていない男を何人も見てきたのか」

セシリーは涙をためたまま、声をあげて笑った。「あなただけよ、ご主人さま。あなただけ」

「よかった。とりあえず、そういうことにしておこう」

ゲイブリエルがさっとセシリーを抱きあげて、赤ん坊のようにゆすり、彼女は声をあげた。

ゲイブリエルは彼女を抱いたまま、長い脚で通りのほうへと出ていった。セシリーは彼の肩に頭を乗せ、ついに家に帰ってきたような気持ちになっていた。「先へ進む前に、はっきり聞かせてもらわなくちゃ。あなたはわたしに、何になってもらいたいの？　看護師？　それとも、愛人？」

彼はセシリーの鼻に、頬に、かすかに開いた唇にやさしくキスをした。「妻だ。それから、恋人、伯爵夫人、ぼくの子供たちの母親」

セシリーはため息をつき、腕の中にさらに深くもぐりこんだ。「だったら、お受けします。でも、ときどきは安物のアクセサリーをたくさん買ってね」

彼は傷痕がいっそう魅力的に見えるような、いたずらっぽい笑みをこしらえ、彼女を見おろした。「ちゃんと働いて手に入れなきゃならないぞ」

セシリーはふいに、彼の腕の中で身を硬くし、おそろしそうに目を見開いた。「あら、たいへん！　すっかり忘れてたわ。あなたのお母さまはなんとおっしゃるかしら」

ゲイブリエルは、渦巻く雪の中で、にっこりして彼女を見た。「どう言うか、これから行って確かめてみようじゃないか」ふいに真顔になった。「これはただの夢じゃないよな。朝目が覚めたときには、きみはちゃんとぼくの腕の中にいるだろうな」

セシリーはいとおしさをこめて彼の頬を撫でて微笑み、喜びの涙にぼやけた目で彼を見あげた。「ええ、毎日。一生そばにいるわ」

エピローグ

一八〇九年十二月十五日

いとしのシェフィールド卿へ

　きょうは夫婦となって三年目の記念日ですね。あなたは相変わらず――いえ、たぶん以前にもまして――無礼で傲慢で、横柄です。娘を肩車して、屋敷の中をえらそうにのしのしと歩いている姿を見ていると、そう言わざるをえません。わたしと、わたしの信頼に足る同志であるあなたのお母さまが心配したにもかかわらず、あなたは娘に〝サマンサ〟という名をつけ、その名が呼ばれるたびに、娘と犬の両方が駆けてくるようにしてしまいました。当分のあいだは、あなたのブーツに歯形がついていても、よだれがかかっていても、どちらのものかわかりませんね。サマンサのテーブルマナーは、かつての彼女のパパにそっくりです。フォークやスプーンには見向きもせず、目をくりくりさせて、お粥をそこらじゅうに跳ね飛ばし、ベクウィス夫妻を恐怖に震えあがらせています。

それから、もうひとつお伝えしたいことがあります。あなたが献身的に（そして頻繁に）愛してくださるおかげで、わたしはまた身ごもりました。きっと今度は、緑の瞳と金色の巻き毛を持った男の子でしょう。その子は、フェアチャイルド家の跡取りにふさわしい高慢で高飛車な態度で使用人をこき使うことでしょう。

いつもあなたのセシリーより

一八〇九年十二月十六日

いとしのレディ・シェフィールド

われらが小さな智天使には、母親に似たところもたくさんありますよ。たびたび、妖精の姫や庭のヒキガエルなど、自分以外の者（または物）になりすましたがります。また、いちばんそばにいてほしいときに姿を消す癖があるようです。きのうも、ぼくが教会へ行くために、新米の近侍、フィリップがスカーフ・タイを締めてくれるのをいまかいまかと待っているあいだに、彼女は着替え部屋で帽子の山に埋もれて眠りこけていました。

今度はぼくに息子を産んでくれるんだって？　その子はまちがいなく、ママや姉さんと同じくらい、ぼくをやきもきさせ、魅了することでしょう。

きみはかつてぼくにこう尋ねました。わたしの唇が歳のせいですぼまるときが来ても、瞳の色が薄れるときが来ても、わたしを愛してくださいますか、と。ぼくは断言します。ぼくの歯が残り少なくなって、きみのすぼまった唇を歯茎で噛むことしかできなくなっても、変わらぬ心できみを愛しつづけます。きみの骨がとがって、ぼくの弱くなった肌を突き刺す日まで、きみを愛します。人生最後の日に、きみのいとしい姿を見て、ぼくの目から永遠に光が失せるときが来るまで愛すると誓います。いまもこれからもずっと……。

ただひとすじにきみを愛する夫
ゲイブリエルより

訳者あとがき

アメリカの作家、テレサ・マデイラスの手になるヒストリカルロマンス、『夜明けまであなたのもの』をお届けします。

二〇一〇年現在、マデイラスの作品は日本でもすでに四作が翻訳紹介され、いずれも読者からあたたかい歓迎を受けています。本国ではベストセラー・リストの常連で、ヒストリカルロマンスではリタ賞に七たびノミネートされ、また、『一〇〇万ドルの魔法使い』（坂本あおい訳／竹書房）では、すぐれたファンタジーロマンスに贈られるプリズム賞を受賞、読者に楽しいひとときを約束してくれる実力派の作家として、世界各国で多くのファンを獲得しています。マデイラスは一九八九年に作家デビューを果たし、これまで十九冊のロマンスを世に送り出してきました。本書『夜明けまであなたのもの』は二〇〇四年に本国で発表された、彼女にとって十冊目にあたる作品です。

物語の舞台は一九世紀初頭の、摂政《リージェンシー》時代を迎える直前のイギリス。たぐいまれな美貌の持ち主であったゲイブリエル・フェアチャイルド伯爵は、社交界きってのドンファンとして名を馳せていました。その彼が、あるパーティーでセシリーという名の女性と出会い、その知性と美しさの虜《とりこ》になります。熱心に恋文を書き送って求愛し、結婚を申し込みますが、彼女は頑なに彼を拒みます。放蕩者の悪名高いあなたの言葉をそう簡単に信じることはできない、というのです。ほんとうにわたしを愛しているのなら、生き方を変えてほしい、これまでのあなたとはちがうことを証明してほしい、と迫ります。そこでゲイブリエルは、軍人として名をあげることを思い立ち、なんと、家族の反対を押し切って海軍に入隊してしまうのです。必ずきみにふさわしいりっぱな男になって戻るとセシリーに言い残し、彼はネルソン提督とともに戦艦ヴィクトリーに乗り組み、イギリス侵攻をもくろむナポレオンの野望を挫《くじ》くため、海のかなたへと旅立ちます。

提督に率いられたイギリス艦隊は、みごとトラファルガーの海戦でフランス軍を打ち破り、ゲイブリエルも武勲を立てました。しかしネルソン提督は戦死、彼を助けようとしたゲイブリエルも、その美しい顔に傷を負ったうえ、視力を失うという不運に見舞われます。

帰国後、セシリーは彼を見舞いに病院を訪ねますが、彼に会うなり病室を飛び出し、それきり姿を消してしまいます。この裏切りに、ゲイブリエルは絶望のどん底に突き落とされます。やがて彼は退院し、幼少時を過ごしたフェアチャイルド・パークと呼ばれる郊外の地所で暮らしはじめますが、生きる希望を失った彼は、自暴自棄となり、召使いたちを震えあがらせる野獣のような暴君となって、毎日を過ごしていました。

そんなある日、サマンサという名の若い女性が屋敷を訪ねてきます。ゲイブリエル専属の看護師を募集する広告に応募してきたというのですが、前歴も志望動機もあいまいそのもの。ゲイブリエルは彼女を激しく拒絶し、あの手この手で追い出そうとしますが、サマンサは、屋敷の使用人たちを味方につけて、ゲイブリエルの健康に配慮した環境を整え、視覚に障害を持つ彼が自立して生きていけるよう、根気よく援助を続けます。さまざまな衝突や事件を経て、ゲイブリエルは少しずつ心を開き、自信を取り戻して、将来への希望を見いだしていくのですが……。

人と人との気持ちのやりとりがとてもすてきな小説です。ストーリーの骨組みだけを見れば、心身に傷を負った青年が、献身的な看護師に支えられて苦難を克服し、人間として成長を遂げたうえ、彼女を深く愛するようになるという一見ありがちなお話なのですが、肉付けにあたるエピソードのひとつひとつが新鮮な輝きを放ち、読む人の心を不思議なあたたかさで包みます。ゲイブリエルを囲む登場人物みんなが揺るがぬ愛をもって彼を支え、彼も根っこのところでは深い信頼を寄せている。現代社会では失われてしまった心の通いあいがていねいに描かれて、この作品のトーンを明るいものにしているのです。

ゲイブリエルの人物造形もみごとです。視覚を失い、愛を失い、すっかり屈折してしまった彼の心情、その孤独、次第にサマンサに惹かれていく心の変化はもちろん、目の見えない彼が身体でとらえた感覚のみずみずしさには、そのつど、はっとさせられます。におい、音、味。頬に感じる風のさわやかさ、日差しのあたたかさ、手に触れたサマンサの肌のやわらかさ。どれもが読み手の感性に強烈に訴え、官能を刺激せずにはおきません。とくに注目したいのは、サマンサの容姿がまったくといってよいほど描かれていないこと。ゲイブリエルは、サマンサの姿を目で追う代わりに、彼女がつけているレモンバーベナの香りを嗅ぎとり、スカートの衣ずれの音に耳をすまします。サマンサの内面的な魅力に惹かれ、彼女を頼るようになった彼が、やがては彼女を導いて愛の手ほどきをし、ひとりの男として自立していく過程にも、しみじみとした深い感動があります。

もちろん、サマンサは、女性なら誰もが共感し、味方をしたくなる魅力的なキャラクターです。信念を持っていて賢く、勇気があり、ひたむきで、それでいて、少しおっちょこちょい。じつにかわいらしい女性です。現代の観点から見れば、とくに個性的というわけでもないのに、なぜか好きになってしまい、彼女の奮闘ぶりやその誠実さ、焦れったいほどのいじらしさに、声援を送りたくなる。彼女もまた、現代人が忘れているたいせつなものを思い起こさせてくれる女性だからでしょうか。

ゲイブリエルの愛に、サマンサはどう応えるのでしょう。この恋は実るのでしょうか。二転三転するストーリー展開に、最後の最後まで目が離せません。読みだしたらとまらなくなることを覚悟のうえでお手にとっていただきたいと思います。

二〇一〇年四月

ザ・ミステリ・コレクション

夜《よ》明《あ》けまであなたのもの

著者　テレサ・マディラス
訳者　布《ふ》施《せ》由《ゆ》紀《き》子《こ》

発行所　株式会社 二見書房
東京都千代田区三崎町2-18-11
電話 03(3515)2311［営業］
03(3515)2313［編集］
振替 00170-4-2639

印刷　株式会社 堀内印刷所
製本　株式会社 村上製本所

ISBN978-4-576-10067-8
http://www.futami.co.jp/

あなたのそばで見る夢は

ロレイン・ヒース

旦紀子［訳］

十九世紀後半、テキサス。婚約者の元へやってきたアメリアを迎えたのは顔に傷を負った、彼の弟だった…。心に傷を負った男女の愛をRITA賞作家が描くヒストリカルロマンス

黄昏に輝く瞳

キャサリン・コールター

栗木さつき［訳］

世間知らずの令嬢ジアナと若き海運王。ローマの娼館で出会った波瀾の愛の行方は……？　C・コールターが贈る怒濤のノンストップヒストリカル、スターシリーズ第一弾！

涙の色はうつろいで

キャサリン・コールター

山田香里［訳］

父を死に追いやった男への復讐を胸に、ロンドンからはるかサンフランシスコへと旅立ったエリザベス。それは危険でせつない運命の始まりだった……！　スターシリーズ第二弾

忘れられない面影

キャサリン・コールター

栗木さつき［訳］

街角で出逢って以来忘れられずにいた男、ブレントと船上で思わぬ再会を果たしたバイロニー。大きく動きはじめた運命を前にお互いとまどいを隠せずにいたが…。

ふたつの愛のはざまで

ジェニファー・ヘイモア

石原まどか［訳］

戦争で夫ギャレットを失ったソフィ。七年後に幼なじみのトリスタンと結婚するが、そこに戻ってきたのは…。せつなすぎる展開にアメリカで話題沸騰の鮮烈なデビュー作！

バラの香りに魅せられて

ジャッキー・ダレサンドロ

嵯峨静江［訳］

かつて熱いキスを交わしながらも別れた、美貌の伯爵令嬢と英国元スパイ。ふたりが再会を果たしたとき、美しいコーンウォールの海辺を舞台に恋と冒険の駆け引きが始まる！

灼熱の風に抱かれて
ロレッタ・チェイス
上野元美［訳］
一八二一年、カイロ。若き未亡人ダフネは、誘拐された兄を救うため、獄中の英国貴族ルパートを保釈金代わりに雇う。異国情緒あふれる魅惑のヒストリカルロマンス！

黄昏に待つ君を
ロレッタ・チェイス
飯島奈美［訳］
ハーゲイト伯爵家の放蕩息子として自立を迫られたアリステアは、友人とともに運河建設にとりくむことになる。だが建設に反対する領主の娘ミラベルと出会い…

とまどう緑のまなざし（上・下）
ジュディス・マクノート
後藤由季子［訳］
パリの社交界で、その美貌ゆえにたちまち人気者になったホイットニー。ある夜、仮面舞踏会でサタンに扮した謎の男にダンスに誘われるが……ロマンスの不朽の名作

黒騎士に囚われた花嫁
ジュディス・マクノート
後藤由季子［訳］
スコットランドの令嬢ジェニファーがイングランドの〈黒い狼〉と恐れられる伝説の騎士にさらわれた！ 仇同士のふたりはいつしか…動乱の中世を駆けめぐる壮大なロマンス！

昼下がりの密会
トレイシー・アン・ウォレン
久野郁子［訳］
家族に人生を捧げた未亡人ジュリアナと、復讐にすべてを賭ける男・ペンドラゴン。つかのまの愛人契約の先に、ふたりを待つせつない運命とは…。シリーズ第一弾！

月明りのくちづけ
トレイシー・アン・ウォレン
久野郁子［訳］
ロンドンへ向かう旅路、侯爵と車中をともにしたリリー。それが彼女の運命を大きく変えるとも知らずに…。「昼下がりの密会」に続く「ミストレス」シリーズ第二弾

二見文庫　ザ・ミステリ・コレクション

ほほえみを待ちわびて
スーザン・イーノック
阿尾正子［訳］

家庭教師のアレクサンドラは、ある事情から悪名高き伯爵ルシアンの屋敷に雇われる。つれないアレクサンドラに、伯爵は本気で恋に落ちてゆくが…。新シリーズ第一弾！

ドーバーの白い崖の彼方に
ジョアンナ・ボーン
藤田佳澄［訳］

フランスの美少女アニークが牢獄の中で恋に落ちたのは超一流の英国人スパイ!? 激動のヨーロッパを舞台に描くヒストリカルロマンス。新星RITA賞作家、待望の初邦訳！

罪深き愛のゆくえ
アナ・キャンベル
森嶋マリ［訳］

高級娼婦をやめてまっとうな人生を送りたいと願う美女ソレイヤ。ある日、公爵のもとから忽然と姿をくらますが…。若く孤独な公爵との壮絶な愛の物語！

戯れの恋におちて
キャンディス・ハーン
大野晶子［訳］

十九世紀ロンドン。戦争や病気で早くに夫を亡くした高貴な未亡人たちは、〝愛人〟探しに乗りだしたものの、思わぬ恋の駆け引きに巻き込まれてしまう。シリーズ第一弾！

めぐり逢う四季《きせつ》
ステファニー・ローレンス／メアリ・バログ他
嵯峨静江［訳］

英国摂政時代、十年ぶりに再会し、共に一夜を過ごすことになった4組の男女の恋愛模様を描く短篇集。ステファニー・ローレンスの作品が09年度RITA賞短篇部門受賞

高慢と偏見とゾンビ
ジェイン・オースティン／セス・グレアム＝スミス
安原和見［訳］

あの名作が新しく生まれ変わった——血しぶきたっぷりに。全米で予想だにしない百万部を売り上げた超話題作、日本上陸！ナタリー・ポートマン主演・映画化決定